女生七十

我的青春、爱恋与人生

王芝兰 著
罗宣和 整理

华中科技大学出版社
http://press.hust.edu.cn
中国·武汉

图书在版编目（CIP）数据

女生七十：我的青春、爱恋与人生/王芝兰著；罗宣和整理. —武汉：华中科技大学出版社，2023.8

ISBN 978-7-5680-9808-3

Ⅰ.①女… Ⅱ.①王… ②罗… Ⅲ.①回忆录－中国－当代 Ⅳ.①I251

中国国家版本馆CIP数据核字（2023）第134667号

女生七十：我的青春、爱恋与人生　　　　　　　　　　　　　　　　　王芝兰　著
Nüsheng Qishi：Wo de Qingchun、Ailian yu Rensheng　　　　　　　罗宣和　整理

策划编辑：饶　静
责任编辑：程　琼
封面设计：琥珀视觉
封面插图：陈芊蔚
责任校对：刘　竣
责任监印：朱　玢

出版发行：华中科技大学出版社（中国•武汉）　　电话：(027)81321913
　　　　　武汉市东湖新技术开发区华工科技园　　邮编：430223

录　　排：孙雅丽
印　　刷：湖北新华印务有限公司
开　　本：787mm×1092mm　1/16
印　　张：18.75
字　　数：296千字
版　　次：2023年8月第1版第1次印刷
定　　价：68.00元

本书若有印装质量问题，请向出版社营销中心调换
全国免费服务热线：400-6679-118　竭诚为您服务
版权所有　侵权必究

一九六七年,妈妈和妹妹在罗家畈老屋学习毛主席著作

一九六八年,在华家塆四小队,潘政委在槐花树下召开社员座谈会

一九六九年,武汉军区张司令员在大队加工厂旁听社员群众抓革命、促生产

一九七〇年，武大学生证照片

一九七一年，武大图书馆前的照片

考试定去留

武大樱花宿舍

一九七二年,和妈妈、妹妹在武大照相馆合影留念

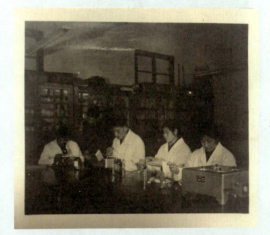

一九七三年,在武大生物楼实验室

一九七二年,武大操场

一九七八年,父亲在河北邯郸与哥哥、嫂子、侄儿合影

一九八三年，转业前的留影

一九八三年，母亲与内孙、外孙在孝感商业大楼照相馆合影

一九八八年，工作时带母亲到东湖游玩留影

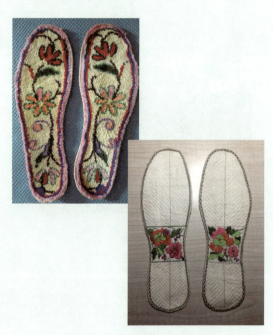

一九九一年，姥姥做的冬季鞋垫和夏季鞋垫

一九九九年,妈妈和女儿在孝感家中

二〇〇一年,姊妹五人和母亲在孝感西大住房前的合影

二〇〇三年,母亲在武汉汉口江滩

二〇〇四年初,我和爱人老罗在东湖梅园

二〇〇七年十月,母亲和外孙在北京人民大会堂前的留影

二〇一三年的合影

二〇一八年,在山西参加红色旅游

二〇一九年,在华科大西一区宿舍窗前看书学习

二〇一九年,全家在红色教育基地何家湾

二〇二一年,在华科大梧桐雨

二〇二一年,在华科大梧桐雨

二〇二三年五月,在新疆天山旅游

序

2020年7月17日开始，我在微信公众号"封城之后"上连载了七十岁妈妈的文章，这是六年前就想为姥姥和妈妈做的一件事。

2014年1月1日，农历腊月初一，姥姥去世。九十七年的岁月随之而逝。

这一天——对于妈妈，对于我，都是一个新的开始。

之后又经历了一系列事情，年近七十的妈妈突然放下菜篮子，拿起笔，开始一个字一个字"捉"文章，写了又改，改了又誊，怕写错字还是用她的老办法——拿起《新华字典》查看，她和爸爸最后交给我八个草稿本，是她过去的故事，时代印记下普通人的普通事。

我在电脑上敲出这些文字之时，恰是因疫情武汉关闭离汉通道之后，在封闭的空间和精神下，我一边陪着自己上高中和小学的孩子们，一边钻进妈妈上小学的世界，有一种特别奇妙的时空感。同时也讶异，从来不记日记的妈妈，退休后十几年很少用笔，一提笔就写出十几万字，八岁时的事情也记得如此清楚。心里仿佛有若干抽屉，每一个都装着一个时代。

妈妈手写的字体很有特点，转折处圆润，缘于她小时候无纸无笔，就捧着珍贵的《新华字典》，捡根小树枝在河滩沙子里左划右划的，居然练出自己的风格。爸爸的字体也有意思，转折处呈尖角，这也是有缘故的——因他在四川老家少年时候是学木匠的，日日墨斗弹线，规矩之下自然方正起来。

这本《女生七十：我的青春、爱恋与人生》不仅仅是妈妈的经历，也写出了姥姥近百岁的人生。妈妈大大的眼睛，到七十岁也是亮晶晶的，没曾想她小时候差点变成盲人。我看着这些文字，想着姥姥为妈妈治眼睛，坐在医生办公室门口故作镇静地偷听医生给别人看病说病情，又难过又感动。姥姥是没有名字的，因为在她尚不记事的时候，于战乱中就被拐卖到大悟大山里，十岁之前已经被转卖了好几户人家，她不知道自己的家乡在哪里，不知道父母是谁，不知道自己的姓名，不知道自己的生辰八字，只记得被卖到最后一户人家时，说是"民国六年生人"。那家人给了她一个姓——何——不知何方人氏的"何"。

姥姥的相貌轮廓分明，高鼻大嘴，年轻时个儿很高，被称为"长子"，似乎来自比大悟更北方的地界。我隐约记得小时候听见过她哼小调"小白菜"，哼着会流泪，我去擦她眼泪时，她就抱起我，剥下手中玉米的一粒米，塞到我嘴里，甜丝丝的。她完全不识字，但不妨碍她看重文化，家中不管怎么艰苦，她都想出各种办法，把自己纺的一点点棉线卖掉，送儿女上学，硬是把儿子供到中专毕业。她有许多优点，妈妈在回忆录中都有一一写到。

姥姥去世那天，妈妈说，从此我就没有妈妈了。我才感觉到原来妈妈也只是一个女人的女儿。难为姥姥还能以柔弱多病之躯，深藏韧性地为儿女撑起五十多年的天空。

我完全不记得姥爷的事了，据妈妈说，他曾扶着我站在床上玩。姥爷有白内障，记得小时候大家都叫他"瞎子爹爹"。姥爷识字，有勤劳善良、重教育的家风。妈妈曾把姥爷对她说的话告诉我："爹有娘有赶不上自己有，丈夫有还隔双手"，"人有三稳到处好安身"，我受益良多。

在妈妈的文字里似乎看到姥爷温存的性子，而妈妈一直是个勇敢的人。妈妈有担当、勤动脑，九岁就勇于质疑迷信思想，十四岁就选择担负家庭重担，十六七岁是生产队的骨干，能吃苦耐劳，参加生产队的各项活动，处处为集体想办法，入了党，还担任大队的大队长，后来被层层推荐上了武汉大学。她写这八个笔记本的初衷，就是希望记载那个时代青年人的经历。人生需要传承，哪怕是筚路蓝缕之时的生存经验，哪怕是最底层人家对生活的理解，也需要传承。

在波澜壮阔的年代里，她们好似静水深流。

罗敏

目录 CONTENTS

Chapter 1
第一辑　少年时期

01	绰号"能人"（1956年）	002
02	上学了（1957年）	005
03	炼钢铁（1958年）	008
04	牛栏养人（1959年）	012
05	七天人生（1959年）	015
06	桃树结了怪果子（1959年）	016
07	找蕨苗被蜂蜇（1960年）	019
08	妈妈会做好吃的（1960年）	022
09	我失明了（1961年）	025
10	母亲小产（1961年）	027
11	自留地（1962年）	029

12	随父亲打鱼（1962年）	032
13	晒酱和泡菜水（1963年）	035
14	虾酱与麻鱼（1963年）	037
15	洗头神叶（1963年）	039
16	养猪（1964年）	041
17	四清（1964年）	045
18	说理（1964年）	047
19	停学开荒（1964年）	050
20	少年时期结束了（1964年）	054

Chapter 2
第二辑　青年务农时期

01	挑塘泥拿工分（1964—1965年）	056
02	第一次修水库（1965年）	059
03	大坝上的文艺晚会（1965年）	062
04	公社设法发展多种经营（1965年）	065
05	为找饲料第一次出远门（1965年）	068
06	军代表解决了猪饲料问题（1965年）	070
07	迁祖坟扩耕地（1965年）	073
08	移堤改道，变河滩为良田（1965年）	076
09	单季稻改双季稻（1965—1966年）	078
10	试种成功，示范推广（1965—1966年）	082
11	入党宣誓（1966年）	085
12	藏枪	088
13	捧着新华字典背"老三篇"	091

14	社员们讲新风新貌	093
15	背"老三篇"上了报纸	095
16	十七岁当大队长（1967年）	100
17	从"家洁村貌"做起	102
18	贫困户怎么办？	106
19	种棉花解决铺盖问题	108
20	准备写检讨（1968年）	111
21	没写检讨反受表扬	115
22	槐花树下座谈会	117
23	参观大寨，第一次出省（1968年）	119
24	大寨经验	124
25	采摘白蒿交党费（1968年）	126
26	牵来电线买机器	128
27	做好准备迎知青	131
28	生产队料理知青的吃住	134
29	知青们开始参加劳动	136
30	因为蚂蟥、跳蚤和蚊子，知青们陆续回城了	138
31	张灯结彩迎接大学生知青	142
32	大学生知青的吃饭、洗澡、烧火、挑水和劳动	144
33	大学生知青教我们种西红柿	146
34	大学生知青预防了猪瘟	149
35	大学生知青为困难户修房子	151
36	大学生知青担心小学教学质量	154
37	解决大队干部与知青的矛盾	157
38	大学生知青提出"关于九大队发展的十点建议"	161
39	填了上大学的推荐表（1970年）	163
40	上大学的事没消息了	166
41	湖北日报的文章带来了大学通知书	168
42	父亲母亲为我准备行李	171

Chapter 3
第三辑　大学时期

01　接站师傅送我到武汉大学	174
02　第一顿饭找到了热干面	176
03　樱花大道边的宿舍	178
04　上大学的第一个月经常紧急集合	180
05　长途拉练的脚泡与泡脚（1970年）	182
06　参观七里坪林家大垸	185
07　坐渡船过长江回学校	188
08　"吃不饱"和"吃不了"	190
09　误打误撞通过去留测试	192
10　从实验室到校办工厂	194
11　青虫菌的杀虫效果	196
12　"中王老师"帮我治高血压	200
13　大学毕业难忘乡音之缘	202

Chapter 4
第四辑　工作时期

01　参加筹建微生物工厂	206
02　与生产队协商建厕所	208

03	白天清物资，晚上守物料	210
04	借调到工交政治部	212
05	骑上了自行车	215
06	带知青上山下乡（1974年）	217
07	告诉知青生活常识	220
08	带知青学农	222
09	20世纪70年代找对象的基本想法	225
10	介绍的对象都觉得不合适	227
11	碰上一个工农"兵"大学生	229
12	第一次见面（1974年）	231
13	近在咫尺，却似远如天边	234
14	小伙子做荷包蛋面条	236
15	他被煤油灯罩烫焦了手指	238
16	他要去见我父母	241
17	思念	244
18	结婚了接来老父亲	246
19	招工	248
20	试产常常失败	250
21	内鬼没抓到，厂长病得勤	252
22	孩子摔哑了	253
23	婆婆妈生病了	255
24	丈母娘夸女婿	257
25	微生物厂解散了	259
26	调到盐业公司	261
27	没去海南，开始做盐政稽查（1985年）	264

Chapter 5

第五辑　退休时期

01　一眨眼就退休了，带孙女孙子　　　　268
02　赡养母亲　　　　271
03　与姊妹一起旅游　　　　276

姥姥二三事　　　　278

Chapter 1

第一辑
少年时期

01
绰号"能人"（1956年）

我于1950年农历六月出生，也就是当年公历8月，按现在的入学标准，我应该在1956年9月上学。但由于封建思想普遍扎根在当时老百姓的心里，农村比城市重男轻女的思想要严重得多；而我的家庭姐妹多，经济条件又不好，因此这一年我没能上学。

当年的农历十月，我的大弟弟出生。

大姐操持着家里的大小事，如一日三餐饭，全家洗衣的活儿，挑家里吃的水，往返有1里路左右。农忙时更忙，放牛、早晚喂牛等。二姐被父亲的亲哥哥（两弟兄是双胞胎）——我们叫大伯——接到他们家做女儿，因为他无儿无女。我哥哥排行老三，上学念书，有空时帮父亲砍柴，家里人多烧柴量大，还帮父亲撒网打小鱼兑换钱，这也是家里的经济来源之一。

我排行老四，妹妹排老五，我比妹妹大近四岁，带大弟弟的事就落到我的肩上，洗尿片，换尿布，摇摇篮让弟弟入睡，睡醒了需要逗逗和抱一抱他；有时还要帮大姐洗碗、扫地；承担父母"叫口"的任务，就是给张三李四递信，因为我讲话清楚、跑得快——这些都是我的事。

有天晚上，母亲加班纺线，要我给大弟弟摇摇篮，当时我非常不高兴，反嘴生气地说白天带了、摇了，晚上还要我摇。母亲为了安慰我，天没黑就给我火笼坛烘脚，暖和暖和，给了点好处，我就妥协了，马上高兴起来，一不小心，没有穿鞋的右脚一下子踩进刚装好木炭的火笼坛里，脚被火烧到，右脚五个趾头的趾甲壳被烧黄了，有的趾头突然起了绿豆大小的水泡。当时看没破皮，不很严重，只是放在冷水里浸浸，没做其他处理。到了深夜，脚在被子里热起来，越来越痛，火烧火燎地疼痛，痛得钻心，痛得我叫爹叫妈，没办法只好把脚从被子里伸出来，脚搭到墙上，脚底朝天，人成了倒睡状，就这样糊糊涂涂度过一夜。

第二天早上母亲用传统的土办法——薄荷干叶、旧棉花絮，烧成炭灰，用当年的新菜油调成糊状，涂敷在烧伤处，不知不觉水泡慢慢干瘪了，好了，也没留下疤痕。

我很纳闷，不打消炎针，不吃任何药，用自制的药敷涂就能好，是我人皮实，还是自己配制药有一定的科学呢？分析起来，薄荷清热，减轻烧痛，旧棉絮吸水，经过火烧成灰又消毒，菜油也有清热止痛、防感染等作用，还有什么作用，又没做科学实验，就不得而知了。

一转眼大弟弟过了半岁，变得爱哭，开始都认为是饿了才哭，后来吃或不吃一样哭。大人说，有的孩子天生爱哭，我被他哭烦了就恼他，不耐心带他。

大弟弟稍睡着睡得深时，我往外跑，出去玩自己的，和我的小伙伴一起用稻草搓成绳子，前面用稻草扎个大坨坨，捆绑做龙头，后面草绳隔空插一个木棍子当作把柄。大孩子拿龙头，我生来个子不高，拿龙尾。就这样从村东头游到西头玩。隔壁邻家都听到我的弟弟在家哭，告诉母亲，说我只顾自己玩，不好好带弟弟，我老是受批评、挨骂。

过了一段时间，大弟弟头上长脓疱，用的土方法。我记得清楚，当时大人叫我到村东头大河边去找长流水的大石块上生长的青苔（学名不知叫什么），一点一点揪出来，敷在脓疱上，开始长出来的敷好了，后来长出来的不见好。我和妹妹，在不同时间、不同年龄时，上半年天热时额头上都长过脓包，我是在代家山大妈家敷好的，妹妹是在自家罗家畈敷好的。父母坚信大弟弟的也能敷好，便继续敷，拖延了最佳治疗时间，大弟弟出现低烧，没钱到正规医院治疗，可能感染了，大家说是败血症。不满周岁的大弟弟夭折了。

农村大多数人小病用土办法治，大病硬扛。扛得过来命大叫"精英"，扛不过来算倒霉，很少人有病送医院治疗。大弟弟走了过后，大家东言西语，硬说是我没带好造成夭折的，把这么大的责任追到我一个七八岁的孩子身上，我内心不服,憋了许久的气。我们一个门楼进家,要经过三个天井院子,院里住着姓徐、尚、吴、罗、王五大家,终于有一天,在院里有人的时候,我有意与父母争吵、辩论:大弟弟夭折的事,明明是我们落后、穷,没钱到医院看病治病,说成是我没有带好弟弟,是你们认识有问题,不是所有的病都能用土办法治好的,我和妹妹敷好了,弟弟没有敷好,说明人和人不一样,男孩子命贵些,你们不知道哇!根本没有弄清楚弟弟到底是什么病要了他的命,就到处说我没带好,要了他的命。

闹了一阵,不知父母是听懂了我说的意思,还是怎么的,父亲说:"你小小年纪'能'得很呀!"就甩手走出家,干他自己的事去了。后来我得了一个绰号,叫"能人"。"能人"的绰号就是这样而来的。

02
上学了（1957年）

1957年9月再不上学，我就满7岁进8岁了。我看到和我同年出生的两个男孩下半年就读二年级了，自己很着急，又不敢主动提出上学读书。可我命好哇，上级督促工作组来检查，成人办夜校扫盲，凡是走过场、办得不力的村要加强，同时宣传国家提出普及小学文化。没上学的孩子，不论年龄大小，一律上学读书。我的好运来了，上学读书的愿望实现了。当年9月份我正式在四庙小学报名，从我们村里到四庙小学，俗称四庙，有四里路，中间隔条河，叫王家河，没有桥，我经常蹚水过去，湿衣湿书包地上学。四庙小学1~6年级的孩子都在那里上学。

上学第一天，我没有新书包，用的是哥哥用过的书包，但没有破，与现在的书包不一样，就是母亲用一块土布自己缝的布袋。可我非常高兴，因为能穿一套新衣服。裤子是母亲自织、自做的土布黑底白经条裤；上衣是用国家发的布票买的洋花布，蓝底红花，母亲自己做的，就连扣子都是用布做的。我也不知道当时穿着好不好看，反正有新衣服穿，又能上学读书，心里说不出那种高兴的滋味。高兴极了！

第一个月，语文老师教我们"人、口、手、大、中、小"，要求会认、会写、会组词。数学老师要我们每个同学自带10~30根木柴棍子放在书包里备用，学、认、写1~10的数字，以及10以内的换算，如"6+4=10""7+3=10"。后来不要我们带木柴棍了，老师有了新办法，拿出一个大算盘，稍斜点，不让算珠子来回滑，挂在黑色粉牌上，教我们用算盘学数学。算盘上面一个珠子当五个用，下面一个珠子上一个，一上一，二上二，三下五去二。这样既教了数学又学了珠算。农村用算盘算账很普遍，方便易会。我学会了在算盘上加减，老师说加法会打"666"，一次成功就过了关。我过关了，高兴得很。后来听说数学老师不啃书本，灵活，教学有方，上面教育局表扬了他。有这样的好老师，我也感到自豪。我很喜欢数学老师上课，爱听他的课，我的数学自然要好些。加上我上学晚，年龄又大些，考试总是先交卷子，交完卷子跑到教室外面的窗户上扒着看教室里面的同学用手托着下巴，知道他们不会做，便将答案写在纸条上，丢到同学桌子上，被刘老师发现了，他轻一下、重一下，抿着嘴，揪着我的耳朵把我拉到教室门口站着。当时我非常恼火，一下子从非常喜欢他变得气他、恨他。不凑巧的是，他又兼我们体育老师，整队时，他喊立正、稍息。我与他反着来，他喊立正我稍息，他喊稍息我立正。可他也有对策，他顺手在操场边折断树上的小枝条，只要我反着来，他定用树枝条打我的脚。那时候从来没有听说学校召开家长会，只有老师带着难解决的问题，不管天阴路滑，大路或小路、山路或平路，好走不好走，都主动到村组进行家访。父亲得知此事批评我：因为有你们，家里负担重，事情做不过来。没有让你的大姐上学念书，你有机会不好好学习，还得罪老师，男孩不像男孩，女孩不像女孩，该不该那样做呢？这些话触动了我，我当着老师和父亲的面前，立即表态，承认不对，改正错误。

我对美术老师吴老师有着深刻的印象，60年过去了，记忆犹新，我总感觉到他和其他老师有点不一样，虽然教美术，却好像领导的模样，要求我们先学会画国旗和党旗，边教怎么画、怎么开始动笔，边说国旗与党旗的区别，说国旗旗面为红色，代表着亿万人民红红火火的革命，旗上的五颗红星象征共产党领导人民大团结。党旗也是红色的，和国旗颜色一样，不同的地方是，国旗中是五角星，党旗中是镰刀和铁锤，镰刀代表农民，铁锤代表工人，无产阶级才是革命者。孩子们年龄小，理解能力差，孩子们说都是红色的，都是革命的，一样的还要搞两面旗。美术老师听后，觉得孩子们好像没有完全弄懂，竭力去解释，说国旗代表国家，共产党就好比一个人需要拐杖，是不可缺少的。后来一次到了该上课时，不见那位吴老师，另来了一位老师给我们上课，说"今后你们的美术课就由我来上，关于吴老师另有安排。"过段时间才知道，吴老师说错了话，说了不该说的话，已经下放到西边山劳动改造去了。

四庙小学气氛变得紧张起来，老师与老师见面谁都不敢主动先开口讲话。那位爱唱歌的老师不唱了；爱摸摸孩子头的老师，他低头走路，面无表情，也不摸摸孩子的头了；学校大孩子和小孩子一起欢欢跳跳的劲头减少了；随着这种紧张的气氛，厨房师傅和清洁工在操场前一块土地上种菜的欢笑声也没有了。原来他们都害怕做错一件事、说错一句话，被打成右派。在这种压力下，个个谨小慎微。

03
炼钢铁（1958年）

1958年开春，现在的乡镇府就是那时的人民公社，公社的社长利用村、组的广播通知，人民公社和"大跃进"已经开始，要传到家喻户晓，人人都要行动起来。工业大办钢铁，农业要高产高收，都要向高指标奋斗，其他行业都要为工业、农业服务。我们的学上得好好的，校长召开全校学生大会，传达公社的会议精神。校长重点讲，公社要求学校的学生为"大跃进"出力，做贡献。从此以后，学生上学，老师上课，成了三天打鱼，两天晒网，学生不能正常上课，就是上得成课也是凑合。早上我们到校上学，10点钟叫我们回家，校长说老师们今天有事不能来，今天的课挪到明天上，到了明天，上语文课的不是原来的语文老师，是其他班的老师来代替。校长一门心思想如何为"大跃进"出力，得想想办法、采取措施。

校长让老师们带学生在学校和附近村庄，将垃圾堆从底翻到面，找扔掉的破铜废铁、钉子、铁丝、铁铲，凡是带铁、铜的东西，哪怕一小点都不放过，要拾起来，集中上交。

在学校垃圾堆翻找，还能多找到一点，因有的年级教室在开学前进行了维修，师傅扔掉了些不适合的钉子、门搭子、短铁丝、废旧铁铲，还有厨房的破铁锅等。我们到附近村，如胡家畈东、西头的垃圾都翻找过，去的学生不少，找到的破铜烂铁少之又少。

气温刚升起，老师通知，要求每个学生自带瓢，大多数带的是自家种的葫芦老了做的瓢，个别是铝做的瓢（白色）。老师带领我们学生到王家河，在河中淘铁砂，刚开始觉得脚下水有点凉浸骨头，脚伸下去又有点想缩回，就开始下水淘铁砂，老师教学生用瓢，舀半瓢或还少点，瓢里有河砂子，把瓢放在水中慢慢荡，荡呀荡，年龄小的学生，手里的葫芦瓢随河水顺水飘走了。有的学生还没开始荡，一屁股坐到水中，大多数学生长时间弯着腰，支撑不住，干脆找块大点的石头当凳子坐下。许多同学衣服湿透了，坚持淘。我很卖力，想很快见到铁砂是什么样。我比别的同学会淘些，因我在家煮饭，母亲早就告诉我淘米去石头砂子的方法。老师告诉我们，淘的方法与在家洗米煮饭淘洗是一样的，不一样的是去掉不要的砂子，瓢里又添新的河砂。这样重复多次，做到最后瓢底终于出现黑色小砂子。老师说黑色小砂子就是铁砂，我真的看到铁砂是什么样的，好高兴，还是我自己淘出来的呢！老师大声吆喝着，各位同学把淘出来的铁砂倒在一起，集中上交。交完后公社领导还说学校干得不出色，荡的铁砂少，主要原因是没有组织安排好，学生在一起窝了工。学校只好采取分班级，在河里分段的方式，让大孩子带小孩子，有经验的教不会的学生。学校将任务分得又细又具体，后来学校淘出的铁砂还是达不到要达到的目标。

　　学校干脆宣布放假，让学生回家找破铜废铁，找到的越多越好，送交学校就可以上课，下话没有说，找不到铁铜的同学就不来上学。我渴望上学读书。回到家里，我把学校老师的要求原原本本地告诉父母亲。父亲说他们的任务也是交铜铁。母亲说家里有些，1949年时打倒地主后分田、分地、分房屋、分财产，我们家分了两口大木箱子，箱子上下四周角都是铜包的，箱子扣锁搭子是铜，洗脸盆是铜做的，还有过水烟袋、灶里烧开水的铜壶、餐桌上用的一个铜汤碗。我们家三间正房屋、二间模屋、二间过道正屋，共七间屋、九副门，每副门上都有扣锁搭子，搭子都是铁，还有火盆、大小废铁锅几口，还有废锄头、铁铲等都可以上交。但得分三份，一份给我哥哥，他们学校也得交，一份留给我们大人交生产队，一份给我交四庙小学，早交早上学。我的一份，母亲亲自帮我收拾，一边收一边说："不管怎么你还小，难拆难撬的不让你弄。"铜汤碗、烧开水的铜壶、废铜火盆、锄头、铁铲子，装到一个洗菜大篮子中，母亲送我走过王家河，叫我用手拐着走，拐着胳膊累了，就用手提着，手也提累了，就歇会儿再走。按照母亲的嘱咐，我不知不觉也不感到累就到了学校。到校上交后，留校分管老师说，回到自己教室看书学习。我走进教室发现已有十多个孩子在看书学习呢！我自言自语地说："哇！你们交得好早啊！"

谁知道做了以上这些，公社召开阶段总结大会说，任重道远，还得想办法炼铁炼钢。从此以后，一场轰轰烈烈的大炼钢铁运动开始了，公社划片定位，做炼铁炉，有的生产队在擂鼓台下朝东边山沟里，有的在擂鼓台正南边山脚下，有的在阳明冲荡子里。公社领导说，学校嘛，学生还小，就分配到华家垮村、路家冲水库靠东边山坡与山坡中间的沟沟里，和华家垮的村民一起共烧一个炉，那里靠有柴的山近，学生容易砍和运，村民还能帮助指导，给学生做个示范，学生不至于不知道怎么做，不少学生家里是这个垮子的，可以少操心学生的安全问题，校长也放心些。

经过一段时间找铜、铁，现在又转到每个村、学校自己开炉炼铁、炼钢。校长终于明白了，这不是一天两天短时间能解决的问题。学校要以学为主，要调整学生学习和劳动之间的关系，不能太影响学生的学习，学校决不搞一哄而起，于是将一年级和三年级学生分为第一组，二年级和五年级分为第二组，四年级和六年级分为第三组。第一组的学生上山参加炼铁，二组和三组的学生就能在校上课学习，这样轮流上山参加炼铁，学校也好向公社领导有个说法。

我是第一组的学生，当然第一批上山学炼铁。我们先到学校集中，整队打着鲜艳的红旗，学生精神抖擞，前往目的地华家垮村炼铁场地。到那里后，我们发现华家垮的村民提前把炼铁炉子做好了。炉子怎么做，依照什么原理做？那时我年龄小，不敢问，一心想看看炼铁炉子是个什么样子。原来他们做个圆圆高高的东西，像炉又不太像炉，下面留一个大口子，说柴火从这里进去烧，上面堆着我不知道的东西，他们说烧到一定程度就会出铁。我心想这炼铁炉与我在代家山里看到的烧木柴炭的土窑有点相似。安排我们砍柴，可我们又没带镰刀，于是向华家垮的村民借刀，砍茅草、梨树枝子。杂树有黄荆条，粗的，砍不动。有的同学在砍，没有镰刀的在玩，也有的用手折柴。好不容易，折的、砍的柴送到炉子里，一下子就烧光了。炼铁炉子不断冒烟，全靠华家垮的村民支撑着，公社领导远处看，所有的炉子都在冒烟，证明都在烧炉。不冒烟的炉子，领导上山查看找问题，严重的在广播中批评。

轮到我第二次上山，看到华家塆炼铁炉附近山上的柴，无论砍得动的茅草，还是我们砍不动的树，都一片精光，无柴可砍。再砍柴时，我们翻山越岭，经过路家冲水库的羊肠小道，到黑沟山里面去砍。山里有个塆子，叫萧家塆，塆子的房屋做得非常漂亮，古楼古样子。白墙青砖，屋顶上还有猫不像猫、狗不像狗的动物泥烧像，可能是旧社会的有钱地主盖的。四方有三方都是山包围着塆子，前面是路家冲水库某角的水库尾。站在山半腰，看水库的水面上波光粼粼，风吹着一浪赶一浪，真的很好看，我们一群学生跑进村子向他们讨水喝。一走进去，这家门楼没人，到那家又没人，跑回来碰到年长的老太太，问老太太："人到哪里去了？"回答说："都出去大办钢铁了。"老太太给了点热不热冷不冷的水给我们喝。

俗话说：看到山跑死马。看着黑沟山离我们的炼铁炉不太远，可走起来很远，大个子的同学还要担柴。这柴多是边走边捡，我们小点的同学怀里抱着柴，真正像蚂蚁搬家一样。

生产队的村民为了完成炼铁上交任务，把原来一家一户收起来未交完的废铁，放在炼铁炉中重新烧炼，只要铁与铁能烧炼在一起，就算成功炼出了铁，可以向公社领导汇报。更有胆子大的人敲着锣鼓、打着红旗，抬着铁砣砣到公社报喜，说炼出了铁。你说好笑不好笑啊。后来山上的树砍光了，铁没有炼出来，大办钢铁这事最后也不了了之。

04
牛栏养人（1959年）

1958年大办人民公社，人民群众的思想被轰轰烈烈大办人民公社、搞"大跃进"所吸引，人民群众想往好处想，做也是往好处做。办集体村庄、新农村，农民房屋统建分配到户，吃集体食堂，不许一家一户做饭，吃完饭就走，个人不洗碗筷。开饭时食堂不问你从哪里来，是哪个村子里的人，总之走到哪里，哪里有饭吃，吃得饱、吃得好。生产队安排做饭的人专门做饭，从早做到晚；种田的人专门种田，想着如何能够使亩田产出万斤粮；种菜的人专门种菜，供应食堂；搞多种经营的，如何让群众增加收入多分钱；负责上交公粮的，到各队催粮交国家。到了晚上，除了上夜校外，动员群众到夜校教室学跳舞（像现在普遍的广场舞一样），有的人穿的是洋布苏联大花衣服。

人民群众正过着欢天喜地、幸福美好的生活时，形势突然急转直下，人民群众吃不饱、饿肚子的日子即将来临。

1959年，前两个月整体运转还算正常。我们学生天天上学，语文老师郑老师可能受1957年"右派"风的影响，心有余悸，平时不肯讲话，但上课非常认真、负责，学生们喜欢他，放学时他总是用眼神默默地注视着学生转身回家，他才离开。有一天他把经过深思熟虑的话说了出来："同学们，饿肚子的日子来了，国家遇到前所未有的自然灾害。"我感觉，老师这两句话是鼓足了很大勇气告诉同学们的。郑老师在提醒我们。当天回家吃饭，我们发现食堂蒸的干饭不干，变稀了许多，舀给我们的菜量也比以往要少一些，饿肚子的日子真的来了吗？

回想1958年收割时的情景，高产高收，亩产万斤粮。万斤粮，其实是几块田的稻谷放在一块田里，收起来单独脱离稻谷，然后过秤，说是谁种的某块田产万斤粮。讲进度，看谁交粮食快、完成任务好，为了比多比快，没留社员的口粮，也当任务上交了。不按正常方法操作，大手大脚铺张浪费，收割时，田埂上、马路上、稻场上，到处都是散落的稻谷，在田里牛踩的脚窝中，用手可以抓把稻谷。这样的现象，人人都看在眼里，想在心里。难怪我发现母亲在家搬东西，用大缸小罐储存稻谷，可能是知道了什么，或是感觉饿饭的日子将来临。

1959年小麦的麦穗还没出齐，农村正吃莴苣时，那时什么季节吃什么季节的菜，没有反季节的菜。大量的莴苣和黑白菜送往食堂，饿肚子的日子说得快、来得急。农村农历三、四月间正是青黄不接，我们北片气温偏低。一年水稻5月份开始种，8月份收割，9月底10月初种麦子，第二年5、6月份收割，就这样循环，总产量比南方低许多。种田人转眼粮食不够吃，食堂在原来每人定量蒸饭的基础上，减半蒸饭给社员吃。社员劳动强度大，到处修水库，统一调配，统一指挥，使用劳力，便采取主粮不够菜来补的方式，同时开始使用家园菜。家园菜长不及，用野菜补，野菜挖完了，上山找，如葛根、蕨菜根。这两种，我用土话说叫根，学名叫茎，挖回家洗干净，用石磨磨后，放冷水里浸泡，让它沉淀下来，沉淀后取出来晾晒成粉储备，什么时候吃，什么时候可以做。上山采摘白花菜，回家焯水放在无污染的流水中，漂除带苦涩味的水，就可以和大米麦面混合吃。这样做作用有限，白花菜不是到处都有，有时能挖和摘采到，有时空手回家。我父亲的亲哥哥（他们是双胞胎兄弟），到大新区象鼻子河水库修水库，听说没吃的。不知什么时候耕牛死了，大家把耕牛肉吃了，将骨头埋到土里。他把骨头挖出来放在火中烧，烧焦了啃着吃，后来拉大便很困难，由于长期营养不良，小腿出现水肿，在1959年冬天就饿死了，年仅46岁。

我们家和全村人一样，吃不饱。有一天，我母亲从东头河边洗衣服回来，急急忙忙地叫我到东头村去牵牛来放。原来，村头有个老放牛的老头，诨名叫"疯子老头"，不知为什么发脾气，在东头村外面，大声闹着不放牛了，母亲抓住时机，牵头牛来放。当时，我还想不通，别人不放，我们家顶上接着，真是糊涂啰。这天太阳快落山坡时，生产队长站在垮子对面的稻场前，大声叫喊着："一头牛一捆稻草，领回去喂牛。"

到了晚上，母亲带上扫把，叫我拿着破旧布单，一起从垮子中间赶忙赶到东头村，在牛栏里垫上布单，开始解开那捆稻草。突然，我发现草里有不少散落的稻谷。因稻草没打干净，一捆稻草抖一抖散落下许多稻谷，摘一摘稻草上的谷子，一捆稻草不等，大概可以抖出四五斤稻谷，回家后清清，悄悄用手摇，磨掉稻谷壳，连磨几回，变成细米。谷壳得送很远，倒入名叫后院的、生产队积肥的大坑中，不被别人知道。

母亲端着用小瓦罐做的洋油灯（洋油灯的制作：灯芯用薄铁皮裹着稍稍粗的棉线做灯引子，引子伸到洋油中吸油，才能点亮。洋油就是煤油，那时煤油靠进口，叫洋油）。在家不能点亮，有时风大，容易熄灭，又怕别人看见知道此事。洋油灯带到牛栏里，用洋火，也就是火柴棍儿刮着，再点亮，火苗随风飘，飘到身边就亮点，飘到远处就暗点。灯引子向上移点，灯又亮点。牛栏里喂牛，稻草多，易着火，不安全，灯光不是很亮，想把稻草上的谷子抖得干干净净，实际有点困难。

饿肚子那么严重，集体食堂还坚持着，餐餐喝点米汤水，也不准个人开伙煮饭。我们悄悄把细米煮好，加菜，再把端回来的稀饭合在一起，重煮。我们姐妹几人，每人能吃上几碗。我们家没有饿倒人、饿死人，度过了饥饿的冬天。是我母亲有观察问题的能力，才让我们全家生存下来。

05
七天人生（1959年）

1959年4月份，我的小弟弟出生了，我们家添人进口，增加了一个男娃，农村家里增加了一个男孩就是全家的希望，是家里的宝贝，全家人都非常高兴。仅仅过了两天，小弟弟脸上一阵红一阵白，看到他和正常孩子不一样，大家都很惊讶。父亲从外地做事赶回来，看后，站着一动也不动，站了好久，舒了一口长长的气，眼泪偷偷顺着脸颊往下流。我抬头看父亲怎么不动，才知道父亲在流泪。很快我也跟着流泪，我流泪还不知道问题的所在，只是看着父亲流泪而流泪。过了好大一会儿，父亲缓过气，跟我们说："这孩子养不大，他得了脐风。我们村大多数妇女生孩子都在自己家里，很少有人去医院，在家里用剪刀剪脐带，一定要把剪子放在锅中用水煮开才能使用。你妈生弟弟我不在家，他们手忙脚乱，可能忘记剪刀要用水煮，随意拿剪刀剪脐带，造成孩子得了脐风。你们都没有经历过这样的事情，这是祖传的知识，要用水煮剪刀才能用。"

这脐风，后来的说法是破伤风，我们几姐妹知道小弟弟活不了，一下子全家人大哭起来，那几天我亲眼看见小弟弟难受的样子，脸从红到紫，又到口吐白沫，吐了白沫后平静点，反复这个样子没法治，也没有送医院。第七天下午，眼见着他死去。我们当地的风俗，小孩白天不能下土，不能穿好衣、新衣服，只好用破旧衣服包着，再用破烂席子裹着。然后委托尚家的哥哥把小弟弟送上山埋葬。按当地的一种说法，这样做是让他好投生。

小弟弟短暂的七天人生，使我们知道不按科学办事的后果。

06
桃树结了怪果子（1959年）

我家小弟弟死后，有些信封建迷信的人，时而出现议论我们家房屋不干净，意思是有鬼。不巧几件事情凑到一起。

我们家房子从垮子前门进屋，经过中间三个天井，我们家在第三个天井的后面，房子坐北朝南，共四大间，正屋两边的横屋做厨房，倒扣天井南边的四大间屋，中间为过道，出入方便。这间过道属于我们家的。北边正屋四大间，靠西边一间和横房，分给了姓徐的人家。我们真正有的是三间正屋和东边做厨房的横屋，三间正屋中间一间做堂屋，堂屋后沿墙开着一个后门，斜点朝西北角。后门后边有半亩多空地（一亩666平方米），靠西两块地，地势高30厘米左右，靠东边底平，离后门近，西边两块地为自留地种蔬菜，西边菜地与东边中间有个墙埂(高70厘米)，这房屋是分给我们家的。

父亲就在中间埂上栽了桃树、李子树、杏子树各一棵，树下面做一个露天厕所，厕所后边有高70厘米的墙埂挡着，上面可能想用果树挡挡，很简陋，挖个坑、埋个破大缸，中间放块大木板，防止拉大便落下去，粪便溅到身上。拉大便，先拉到木板上，让大便自己缓缓滑入粪缸内，做有机肥料，与厕所并排的旁边留了一点空地。空地北边隔壁做了猪圈，圈顶用木棍树枝搭棚子铺稻草，为猪棚。地下面有个人为做的沟，让猪的粪便直接通过围墙暗道，流入生产队的田中做肥，我们也解决了打扫猪舍粪便的活路。两全其美。

随着时间推移，我哥哥长大了，高了好多，想为家里出力做事。我家猪棚与生产队田中有个围墙，哥哥就在猪棚北边的围墙埂上栽泡桐树和梨子树，泡桐树树板轻，是当地做出嫁木箱的好材料。

父亲喜欢栽树，更喜欢栽果树，果树开花时，他就说家开富贵花，财源滚滚来。父亲栽的果树早就能结果了。桃子树结的果有点酸甜，桃香味浓。父亲说每年果子味道不相同，与气温有关系，天气好不好，特别是果树扬花时不能下雨，下雨扬的花，桃就有酸味还偏重，酸味重就是雨水大的原因。没有发现有什么不一样的地方。

但是，1959年这年，我家的桃树上结的果子不像以往的桃子，也不像杏子，比桃子小，比杏子又大些，颜色像桃又像杏，李子树上开了些有点像桃的花，但又不结果。出现这样的事，垮子里的人纷纷议论，来到我家看稀奇。

我的绰号叫"能人"，就阻拦他们不要来看。内心想不吉利，又不是什么好事。说着，说着，不小心右脚踩滑，从上面果树旁边的埂上，掉进下面的厕所里，右腿全是大粪，臭烘烘，需要大量的水冲洗。家里哪有那么多水洗，再说家里的水是哥哥姐姐们从外面一担一担挑回来的呀。只好从我家后门穿过中间堂屋，走过三个天井到外面的东边大河里才将臭烘烘的腿洗干净。

我家养的鸡，无缘无故地没什么动静就不见了。有时鸡下蛋，人看见鸡在鸡窝里趴着，准备下蛋，不一会儿就看见鸡跳到地面上，人赶紧去收鸡蛋时，鸡蛋又不见了。

母亲不能把这些事藏在心里，不说不舒服，会随口嚷嚷。正好如了有些爱讲神弄鬼的几个人的愿，说房子不干净、有鬼等等，没有弄清楚就迷信着。这把有结论的事和没有结论的事，搅在一起来说，越说越说不清楚。有结论的如大弟弟头上长脓包，感染了可能患败血症；小弟弟的事很清楚，是脐风；鸡和鸡下的蛋不见了，是我们后院和围墙埂上果树旁的杂草长得茂盛，黄鼠狼有藏身之地，是黄鼠狼干的事。

唯独就是果树上结的怪果，当地当时任何人无法解释。这个谜，他们议论，我也在想，藏到心底，几十年过去了，现在自然而然有了说法。用科学发展的观点去看，我们现在到水果店买水果各种各样的都有，有种叫杏桃或油桃，上面光滑无毛，与我们家1959年桃树上结的杏不像杏、桃不像桃、颜色微黄微红的果子一模一样。不一样的，仅仅是，我记得我家树上结的果好像有微小的毛，现在油桃上没有毛。我们家的杏树和桃树并排长在一起，可能扬花时，蜜蜂串了花粉，在桃树上结了"两不像"的果。杏树上没结这样的果，可能杏树不容易接受桃的花粉。如果现在去咨询这方面的专家，就更清楚了，不至于出现当时无言可答的场面。

他们说的有鬼，全是迷信。

07
找蕨苗被蜂蜇（1960年）

1960年，我十岁。生产队集体食堂还开着，各家各户仍然不能私自开火做饭，谁开火做饭就砸谁的锅，要求严格。可大多数人在食堂吃不饱肚子。学生上学饿肚子，没精打采。中午去上学，因为人数到不齐，有时老师说下午在家复习做题。在家哪能学习呢？帮家里做事，参加劳动。眼前最急的事，是寻找填饱肚子的东西，上学读书自然成了半工半读。哥哥上学的状况和我的状况好不了多少。为了能吃饱肚子，到处找能充饥的食物。听说垮子里有不少人上山挖蕨根，磨蕨粉，添加在从食堂端回的稀饭里，悄悄再煮一煮，尽量填饱肚子。

我和哥哥也要上山挖蕨根。去过黑沟山的人说，蕨根不是散长的，是一块一块地生长，碰到了，不需乱跑寻找，直接挖就够了。我拐着一个竹篓子，哥哥把两只花篮撂在一起，用扁担穿上放在肩上背着，扁担另一头勾上锄头，右手将锄头把拿好。从我们罗家畈出发，路过华家垮，又弯着腰走水库上的羊肠小道，上黑沟山。

人走到了，肚子饿得很，有气无力。一屁股坐在地上不想动，休息一会儿定神后，睁眼一看，前面一片片绿油油的豌豆地。不用问，是肖家垮生产队集体在山坡上种的豌豆。我和哥哥俩都知道，集体的东西不能乱动，更加不能破坏，肚子饿的滋味确实难受。古人说人以食为天，天大的事不能饿死人啦。顾不了那么多，先把肚子塞饱再说。哥哥说有人来就认错。哥哥和我在豌豆地里寻，找大豌豆角、豆米成熟的，摘下当场就吃，青青甜甜的，味道非常好吃，吃后不打头，就是说没有微毒。边摘边看有没有人来，说不怕心里头还是怕，一边防人来一边吃。吃着吃着，人感到好多了，有劲又有力气，我们俩离开豌豆地，走几步又回头到豌豆地，摘点豌豆放在自己衣服包里，正式离开上山找蕨根。

父亲告诉我们，首先找到蕨苗，才能找到蕨的根。顺着别人挖过的老地方往前走，果真有蕨的苗子，不一会挖够了。我拿不了多少，只是跟着哥哥边玩边拿点，也算可以嘛。

准备下山回家，下山时站在高处向下看，一眼看见一棵油子树树枝上吊挂着一个圆圆的、灰色的葫芦蜂窝。别人见了蜂窝，马上躲开，怕蜂追。听说过蜂追人的事，我好害怕。哥哥那时13岁，见了它，感到好奇又好玩，不怕邪，捡起小石头往蜂窝砸。站在山上往山下砸蜂窝，很容易就砸中了。当时蜂窝没有砸掉，也没有破洞，只听到"啪"的声音，蜂窝晃动了几下，蜂不知从哪里涌出，飞往哥哥身边，直追哥哥的头、脸、颈，我清楚地看见是麻蜂。我俩赶紧拿起东西快走。哥哥只好折断树枝，边走边搅打蜂。蜂越来越多，真叫蜂拥而至。

我看哥哥已经被蜂追到不行，我大声叫："哥哥快脱外面衣服，把头包着，头用衣服包着，要好点。"快速下山后，还有个别蜂追赶着。离开山，到平畈，我俩松了口气。哥哥把衣服解开，我一看惊呆了，大声尖叫，天哪！哥哥满头被蜂蜇得红红的，有的开始红肿起来，大片疙瘩。哥哥说痛得厉害，人快晕过去，我束手无策，不知怎么办。哥哥说以前听说村里人讲，被蜂蜇了，用人乳奶水涂上就不痛。今天又到哪里去找人挤奶？紧急之下，哥哥说用冷水洗洗，看好不好点。到水库渠沟里洗头洗脸，洗完，痛得好点，冷水一干又痛得更厉害，没有办法。

最后是哥哥自己救了自己。他见到渠沟旁菜园围栏边有人种的丝瓜，瓜藤还没长得太长，没有开花，只好把丝瓜叶揪下来洗洗，把洗完带水的叶子用力搓搓，搓出绿色汁涂在脸、头上，把人涂到绿绿的，像化妆样。嗯，不一会儿哥哥说疼痛好多了。

哥哥把两只用篾编的花格筐子摞在一起。这个筐子我们老家人也叫花篮，篮子从四个方向穿上绳子，便于装东西后，用扁担穿入绳子放在肩上背着。哥哥担起装着蕨根的担子，我跟在后面，走在回家的路上。到家几天，哥哥都是用丝瓜汁，擦头擦脸，没有用奶汁，也没有打解毒针。不知是不是花麻蜂比灰黑色蜂毒性弱些的原因，反正擦丝瓜汁慢慢好了。哥哥现在已经70多岁，时至今日，蜂蜇用丝瓜汁擦好了，什么原因还是不知道。

巧的是，从哥哥砸蜂窝开始，我一直跟着哥哥，一会儿没离开，大概是因为我是女孩、头发长点，哥哥是男孩、头发短些的原因，蜂子蜇他不蜇我。哥砸了蜂窝，蜂子一直追他，越跑越远赶着追，好像认识我哥砸了它的窝，穷追不舍，小小的花麻"蜂"子，头脑清晰，谁伤害了它，把它窝砸了，它就追谁，这就是"疯"子。

父母亲看到哥哥脸肿得厉害，他们心疼。批评哥哥不听话，为什么去逗蜂子呢？便再也不要我们到山上去找充饥的食品了。

08
妈妈会做好吃的（1960年）

母亲发现一种比山上的蕨粉还好吃的东西，叫我们姊妹在田畈的田埂上、路旁边、不种麦子有水又没水的田里，一粒一粒地捡散落的稻谷生的秧苗芽。有的谷壳还在芽上，有的长出了根，谷壳脱落又长出秧苗，有的发青长了3~5厘米绿绿的秧苗，都有用。回家后清洗去砂石、谷壳，用水磨磨出来带绿色的糊糊，放在锅里煮，加自留地菜园种的黑白菜，放点盐，感到好吃极了。我们只能做，不能随便说。父母亲说别人知道了都来捡，那我们又捡什么呢？为了抢着捡，水磨只能当时磨了当时吃，时间长了容易馊。母亲又改进办法，捡回来的，洗净晾晒，晒干了能储存，什么时候吃，什么时候再磨。到处都有撒落的稻谷，是收割时落下的。

我们家乡大悟在湖北，种稻谷收割的习惯和四川广安地区在操作上不一样。稻谷成熟收割时，大悟的做法习惯先把割倒的稻谷顺手放在大约有50厘米高的稻谷蔸蔸上铺开晾晒，中间还得翻晒一次，让它充分晒干。直到稻谷秆干瘪、叶子卷起来，认为晒干了，把稻谷秆扒成一堆一堆，用稻草搓成草绳，把扒成一堆一堆晒干的稻谷秆捆起来，捆的大小自定，直到大家都挑起来，挑回稻场上，码成稻谷垛，抢时间、抢天气地抢收完后，什么时候有好天气，就开始解垛，把一捆捆稻谷抖在稻场地上铺平；用绳子套在牛身上，牛在前面走，带动石磙碾转，稻谷从稻草上脱离下来，把脱离的稻草打好捆堆垛，供牛吃。稻谷除掉草末碴子晒干，可以上交国家和归仓储备。我们在收割过程中，工序烦琐，割稻谷浪费多，如：铺晒、翻晒、扒堆、抱起打捆、挑起送到指定稻场，沿路都是撒落的稻谷，就是到了稻场滚碾，四周还是有撒落的稻谷、稻谷打捆夹杂在稻草中的稻谷和没有碾掉的稻谷等。

四川广安地区的做法比我们湖北北片科学多了。收割时，抬个大木桶放在稻田边，随割稻谷的进度移动木桶前进，割两手抓得住的稻谷，用双手抓住稻谷秆，在木桶边里使劲打，成熟的稻谷掉在木桶中，稻草上的稻谷都甩打干净了，再用几根稻草把多的稻草扎紧，捆成一小捆一小捆，支成小稻草人，就地竖立，自然晒干。稻谷及时挑回稻场，晒干归仓，稻草晒干后，捆起送往稻场堆垛，手续简便，撒落稻谷少，减少浪费，称得上颗粒归仓。

而我们的做法稻谷撒落得多，结果就有机会拾到稻谷芽充饥。

我们村东头有条小河，村与小河大概有半里路的距离，据说河水是从我们村北边河南省灵山古庙山底地下流到我们村地下，向上冒出大小泡泡，遇到干旱时同样冒泡泡，是真正的泉水。

村民们在小河上游用石头人工做了一口水井，供全村人饮用。到了天热的时候，四周的人来挑水防暑降温。在井下面流出来的水——我们叫一条小河——是全村人洗菜、洗衣的地方，冬天流出来的水冒热气，村民们不管洗菜还是洗衣，从不冻手冻脚的。水很干净，是流水，小河清澈见底。为了方便大家使用，在小河两旁，有人用石条和石板扣成平台，人站在上面做事、洗菜时，总能看到石头缝里有许多鳝鱼，时不时鳝鱼的头就伸出来。

有一天，母亲拿篮子、剪刀和洗衣用的木棒，把我叫上跟她一起走，走到村东头去河边路上，让我站在上坡路口上望风，如村里有人过来，就马上告诉她。她带着不知哪年的一块腊肉干皮，硬硬的，在水面上晃来晃去，逗鳝鱼出来。只要鳝鱼咬住腊肉皮，就赶紧拔取，扔在地上，用木棒打死，用剪刀破开鳝鱼肚子，去掉肠子和脏物，然后用木棒捶打鳝鱼中间的刺，把刺锤平，去掉头和尾，用剪刀剪成一寸长的鳝鱼桥，随后放在水里稍微洗荡下，再放在篮子里，很快就弄好了，用破旧衣服盖上，生怕村里人知道了，说我们家的人好吃，丢人，所以偷偷地干这件事。

回家后，母亲用自家菜园里的葱白加点盐把鳝鱼腌着，实在没有什么东西添加。锅里水开了，下到锅里，用锅铲扒几下，看变颜色就熟了。母亲给我一碗，舀几大块黄黄的鳝鱼片。什么油都没有放，也没有油放，怎么看着汤水里有小油花呢？可能是鳝鱼本身的油呢。端起碗吃鳝鱼，当时真的很有点害怕，几次用筷子夹着朝口里放，还是怕，就放到碗里，人饿实在太馋，后来试着吃，慢慢就不怕了。吃着吃着，想到比那些没油水难吃的野菜好吃多了，怎么没有人弄、没有人吃呢？母亲弄了还怕丢人。我想任何创新都需要胆量和勇气。我的母亲在村里是第一个敢于弄鳝鱼、吃鳝鱼、敢于尝试的人。

09
我失明了（1961年）

  1961年我已经11岁了，经过前面两年的饥饿，两年东跑西找填饱肚子的食物，两年没有吃肉和蛋，两年都是吃的无油炒的家园菜和野菜，更谈不上喝牛奶，见都没见过。正在长身体的我已经抵挡不住，缺少营养，身高不怎么长，比同龄孩子还显得矮小。听父母亲说，我出生时有一头乌黑的头发，现如今由黑慢慢变黄，满头长短不齐的蓬发，没有光泽，脸上出现黄块、白块，像酱油的棕黄色，嘴唇发白，使人看上去很讨厌。在这讨厌中出现了更讨厌的事。

  不知从什么时候起，我的身体就出现问题了。有的人挨饿，首先小腿出现水肿，可我没有水肿的迹象，但是有一天，眼睛突然发黑，看不见东西。从家往外走，走到中间天井大门，顺到右边，与堆放的大堆农具相碰，一声尖叫，是姐姐她们把我拉出来。再后来看东西模糊不清，走路时靠手摸着走，光线不强时需要有人牵着走。身上又没有什么地方痛，为什么看不见？学也不上了，心里非常着急，今天盼着明天好，可是到了明天就是不好。

  父母亲也着急，问了张三问李四，到处打听有没有人生这种病，怕花钱又没钱，不能带我到集镇医院看病。母亲假装看病，在一家中医门前坐着，不讲话，听听来人看病，医生跟他们怎么说。连听了好几个来看病的人，听到其中有个人的病跟我差不多，医生说，先补营养，调整再说。母亲跟我们说，她听后，起身就走，已经知道我得的是营养不良的病，走进家门，就把喂养的老白母鸡杀了。这只鸡不怎么下蛋，常趴在鸡窝半天，看见它跳下鸡窝，却不见蛋，又怕黄鼠狼偷吃鸡蛋。只要这只鸡上窝，赶紧抓着，用手指头从鸡屁股插进去摸摸，试探里面有没有圆圆的东西。在鸡屁股门前这样做，叫印蛋。几次印蛋都没有，才知道鸡在生气。虽然说生产队允许家家户户养鸡，也只能养三五只鸡，生猪和耕牛由生产队集体喂养。鸡养多了，开始说是资本主义，大家怕受批，不敢多养，再说人都吃不饱肚子，哪有粮养鸡呢？规定要你养几只鸡，靠鸡自身找野菜、虫子、收割粮食时洒落在路边的稻谷。晚上，鸡进自家鸡笼，就将自留地菜园的菜边叶、菜蔸切碎，喂下。下的鸡蛋攒集在一起，到大队供销点兑换夜晚照明的煤油是必需的，不然的话，夜晚摸黑。这只鸡虽说不怎么下蛋，可也舍不得杀。为了给我治眼睛，舍不得也杀了，清水熬闷鸡汤，每天吃一次，一次小碗汤。

吃完了这只鸡，母亲就给我吃鸡蛋，虽然不能天天吃，但她努力隔三岔五地给我做。做法是：煮全壳蛋、蒸鸡蛋、鸡蛋汤、煎鸡蛋、鸡蛋加菜煮粥等，各种做法都吃过，每次只用一个蛋。在家这样做，是经过生产队同意才允许家里开火的，不记得有多长时间，共吃了多少个鸡蛋，只要有鸡下蛋，母亲就会给我吃。

我把鸡蛋吃了，夜晚没有煤油点亮，煤油是要用鸡蛋换的。晚上总不能摸黑，哥哥放学回家，看见街上供销社出的广告，收黄荆条，两尺长以上的每斤两分。父母亲和哥哥都说，划得来，抓紧时间快上擂鼓台山上去砍，晚了供销社收够了就不要了，那我们就白费力了。父亲告诉我们，当地供销社出现收购是集体需要编篮子装土装石头，是因为不知在什么地方又要修水库。我们这个地方不长竹子，竹篮从远处运来成本高，所以供销社想就地取材，用黄荆条编篮子。第二天哥哥不上学，上山砍黄荆条。供销社负责收购的人说，哥哥砍的黄荆条粗短的多，不好编篮子，黄荆条的枝子多，打得不光，充了称。打折扣压秤，两次一共给了玖角钱，有了这玖角钱，我们家也很高兴，晚上点亮的油钱总算有了着落。上学以后，每隔几天哥哥又去砍黄荆条。我的眼睛随着时间推移，不知有多长时间，慢慢好了。

在最困难的时期，全家克服重重困难，想方设法调养我，给我光明。如今我已70多岁了，从来没有发过那种眼病，感谢哥哥的支持，父母亲的恩情比天高、比海深，说也说不完。

10
母亲小产（1961年）

我的眼睛刚刚好，母亲的身体也不好了，出现问题了。

我亲眼看见，母亲在中间堂屋靠东边房的床前地上，流了很多血，地上有像小鸡蛋大小的一坨血。

我害怕，心惊肉跳的，赶忙跑出家门，站在家前第二个天井中，大声喊叫："胡大姑！胡大姑！"（她年纪大，不去做农活，经常在家）我连叫几声，让她快来看看我母亲。她出门来到我家，听到我母亲痛苦的哼唧声，走进房一看，很快就说，这是流产，可能大出血，赶紧叫医生。

那时父亲不在家，哥哥上学没回，大姐出嫁了，二姐在伯伯家离我们很远，么妹比我还小，只有我去请医生，又怕人小请不来。胡大姑说，叫她的小儿子去请医生。问题是，是到我们集镇请，还是到我们湖北交界河南省罗山县的九里关镇请呢？胡大姑说，还是到九里关请，那里有位医生治这样的病。临走时母亲给我五角钱，叫我也去。我拿着五角钱，跟着胡大姑的小儿子，赶忙走到九里关找医生。

找到那位医生，胡大姑的儿子叫我把生病的情况给医生说下。我就把以上我看到的，和胡大姑看时说的，都给医生说了。医生听后什么都没说，只说今天捡三服药，吃第一服药就应好些，三服药吃完如不见好，重新看病换药。说完后，问我们带多少钱。我把手帕包着的五角钱拿出来给医生看。这位医生沉默了好一阵子，叫人收下这五角钱，用黄色纸袋装了30个大小不同的红枣，叫我们回家后到菜园割韭菜，用我的手掐住一把就够了，洗干净，立即用手来回搓，搓出绿色韭菜汁，再用手指蘸点盐，放在汁中就喝，这样早晚各喝一次，一天两次，连服三天。另外，用吃饭的小碗舀小碗水放在砂罐里，一次煮十个红枣，直到枣肉和枣核煮脱为好，一天两次，一次一碗枣汤，连服三天。

我回到家立即弄韭菜汁，给母亲喝。之后再去弄枣汤，还没开始，父亲回家了。我一见父亲回来，心情好了许多，感觉做事踏实些。按照医生说的做，给母亲喝韭菜汁和枣汤，出血真的止住了。河南这位医生看见我只有五角钱，知道家庭困难，采取土办法止血，医德高尚，一种为人民服务的精神留在我脑海里。

父亲从生产小队跑到大队，说明母亲的病情，大队会计给了父亲半斤红糖票。父亲拿着票，到指定的代销店购买红糖。父亲拿回用淡黄色纸包着的红糖，解开后，用手抓点，塞到我嘴中。这时我非常高兴，感到糖好甜啊。父亲说，这是古巴产的糖，黑黑的，稍稍有点黄，都是大坨坨和小坨坨，没有散粒糖。用开水冲化，给母亲喝。喝完后，我接过碗，发现碗中还有剩下的渣。第一次看见古巴糖，给我的印象是不太干净。母亲小产出血，喝点古巴糖，可作为最好的营养品。

11
自留地（1962年）

  1961年底集体食堂解散了，大家恢复了一家一户做饭吃的原生活方式，急需解决蔬菜、油料以及生活必需物资。解散了的集体蔬菜基地，分给社员群众自己种植。

  同时，在1962年，国家精简城乡城镇人口，针对那些有城镇户口没有工作的人（工作全靠计划安排），提出"我有一双手，不在城里吃闲饭"，城里人积极报名到农村去，许多人转移到了农村。原是农村人的，有点土地，是吃集体食堂前留下的，在住家的房前屋后，是生产队不好管理的那一点点地。劳动人民离不开土地，哪怕有一点点地种上葱蒜也是好的。土地归国家所有，是国家的，人民群众都知道，所以我们称这一点点地为自留地。

  城里人到农村来，国家明确规定给到农村的城里人分配一点自留地，让他们跟农村人一样享受生活，有点地种，就能站得住脚，稳定人心。城里人自然而然跟农村人一样享受自留地。就这样，大家都有自留地。

  自留地的多少，因地制宜。有的生产队水田多、旱地少，有的生产队反过来，旱地多、水田少。分自留地没有硬性规定每人多少，反正都要分自留地。自留地分为两种，首先保证群众的菜园地，自种自吃，一日三餐有菜吃，农民不可能每月有现钱，不可能天天上街买菜吃。如果菜园不够分，生产队截块粮田做菜园地，也要分给大家。另外一种自留地，是分给社员种旱庄稼，也叫多种经营地，如芝麻、棉花、豆类等，作为改善家庭生活的来源地。这块自留地由用户自己决定最缺、最想种的品种。

生产队的菜园地有上中下之分，有的土质差、有的水源远、有的离家很远，土地不可能都是一样好，自然条件决定的，所以分配时生产队召集群众大会，家家都要来人亲自抓阄，抓到什么是什么。用这种原始办法解决如意和不如意的事情。我们家是哥哥抓的阄，抓得不错，父母亲非常高兴。我们家有五口人，父母亲、哥哥、我和幺妹妹，菜园就在垸子门前的水塘边。两块长长的地，用现在的住房面积来估算，那两块长长的菜地有30～40平方米，土质肥沃，是吃集体食堂的老菜地，土地种熟了，土质就盘活了，种菜浇水在水塘边很方便，属上等菜地。

父亲把两块长长的地从中开沟拉开分做四块，利于栽种不同品种，好管理。一年四季大众菜，大家种的基本都是一样，可是我家有点不一样。我记得最清楚，四块中有块靠北边水塘边，父亲种苦瓜，苦瓜没有油，可难吃了，垸子其他大多数人不种苦瓜。我们不高兴，父亲坚持说，苦瓜是一种好菜，是我们家祖传，把它当宝。苦瓜生长期长，省事省力气，菜地离水塘近，方便，只要隔三岔五上家园肥，一波又一波开花结瓜，该多好，一直结到天气转冷、打霜为止。苦瓜，苦自己，不苦其他的菜。天热时，炒苦瓜不馊，还能连带点其他的菜不馊（农村那时没有冰箱），结多了摘下切片晒成苦瓜干，备着冬天吃。

农村卫生条件差，这里一个坑，那里搞个洼，处处为集肥种庄稼着想。顾了积肥一面，没防止生长苍蝇、蚊子害人的另一面。农村不是每家都有防虫、防蚊子的蚊帐，三伏天最热的时候，大家喜欢背上两条板凳，抱上大小不一样的圆竹子，用绳子分上中下编三道绳的竹床，放在露天地搭床睡觉，很好入睡。因为竹床有闪悠感，很舒服，在一起朝天看星星，边打着蒲扇赶蚊子，纳凉、聊天，等你要睡没睡昏昏沉沉时，臭蚊子来咬你，咬你又咬他，垸子不少人打摆子，发冷发烧。可我们在同一个村子住，晚上在一个地方纳凉、睡觉，我们三姐妹从来没有打摆子，是不是经常吃苦瓜的原因？与吃苦瓜有没有联系，一时难以说清楚，其他没有什么不同，总之都是别人打摆子。我们经常被叮咬却不打摆子，这让人有点疑惑。如今苦瓜是治糖尿病的好菜，甚至当药吃，现在我们五兄妹最小的60多岁，有的有高血压，但没有患糖尿病。难怪我父亲说吃苦瓜是我们祖传之宝，必种之菜。

另一块自留地，也就是多种经营地，在王家河通往罗家畈的中间，经过乱祖坟，这块地有姓罗、李、王、吴的祖坟，所以叫乱祖坟。从乱祖坟中穿过一条道路，到达罗家畈，即我们的家。我们家的自留地在过道北边，大概不到一亩地。乱祖坟地感觉起初从中突起了小山包，与四周水稻粮田相连，粮田比山包低许多，四周是粮田有水。聪明的祖先在周围栽了甜菜芽子，就是枸杞，不缺水，易生长。到了春季，垮子里的人从中过路，都要到周围揪把甜菜芽子，回家打菜汤喝。我们家得到这块旱地，可没有菜地理想，虽然位置不错，但土质不好，石头多，沙子也多，易渗水，前面浇水后面就干。为了保湿，我们全家从周围田野里取土，填到地里，像盛饭一样养在盆里，来回翻活后，才能种庄稼。大块地分为两块：靠北种棉花，母亲说，凑旧絮一起打被絮；靠南边种芝麻，兑换油，要不一大家人吃饭没油怎么办？

四月上旬，我们家把家里积的肥挑到地里，叫施底肥。翻土晒后，整平撒芝麻种子，下雨过后发芽长苗快，种子撒多了，苗密不便生长，人为地去散均匀，母亲说共匀三次苗才合适，匀苗时，顺带拔掉野草。母亲把刚匀掉的小嫩苗洗干净，打菜粥吃。第一次吃感到非常好吃，没放油就像放过油一样，香香黏黏的。第二次吃也还行。第三次苗长出五六片叶子，芝麻叶长大了，叶上有微小毛，吃起来没前几次柔和，有点小麻嘴，吃了以后头有些闷。后来要吃，母亲没有放那么多芝麻叶，就没有闷头的现象。母亲说芝麻能打油吃，芝麻叶也是能够吃的，我这才弄得你们吃多了点。为什么闷头呢？我们家人没弄明白，还没体验出来。

自从有了自留地，允许人们想种什么就种什么，生活一天比一天好起来。

12
随父亲打鱼（1962年）

这年中期，国家号召多劳多得，按劳分配，开始给劳动力打分。我父亲是男劳动力，每天生产队记10分；母亲是女劳动力，计7分；我们学生在农忙假期参加劳动给分。家庭积肥上交生产队，每交一担称重累计给分。按这些分的总和参加年终生产队的决算。

生产队经济来源：集体上交公粮的钱，生产队多种经营，如集体养生猪、种花生、种塘麻（做绳用的麻）、黄豆、油菜、果树结的果（主要是桃）。

在我们家乡，桃好吃是出了名的，生产队在大河外滩边种了大片桃树。打灯草席子、种西瓜等都是多种经营的收入。生产队把上交公粮、余粮和多种经营的钱统统加在一起，称总收入。生产队把社员的工分总计起来，算出每十分能分得多少钱，这就叫社员年终决算。我们家父母亲要争取出全勤，全家人重点要积肥、上交肥，才能多挣工分，年终争做余粮户。拿回全家人的口粮，还能分得钱就是余粮户。

下到农村来的城里人也一样分配，形势越来越好，社员积极性高涨。

春天、夏天日长夜短，生产队收工早些，父亲每天除了参加生产队的劳动之外，盼望已久的就是这个打鱼的日子到来了。父亲提着撒渔网往外走，到水塘、大河边打鱼。我放学回来赶紧跟着父亲，提篓捡鱼。生产队很长时间不许搞副业，没有人敢打鱼，这次父亲几乎每一网都能捞起鱼，直到天黑看不见人，我们才收网回家。

到家时，母亲已做好准备做火炕鱼。把大、小鱼两面炕黄不能煳，炕完整，不能掉头、掉尾、掉鱼皮。为做好这些，首先得把铁锅洗干净，烧热不放油，用老丝瓜去皮的丝瓜筋做擦锅布，在锅里来回搓擦，直到光滑为止。再把小鱼一条一条平放在锅里，火不能太大，防止烧糊，这面炕好翻过来炕反面，翻时掌握好火口和力气（加柴和扇风的那种农村土灶），防止鱼皮脱掉不好看。将炕好的白条鱼、小麻鱼、小虾放在用竹子编成的长方形鱼簸箕里并排整齐，这样自然地除去热气当中的水汽。

第二天早上，我背着书包，把排好的鱼簸箕里的鱼，一层层放在竹篓里，用手拐着，走六里路左右，把鱼送到街上的买卖鱼行里。自己把鱼放在鱼行并排在木板上放好，去得早能放第一排。放在第一排的好处是，赶集的人一眼能看上鱼，卖得快。不管有多少鱼，都交给一位姓丁的叔叔，他是鱼行掌称的，又是负责人。来买鱼的人由他负责称鱼，买鱼的把钱交付给记账会计，会计在我送去鱼的总数中收取手续费。我放学后再去鱼行拿钱和鱼簸箕回家。有时运气好，鱼打得多，打的品种是小麻鱼或是白条鱼，与买者相投，能卖好价钱。最好的时候一天可以卖3元多，不好的时候3~4角钱。估计能做碗菜的鱼必须送鱼行变钱，品种不好、量又少的鱼，就只能留给自家做菜吃。

我们家乡当地的风俗习惯，是火炕小鱼比大鱼受欢迎，大鱼有活着卖的，小鱼没有这种卖法。当地还有一种习惯把小喜头鱼叫鲫鱼壳，不受欢迎，怎么卖都卖不出去。

卖不掉，我高兴！

有烤鱼吃。

烤鱼的制作一开始是母亲告诉的方法。把卖不掉或没法卖的鲫鱼不刮鱼鳞，直接把鱼肚子破开，拿掉鱼胆和鱼肠（不能弄破鱼胆），鱼也不用水洗，鱼血留在鱼肚子里，用手蘸盐在鱼肚中擦擦，放一根1~2厘米长的葱白(葱要洗净)在鱼肚子里，把剖开的鱼合起来，又用手蘸盐，在鱼外面擦擦，然后用稻草把鱼绑着放在平时腌咸鸭蛋的黄泥中，来回滚，全滚上黄泥，再一个个放在烧柴火的土灶中烘烤。做饭时，烧柴需用火钳，火钳拨打几下，打着感到发出闷响，就熟了。取出来剥掉外面的黄泥和稻草，撕开鱼肉自然香得很，很好吃。

父亲会打鱼，我们经常能吃着鱼。吃这种鱼是家里没有油吃，逼着做的。

我们五姊妹，大姐快八十岁了，哥哥已七十多岁，我也过了七十岁，幺妹也快七十岁了，四人牙齿很好，没有一个牙痛、掉牙和换牙的，都是牙齿满口齐全。我们小时候生活困难，吃不饱饭，没糖吃。长大点有鱼吃，想吃糖没有糖，不想吃鱼经常有鱼吃，阴差阳错把我们养出一口好牙来。可我二姐就不一样，三岁不满，我们亲伯伯无儿无女，把她叫去做女儿，当宝贝，去他们家一开始就用糖逗她，在他们家哭给糖吃，带到外面玩也带着糖。农村的糖是用大米熬的白糖，想吃就吃。吃鱼呢，是少之又少，主要担心被鱼刺卡住出问题。对她是娇生惯养，十多岁还不会吃鱼。二姐比大姐小不到三岁，现如今大牙和门牙掉了几颗，还经常牙痛，把脸痛肿了，在医院换了几颗牙。我们五姊妹是一个爹妈生的，生活不一样，牙齿有两样结果，这验证了科学说的少吃糖、多晒太阳、多吃鱼牙齿好的道理。

13
晒酱和泡菜水（1963年）

自从有了自留地，又允许家庭搞副业，我们家的生活比前几年改善了许多。生活好起来，大家心情愉快，想的事情和办的事情就不一样。

我的母亲想的可能是，如何把这个家的生活搞得更好，如何把儿子教育成人成才，如何教会女儿操持家务的本事。母亲说女孩子总得学会做几道好菜。菜做得好，不是硬把菜放在锅里来回翻炒，就能炒出味道来的，要学会做配料，如做晒酱和泡酸辣椒菜水。

做晒酱第一步，把晒干的小麦放在手推拉石磨上磨，来回磨四道，用筛子筛出的白面放在一起做什么都行，手擀面、拉面、发馒头等等，供大家当顿吃。筛出剩下的麦皮叫麸皮，就是面不多的意思，再来回放在石磨上多磨几道，看见麸皮越磨越小，不需筛面，和麸皮一起直接加水搅拌，搓成粑粑，贴在铁锅周围，铁锅中间放水，蒸熟后取出，放在用竹编的花篮里。花篮底层有干净的稻草，平放在稻草上排好，在上面覆盖一种当地叫黄蒿（学名不知）的叶子，黄蒿的叶子不像青蒿的叶子，是细细米米①的样子，闻起来蒿香味很浓。粑粑做得多的时候，反复多放几层，覆盖住黄蒿就是。在自然温度下放10~15天，麸皮粗糙，上面长出带黄蒿的微青色毛毛，闻起来是香味而不是臭味，就"霉"好了。取出后放在自己用竹子做的蒸笼里蒸，上气时间30分钟为宜，取出放凉吹干。为了充分晒干，用手掰开霉粑粑，搓搓直到晒得全干，用擀面棍碾碎为

---

①指如同碾碎的小米一般，方言表达。

好，收藏在防潮的罐里备用。

第二步，待辣椒成熟老红后摘下，及时洗干净，去掉辣椒上的青把，刀切斜块在石磨上磨成辣椒糊糊，10斤辣椒加4两盐，比一般腌鱼肉要咸点。定要装在砂盆里，放在太阳下面晒，日晒夜露。古人喜欢用砂盆，可能砂盆的穿透力强。晒到砂盆周围出现白色盐硝来，盆上面是鲜红的辣椒色，晒出酱红色，感觉确实晒好了，等着备用。

第三步，烧开水放凉后，取出霉晒好的麸皮粗粉，把凉白开水喷洒上，有点湿润就行。用筷子搅动已晒好的辣椒酱，边搅边把湿润的麸皮粗粉下到辣椒酱中，辣椒酱和麸皮粗粉是1:1的量。麸皮粗粉未下之前，还得按10斤麸皮、4两盐的比例加到位，完毕后多搅几下。如果偏干搅不动，就加适量凉白开水，明显看到酱上有水，然后放于露天的地方，日晒夜露，越晒越香，晒出酱香味，前前后后一共需要3~4个月的时间，才算真正晒好。然后可以装在砂罐里，往后随吃随取。

第四步，为平时做菜作准备，芝麻炒熟，花生米锤破成小粒子炒熟，分别装在各自的罐中，目的是分别好使用。

再说说腌酸辣菜水的制作。

第一步，选朝天椒，我们叫的朝天椒是很辣的一种小辣椒，当然要老红辣椒在缸里经得起腌，不会发软，辣味才会辣得很正。

第二步，不知道是太太还是爷爷他们留下的老腌菜砂缸，母亲接过这砂缸，一直用它腌菜。这缸里的酸辣水多年没断过，只不过缸里的水有多有少，天气热了，有时候长出白沫来，把它舀掉就可以。缸里经常放三种东西，食盐、花椒子、桂皮，时间长了就换掉。腌的菜主要是辣椒、生姜、秋天的薄扁平扁豆，到冬季放高脚白菜秆（去掉叶子）、青头小白萝卜或别的菜，母亲不允许放多，样数多了会乱缸（就是乱菜）。防止乱缸，缸里酸辣水少了，不许加生水，只添加凉白开水，菜洗干净、晾吹干水，才能放进酸辣菜缸里，酸辣水缸一年四季都放在阴凉处。我看见缸口就是用盖子盖上，也不存在密封缸口，但是腌的菜和水，味道好得很。

14
虾酱与麻鱼（1963年）

前几年天公不作美，不是干旱就是水淹，农民种庄稼很难得到全收。1963年这年农民伯伯要烧香给天公啊，求得风调雨顺。

我们村处在畈区，四方有两方都是大小不同的山，靠南边笔直通向县城方向是没有山的。水田多种水稻，稻谷一年一季，不是双季稻。到了七月初，稻谷出穗整齐，发现稻穗前有几颗谷子黄了，稻谷低头弯腰时，村里的生产队长开始安排人，起水稻田的沟。虽然都知道水稻是水养着的，可这时水稻田不要水，开始放水。横直起沟，这个沟很容易做。

决定好从什么时候、什么地方开始，就开始右手拔起一蔸水稻放在右手边，左手拔起一蔸放在左手边，自然成了一条水沟。左右拔，中间一条沟，两边有空间，水慢慢流入沟中，从沟中流出，经过田埂开一个小沟流到另外一块田，就这样排水。

排水时，在田沟头放下虾笆拦鱼。水稻田的鱼，是进水时进到田里的，大多数是小泥鳅、小麻鱼、小虾。我们俗称糠头虾，就是很小的意思。一年只有这时才有糠头虾，对喜欢做虾渣菜的人，真是大好机会。所以，家家户户争先恐后抢着在田缺口下虾笆拦鱼虾。

我家做虾渣，和别人家有点不一样，味道也不一样，还是叫虾渣。别人家做虾渣，把糠头虾放臭再做。我家不是这样做的。我家是常打鱼的。一个村子真正有渔网，既有大网打大鱼，又有撒网打小鱼的，这个生产队只有两家，我家是其中一家，知道鱼虾的源头从何而来，我们不需要跟着他们到处乱跑，抢着拦。这年我们拦虾，丰收了。

现在，在同一个地方，没有那种情景，水田里自然没有鱼虾了，可能是打除草剂和杀虫农药的原因。

我母亲教我用麸皮酱和酸辣菜水做菜。她做得拿手的菜，都离不开鱼。

第一种叫小鱼酸菜秆。火烘小麻鱼是用撒网打的，是小鱼在水中游时突然被撒网捞起，小鱼腮里不存在泥和沙，不需弄鳃，用竹签把小鱼肚子里的肠子脏物挑出来，铁锅烧热放油，把弄干净的小鱼放在锅里，慢慢小火烘炕，放生姜，放我们自己制作的麸皮酱，翻炒下，放酸辣缸里的高脚白菜秆（一寸长为好），又翻炒下，放酸辣菜水入味，稍焖下，最后加小葱，一点清水，翻动后立即起锅即吃。这道菜从头到尾没有放盐，麸皮酱和辣椒水都是咸的，不需加盐，不用酱油不用醋，有色，不腥，是味道又鲜又美的一道好菜。

我母亲还说，会持家的妇女，做菜没有胡椒、味精、酱油、醋，照样能做出许多又香又鲜的可口好菜。这就是家庭主妇的本事。

第二种叫不嗅则香的糠头虾渣。把糠头虾洗干净，滤水，锅中放生姜、花椒、八角和盐，放一定量的水，烧开后，熬会儿，再把糠头虾下到锅里，连着翻动几下，起锅过滤晾晒，晒干备用。取麸皮酱，在锅中加适量水，化开酱，放备用芝麻、花生米在锅中一起炒开，把糠头虾放下，急翻动，加点水焖一下起锅。又香又鲜的糠头虾渣来了，尝尝吧。

15
洗头神叶（1963年）

时间过得真快，一晃我已13岁，母亲开始注意我的穿戴、个人卫生。

说起个人卫生真丢人，不好意思。从我记事起，家中有大、中、小三个木盆，到了冬天天冷，晚上我们都来洗热水脚，晚上上床睡觉不至于是冷被子又是冷脚的，睡不热。只要父母亲叫洗脚，我就抢着拿大盆。那时我心里想，大的东西就是好的。但母亲不允许。原来大盆是父亲、哥哥他们用的。为了节约柴火，不能单独烧热水洗脚，而是在做饭的土灶上，铁锅与另外一个铁锅中间，夹放一个砂罐，里面装着水，这样来烧热水的。饭做好了，中间砂罐（土话叫煨罐）里的水也热了。舀起热水，倒在大盆里，让父亲哥哥他们先洗。洗完后把热水又倒在中盆里，我们才能下脚洗。

中盆和小盆属于我们女孩用的，小盆洗屁股用。农村孩子拉大便擦屁股用的是稻草阉阉，很少人买纸做手纸。用纸也是火纸，比现在火烧纸还黄些，又粗糙。我们家很节约，没有用火纸，用稻草阉阉，不过比别人家的稻草阉阉要先进些。父亲用木棒锤稻草，锤软和提整齐，去掉稻草叶子和渣子；捆绑起来，悬空挂在外走廊靠墙边。早晨太阳出来就照上，用现在的眼光看，经太阳晒过干燥、无霉变，也算干净。我们要拉大便时伸手扯一把软和的稻草，搓阉阉擦屁股。母亲不定时在有空、有热水时，拉我们去洗屁股。听说垸子里不少人有痔疮病。从那时到现在我们家都没有人得痔疮病，是父母亲没有我们就没有，还是父母亲那样不定时给我们洗屁股，我们才没有痔疮病呢？

最开始洗头发，我看见大姐是这样做的：手拿竹子做的篮子和火钳，到稻场前抱一包稻草，放在场地用火烧，烧完后把稻草灰装进篮子里，带回家，烧开水倒在篮子里的稻草灰上，流下的水叫稻草碱水，用这碱水洗头发，确实洗得干净。可时间洗长了，头发乱蓬蓬还发黄。我怕变成这个样子，不乐意洗头，还跟母亲、姐姐她们辩论：不洗头，一段时间不洗头，我头发变黑了，确实黑了，黑的原因我说是不洗头。头上出汗养着头发变黑的，但不能长时间不洗头呀，头发臭了怎么办？母亲奢侈一次，买块檀香香皂叫我洗头发。我第一次用香皂洗头，香香的很好闻，我高兴极了，高兴胜过洗头发，洗不洗得干净都不在意。往后的日子里，用檀香香皂洗头发老洗不利索，黏黏的，洗不干净、不舒服，还不如不洗呢。

　　母亲说我的问题多，总是找茬，气冲冲地把我拉到村东头，到河边大家经常洗菜洗衣服的地方，用手指着说："这是木槿条，把枝上叶子揪下来，手搓搓出汁，放在头发上搓头发，能洗干净。"正好那时天气不冷，我第一次用木槿条树叶洗头发。从村东头到河边洗的地方，前后大约有300米长的路，都是先人栽的木槿条，长得高的比我还高，沿路长成菜园地的围墙。我只知道揪小叶煮糯米稀饭吃，消火祛毒，不知道叶子能洗头。我揪了不少叶子，按母亲说的做，边搓头边在水里洗，也没觉得水冷，果真洗得干净，用手摸上去，感到头发顺顺溜溜的，干后也不乱蓬。我还怪母亲，这么好的东西就在眼前，怎么不叫我们洗呢？

　　后来我一直用木槿条树叶洗头发。即便是天冷了，木槿条树上还是有叶子，感觉一年四季都有绿绿的叶子。到了冬天不敢在小河边洗冷水，怕今后患头痛病，虽然一贯舍不得烧柴烧热水，为了洗干净头发也要破费下用热水。其实，要不了很多热水，用少许热水把头发弄湿，把刚洗干净的木槿条树叶使劲地搓，搓出滑滑溜溜的汁放在头上，和头发一起揉搓过后，用点温水淋洗，连冲两次就洗好了。

　　这一洗就洗到我走出农村参加工作为止。

16
养猪（1964年）

新年刚过，父亲跟我们三姊妹说，今年国家给我们的生猪任务，要求每家每户一年最少上交一头生猪，每头猪不能少于131斤，每斤收购价0.57元，超过131斤每斤加价0.02元，200斤以上每斤加价0.05元，为一等生猪。达到131斤，当地供销社才能收购，算这年上交一头生猪的任务。凭收购证明，过年才能允许宰杀年猪，欢欢喜喜过大年。我们家今年要完成任务，也要争取宰杀大猪，不要总是羡慕别人家杀大猪过年。

父亲这样说，是心中有数才说的。年前，我们家已逮回一头小黑猪，逮回后正赶上天气最冷的时候，不敢放在房屋后面老猪圈里，屋后北边也没有房屋挡寒气，怕把小黑猪冻死。回来就放在屋前外走廊边，做个小猪窝。买这头小黑猪每斤多花一角多，偏大的多花钱，想逮小点的小黑毛猪，可是没有，别人先要了。大点也好，小黑猪毛发光亮，又顺，看起来长得不错，好喂养。我们过年打豆腐又有豆渣，加边菜叶，小猪有吃的。把小猪小时候的基础底子打好，小黑猪就长得快。果然不假，小黑猪长得猛，来势很好。

父亲高兴地说，近几天准备再逮第二头猪。这头猪喂养达标后就上交任务。意思是小黑猪长得好，留给当年过大年。村里人都说，黑毛猪肉比白毛猪肉好吃多了。到年底，这头小黑猪可能长到200多斤，按照长势推算，到六月份小黑猪超过100斤，超过100斤猪过六月。俗话说憨吃傻睡横长肉，六、七、八、九月天热，就是猪长肉的季节。饲料好，有吃的，六月每天长一斤多肉。天冷时，小猪长肉就慢些。想到猪长肉，还要想到猪吃什么，猪的饲料要准备好。

猪的主食：细米、米糠、麦麸皮、玉米边角、豆壳及边角、南瓜、红薯。菜园多种大棵菜，多打野菜。有种叫苟叶，猪喜欢吃，也好长肉。灰苋菜、白花菜、牛尾蒿、水芹菜、家种花生稞、红薯藤子、南瓜藤、扁豆藤，都要晒干粉碎和主食混合着来喂猪。

第二头猪逮回来，是头白毛猪。父亲说，白毛猪比黑毛猪在价格上便宜点，很想再逮回一头黑毛猪，确实钱不够，卖猪的越来越精，以前可以赊账，现在说赊账难要回也就不赊了。白毛猪买回来后放在房屋后边的老猪栏里圈养，没和小黑猪放在一起，吃的和小黑猪是一样的，睡的不在一个地方。试着放在一起，可不是一窝出来的猪，猪跟猪打架合不来，只好又把小黑猪养回走廊边，如此就好了。可能小黑猪开始就在走廊边，习惯了。

多一头猪，多许多事情，要清扫猪栏。我放学回来还要给菜园的菜浇水，锄菜园的草，有的缺苗补苗，菜园的菜边叶清起来，连菜蔸都不丢，清理洗干净喂猪。父亲常说，家中种的家园菜蔸比野菜要好，野菜揪错了会把猪害死，这样的事有人干过也听说过。所以菜园里别人丢了不要的莴苣皮和莴苣蔸、黄菜叶子，河边洗菜的地方有别人洗菜丢的边角黄叶菜，我在水流下用树枝放在流水处拦着，整天也能捡不少的家菜。这个流水处，是我最早下手在拦，别人再不好拦，成了我的捡菜之道。那时喂猪，不管是野菜或是家菜，都要放在大锅里煮熟喂猪（难怪那时猪肉下锅又香又好吃）。煮猪食比做人吃的饭还费柴，哥哥和父亲经常上山打柴，全家人就连走路碰到柴棍，都顺手捡回来，攒着积柴。

我们都为父亲说的目标去做时，逮回来的第二头猪不肯吃食，猪槽有食不吃，用嘴头拱，把食槽里的食拱到四周都是，不像小黑猪听话，吃了睡、睡了又吃，不乱跑。谁知道第二头猪在老猪圈没待多久就生病了，生的什么病呢？我们都去瞅瞅，突然发现猪耳朵后面长出一个圆包。

父亲急了，带信叫哥哥回来看看，哥哥在县城读中专学医。哥哥回来一看，连声道歉："父亲对不起，是我太马虎了。当时把猪放在老猪圈，只顾打扫了，没注意地面还要消毒的，这病是产生各种病菌造成的。"我们立即把猪槽抬出来，内外清洗干净，重新打扫猪圈，顶棚翻开，让太阳晒晒。地面垫石灰，周围墙洒石灰水。

打扫卫生是一方面，还得解决猪吃食的问题。父亲安排我到水田埂上挖侧耳根（就是鱼腥草），生切侧耳根拌猪食，猪到槽边闻了下就掉头，又回到猪窝里，拱都不拱一下，可能是侧耳根太腥的原因。父亲只好改变方法，单独把侧耳根煮好，连水带叶茎汁一起掺到猪爱吃的细米糠里，只要吃食，就能吃到侧耳根。后来哥哥从县城又带回人吃的土霉素片放在拌好的侧耳根猪食里。父亲对土霉素不了解（那时候人吃土霉素、四环素，觉得是管用的好药），除给侧耳根外，还可以加黄花头（就是蒲公英），也是消炎的。猪食是细米糠，又没加菜，是最好的猪食。

一个星期过去了，又一个星期来了，经过治疗和调养，猪慢慢精神起来，大声拱猪槽、拱圈门，想跳出圈门到外面来。耳朵后面长出的一个圆包感觉小点了，但没有消失，不知是逮回前没仔细观察就有的，还是逮回后到我们家才长的。这个包也不知是什么东西，在我们家人心中，只知道不是什么好东西，始终有点担心，怕猪死。表面看起来猪的病好了，吃食挑挑拣拣的，不像饥饿时那样狼吞虎咽地吃。

我们一家发愁，不知如何是好，卖掉重新买一头喂，时间上来不及。卖掉，买头大猪来抵交任务，又没有那么多钱添加进去。最后父亲决定把我们喜欢的小黑猪先上交国家，任务完成了，心里踏实。然后再考虑当年过大年有没有猪可杀的问题。万一这头猪长不起来，过大年只能买猪肉，我们心里不是滋味。

六月到九月，长猪的季节已过，父亲早早地把小黑猪赶出家门，从我们村中间赶到村西头，又从村西头赶到村东头，来回赶了好几趟。我以为父亲的心情不好，生气才这样做，直到父亲把小黑猪赶回家后，叫我们煮饭喂猪，并且多煮饭喂猪，猪肚子里的粪便拉空了。话音刚落，我明白父亲这样做的意思，让猪多吃增加重量。等猪吃完后把猪脚套上绳子，父亲牵着，我和哥哥左右各站一个人，手里拿着棍条，边走边赶，到了街上供销社，负责过磅的人边过磅边说："这猪吃得太饱，要除掉几斤秤，除掉后净重208斤。"听到过了200斤，什么也没想，说多除几斤，那又是多除几斤呢？我们又不敢多问（这件事我记得太清楚了）。在回家路上我和哥哥都说父亲，早上那样做，想占便宜，很不好占啦。可能除掉的秤，比猪吃的还要多，别人专门干这件事，见得多，有经验，都想占便宜，占得到吗？这时父亲就说："怕猪达不上头等，比二等多又比一等少几斤，我们已经吃过这样的亏，想赶上几斤争取头等。"村里没磅秤，大小都是用杆子称，不好称，心里没底才这样做。哥哥说下次再有这样的事，多喂十天半月就解决了。

把小黑猪卖了完成任务，剩下这头猪要长又不怎么长。当地觉得过大年宰杀猪，象征着家里干得好，家庭富裕美好，兴旺发达。不管怎么样我家也得争取能杀猪过大年。家里少了一头猪，饲料当然充足多了，重点看管这头猪、喂养这头猪，多喂精饲料，多吃快长。一般人家刚进冬月就开始屠宰年猪，宰杀早的目的是好办年货腌制品、腌腊肉香肠等，又能及时补槽，逮头猪喂养，为第二年早做准备。

我们家猪小，一直等到腊月中旬，哥哥去大队办手续，拿上已交任务的证明去交每头猪五元钱的屠宰税后才能杀。宰前捆着用杆子称来称，有150多斤，我们全家人还算满意，终于松了口气。父亲着重告诉我们要记住，任何事，事在人为。我还特别留心想知道猪耳朵后边长的圆包是什么东西，要屠宰师傅取出给我看看，就是一个带红色的圆包，发现时那么大，宰杀后还是那么大，像瘦肉又不像瘦肉，屠宰师傅说很多猪都有这个，是不是脂肪瘤呢？不知道。现如今买猪肉也有类似的东西。

全家人经过一年的努力，完成了国家的任务，自己家又杀猪过了大年，圆了欢欢喜喜过大年的梦。

17
四清（1964年）

1964年，国家统一进行社会主义教育运动，国家组织工作队到县里具体指导督促。县里组织的工作队到公社、到大队，工作组1~2人为一个小组，具体落实住进小队（那时把乡政府叫人民公社，乡政府下面的村叫大队，村组叫小队）。工作队到我们队来宣讲社会主义教育运动，目的是防止修正主义。

后来工作队在我们生产队的宣讲更深入细化，叫"四清"工作组，开展"四清"运动。哪些是要进行四清的？"清工分、清账目、清仓库、清财物"。具体说就是队里的干部和分管工分的会计、管生产队总账目的会计、管粮食仓库的保管、生产队负责财经的出纳员（会计）。管这些具体钱和物的人员，首先要在群众大会上，先讲各自负责的工作情况，全部讲完后，群众进行评议。几个人讲了几个晚上，群众反映像这样讲，听完前头忘记了后面，叫评议从哪里说起，怎么说呢？后来干脆采取讲一个评一个的搞法。

管工分的会计讲完后，工作队动员群众进行评议，让大家听了过后，想说什么就说什么，不要有什么顾忌。群众看到工作队这么一讲，奔着打破锣讲锣、打破鼓讲鼓、一是一二是二的想法去讲。俗话说没有行市有比市，大家从日出到日落，天天在一起劳动，哪一家一年有多少工分，心中的数应该与记工分管工分所记的数，差上不差下，基本差不多才是。

我的父亲曾经读过几年私塾，会算账，他曾经用十七桥的算盘算过加减乘除。土地改革运动（就是刚刚解放时），乡政府派他到武昌算"xie钱"——这话是他教我学算盘时说的，可是"xie钱"是什么，我至今也不知道。那时没注意，也没问他算"xie钱"是什么意思。现如今父亲已去世，不知算的什么账叫"xie钱"。

　　散会回家，父亲就在家叽叽咕咕闷着在心中算账。一天，他跟我们讲，我家的工分与某某家的工分应该差不多。他家一个拿了10分全劳力，我父亲也拿10分全劳力；一个拿妇女工分7分，我母亲也拿7分；他们有一个小时候患小儿麻痹症走路不稳的儿子，只能照看垮子门前稻田里苗不被猪、鸡损害，不能做重活，生产队只要有照看的事就安排他，生产队一天给他5分；农忙放假，我和哥哥都参加生产队劳动，生产队给哥哥每天7分（是男孩子但还是学生），我参加做插秧苗、打窝种豆子等工作，生产队每天给5分。我和哥哥两个人抵他家一个残疾孩子的工分，应该差不多。上交肥料折扣分，我家上交肥料还多些，怎么算我们的总工分都应该比他们家多。按记工分会计在会议上讲的数据和我们估算的工分，他家总分比我家多一千多分，太明显了，我们都想不明白。

　　在这种分析事例下，父亲鼓足勇气才在群众大会上提出来，几天后有了回音。工作队也不许那家说什么，只是管工分的人（是那家的"老表"）稍作解释，说7分与7分有区别，就是说我的母亲身体不好患有胃病，没有做到出全勤，但那也应该持平啦。这个问题提出后，别人也仿照我们的计算方法——对比法来清算工分。清算工分是工作队领导叫清算的，不是我们别出心裁要算的。这一清算，带来许多麻烦事，引出裙带问题。

　　管记工分的人的叔叔，是大队财经大队长，在大队的会上，他讲不清钱用在什么地方，手续不清的问题比较严重，很快财经大队长被撤职，还要退赔钱。听说赔了现金，还把家里值钱的东西拿出来退赔，如缝纫机也拿出来退赔。那时家中有缝纫机的家庭很少很少。

18
说理（1964年）

"四清"搞了一段时间，白天晚上要开会，特别是白天参加劳动，晚上又开会，吃不消，会议还没正式开始，有的社员鼾声好大，睡着了。按理讲应该了结，我们不懂在搞这个"四清"（清工分、清账目、清仓库、清财物）的同时，还在进行另一种"四清"，和城里人一样清思想、清政治、清组织、清经济。

在这个"四清"中，生产队在村西头有间茅草屋叫会议室，也是工作队的办公室。父亲天天在那里开会，有的人白天没开会，我的父亲白天晚上都开会，而且我父亲总比别人回来得晚，情绪越来越低沉，回家后，我问他有什么事，他也不说。

接连好多天是这样，我心里七上八下，有天晚上吃晚饭，父亲还没回来，我跑到村西头会议室去看看父亲，看到会议室门前，门关闭着，中间有一条小缝，我侧着脑袋往里看，看见工作队邓组长跟我父亲一个人单独讲话，只听到一句话："这些事你回去要好好想想，想好了告诉我。"当时我听后满肚子气，用双手猛地把门推开，一声不吭低着头，进去拉着父亲的手往回走。到家后晚饭都没有吃，我着急地问父亲："邓组长叫你好好想想的是些什么事？跟我们说下，你不说自己憋着怄气，我们心里也不好受，又不知道是什么事。"

这时父亲开口了："不知邓组长听谁说的一些事，说我们家贫农成分划错了，应该是划为二地主，讲不清楚要改划我家的成分。如果是二地主，我要受管制，你们姊妹几个就没有前途，好好一家人就完了。总叫我说，我又不知怎么说，从何说起，没有开口讲的就留下来，天天留到最后回家。"

我说:"土地改革时划的我们是贫农成分,这个成分总不是自己定的和要的,划成分有标准呀,根据标准对号入座。"

父亲说他是1913年出生的,那时家庭可能比较富裕。父亲继续说:"听你们的爷爷说,家里有几十担田、耕牛、农具、四合院房屋等,你们两个姑妈最大,后来才连生了我们四弟兄。姑姑出嫁时,八抬嫁妆还带一个丫头,这不像穷人家庭做的事。这段过往堵住我的心,堵住我的嘴,不敢开口。10岁左右(1923年)家里突发变故,死人死耕牛,最惨的是房屋失火,火灾后家里一贫如洗,彻底垮败了。14岁时(1927年),你们的爷爷奶奶前后相继去世,为了安葬,家中仅留的一担一斗过生活的田也卖了(我们这里二担为一亩田,一亩是666平方米)。四兄弟勉强维持了三年,爷爷奶奶三年祭祀后,大家一致同意分家,没有什么分的,各吃各的饭,穷也好富也好,全靠自己创造。后来经人介绍靠种姓彭家的耕田为生。姓彭的地主委托我把另外两家人交的粮食暂时收着,然后把收齐的粮食全部交给现已撤职的大队财经队长的叔叔收着,由他的叔叔与彭地主结算。他叔叔现在还在,名字也记得,家住的地方也记得。"

我听后立即找人带信,叫哥哥从县城回来。哥哥回来,我们分析里面的原因,为什么说划错了,说我们是二地主的依据是什么?哥哥和我都认为,父亲已经说得很清楚,害怕着急不敢开口,开口时就糊涂,不能把事情理顺说。

为了说清楚讲明白,父亲、哥哥和我一起去找工作组的邓组长,把我们家里的情况向他说清楚:在1920年前家庭是比较富裕的,那是我爷爷的事,到1930年左右家庭突然发生变故,失火死人死耕牛,家境每况愈下,家就衰败了,后来靠种姓彭的地主的田维持生活,许多人种彭地主的田,这点不少人都知道。关于姓彭的地主叫父亲帮忙顺手代收另外几家的粮食,最后统交给财经大队长的叔叔,由他与彭地主结算,至于结算时提不提留、给不给手续费的问题,我们家一概不知。

邓组长听后,当着我们三人的面说,这个问题要相信他们一定会弄清楚的。在各家各户进行复议审定和重新登记工作结束后,邓组长在群众大会上宣布:经过审定的成分,我们家是贫农。

运动中，父亲用面对面对比的方法，间接提出总工分不合理的意见，可是别人用背靠背的方法，说我们家是二地主，逼着父亲讲清楚问题，父亲害怕他们利用手段打击报复。不过这件事也教育了我们，共产党什么时候都是讲理的，我们全家人怕得要死的心，终于安下来了。

19
停学开荒（1964年）

在运动中，总是要父亲讲清楚，他又不敢开口，憋气时间长了，心里发慌，于是静坐。他感到眼睛越来越看不清楚，影响正常生活和劳动，这才决定去医治。医生诊断说，白内障很严重，要手术治疗才能好。父亲很早患过红眼病，没有及时医治，又没有很好地休息，慢慢发展为白内障。经过哥哥联系，父亲要去县城医院做手术治眼睛。哥哥说，父亲眼睛做手术后回家需要休息一段时间，千万别急忙参加劳动，对治疗眼睛没有帮助。

在困难时，没有任何人叫我停学不读书。但是，哥哥中专还差一年就要毕业参加工作，幺妹比我小近四岁，在上小学，还患有慢性支气管炎。我思前想后，决定停学回来参加劳动增加工分，减轻父母亲的负担。

1964年小学毕业后，是我自己决定不上学的。参加生产队劳动挣工分，拿回我们应该得到的基本口粮，改善家庭生活。1964年暑假一过，我满14岁进15岁，在生产队，我公开讲不上学读书，正式参加生产队劳动。参加劳动这事，只是在群众中讲还不行，还得特地告诉生产队长。队领导开会研究决定后，我才正式成为生产队的社员。"特地告诉"的意思是向他报告，我参加劳动，再也不是上学读书的学生，该怎么给我定工分，定多少为宜看我能做多大、多重的事，群众大多数没意见，队长又愿意给，我自己又满意，皆大欢喜就好了。队长上我家，特地告诉父亲，孩子还小，力气不稳，每天出勤定6分，比妇女少1分，父亲连声说谢谢。

在劳动中听到大人们你一言我一语地讲，张家的老二在西边山脚下挖了大块土地种上芝麻，大家都夸奖张家老二有"钻劲"、胆子大、肯动脑筋，说张家今年有油吃，起码今年吃油不指望生产队分多分少。

听到这里我吃了一惊，心里想，生产队给我们分了菜园地和大块自留地，怎么现在允许个人重新开辟土地呢？不管我自己在心里怎么分析怎么想，别人就是土地开辟了、种子下了、芝麻小嫩苗长出来了，大家都知道了。大家不在一起议论讲讲，我还真不知道有这样的好事。张家有三个儿子，农村有劳动力就能改变家境贫穷的现状。难怪别人家有吃的，猪也有吃的，一年上交两头大肥猪给国家，贡献有了，名有了，钱也有了。过年宰杀大猪过新年，生活过得真幸福。

我心里暗暗想，别人能做到的事，我未必不能去做，男孩子能做的事，女孩子未必不能做。俗话说："有志者事竟成。"我既然下定决心不读书，想改善家庭生活，就得出主意、想办法，干自己力所能及的事。

农民没有周末，不讲休息时间，大不了天阴下雨不出工，就是有时间也不能在外面做事，要做也是不方便。刮风下雨，闪电打雷，做事也不安全。只好利用早晨开工前天刚刚亮和下午收工到天黑前的这两头的时间。

这时，哥哥似乎看清我想要做什么事，因他在县城读书知道国家大事多些，国家允许农民在适当的闲散地方开荒种植。不知哥哥什么时候到西边阳明冲岗子上观察到：面朝东边向阳坡小路旁，有大块比较平坦宽阔的草地，看上去草长得茂盛，上面有西边和北边的水、肥往下流，流到垱子里，这块地才肥沃。哥哥在这儿已动锄头挖了挖，看土质究竟咋样，因他要回县城去读书，就叫我去看。

我看准这块地，但个人力量有限，如果没想好去动工开挖，就怕把别人引动了都来挖，我们就白费心思了。在动工之前，我想来想去，什么样的方法更好。用战略和战术的方法。把我所想要的地方，先用镰刀将茅草小荆棘砍倒，四周砍完茅草就地平放着，然后有时间慢慢往中间开荒，无声胜有声地告诉别人：这块地我已经在开发，不担心别人人多力量强与我相争此地。抽时间、挤时间、抓紧时间开挖这块土地，每天也只能挖一小块地。地下有大小石头，地上有砍掉的茅草、荆棘树的树蔸，把树蔸挖出来晾晒，稍微晒干后，趁我收工回家时，顺便挑回家作柴烧。细茅草、乱树叶堆到开挖地的中间，再把来挖地时沿路捡的牛粪也堆加在茅草上，用翻挖出来的土堆压上，点着火慢慢烟熏，对新挖出来的土地灭虫除害，又是大好的有机肥料。挖出来的大小石头用手捡、搬到地的周围做围墙，待烟熏土熏过后，扒开铺平，从西南角往东北方向又翻挖清石①，深挖一遍，这叫盘活土壤。这块地说平坦还是不太平坦，是山坡地，多少有点斜坡，不能从下往上翻挖，那样做土会全部向下垮，斜摊在坡上，会减少这块地的种植面积。

这块地大概有一亩左右，正赶上栽白芋（红苕）的季节。我们这儿群众都这样说顺口溜"大暑小暑白芋乱拄"，到了这个季节，白芋随便栽都行。按我们家的情况，栽白芋是最合适的，白芋能让人吃饱肚子，白芋根须和白芋藤子都可以喂猪，还"肥"猪，一点也丢不了，利用价值高。想好了，我决定栽白芋。

开始打白芋埂，打埂要注意地面的土不被下雨冲走流失，白芋埂要横着打比较合适。打完埂，把埂上面的土拉开一条小沟，把自己家里积的杂肥放在每条埂沟中，然后用沟两边的土覆盖上，让肥在地里发酵几天。

老白芋藤子就是栽新白芋的苗。生产队有人专门种种藤子出售，方便少跑路，最先少买点，不够再去买都行。拿不出现金先赊着，什么时候有钱什么时候给。但不能为了节约，舍不得多买种藤子。用藤子尖上的嫩藤子做种藤子不太好，嫩藤子栽下去，成活率低；就是活了，结的白芋也不如成熟藤子做种的好。

一根种藤苗子最好留三个小芽苗的节，栽时注意不能栽反了，小芽苗朝上，栽到埂里苗子要深约一寸土为好。栽完要及时浇水，要翻过山坡岗子到阳明冲上端的水塘里打水浇苗，碰到天不下雨时，最少浇4~7天，看到嫩芽刚刚长出，有生命力了，可以暂停。

白芋藤子长出不到一米长，就开始用棍子翻藤，目的是不让长出的新藤子扎根在土地里，以免吸收主藤子的营养。整土地的时候，底肥下得充足，长得迅猛，单纯靠翻藤还不行，需要人工打杈藤，保住主藤，让主藤充分吸收营养

---

① 指清理石块。

长白芽。打掉的杈藤能喂猪，是喂猪生长的好饲料。还要经常察看，干了需要浇水，杈藤长多了打掉，等等。

到十一月中旬，我准备开始挖白芽。开挖之前，我和父亲围着白芽地走了一圈，看见大多数白芽埂开裂，心中有底了——今年白芽能丰收。到真开挖，父亲一锄下去，拉开一看，一蔸大小有六七个白芽，大的一个将近一斤重。白芽皮光滑，没有开裂、麻斑点，没有虫钻眼，看上去很漂亮。真是老天有眼，功夫不负有心人，我高兴极了。

这天，哥哥特地回来帮忙，母亲、幺妹全家人都很高兴，到山坡来担白芽。白芽藤子弄回家，晾晒防止霉变，不然就不能喂猪了。我们把白芽弄回家，真像蚂蚁啃骨头，一点一点搬运，全家人的力气不齐，能担多少就担多少，幺妹妹用提篓提点白芽回家也是高兴的。父亲在房屋角用砖围个圈，把白芽堆在里面，好大一堆。哥哥说看来最少也有一千斤，开挖这块地也不容易。

栽白芽在大多数人的眼里是太简单的事，不值一提，可对我来说，自己还真学到栽种白芽是怎么回事，怎么才能够让土地长白芽，长大白芽，长皮光漂亮的白芽。我实践了，知道了，学到了在学校课堂上学不到的另一种知识。

20
少年时期结束了（1964年）

1964年下半年，我进入十五岁，按某些年龄段的标准，十五岁属青年时期。写到这里，我少年时期那些鸡毛蒜皮的事，算基本写完。

少年时期，我感觉最轻松的事还是读书。每位老师上的课，我都爱听，上课时课堂上有作业，当时消化。放学回家从来没有做过家庭作业。老师太明智了，就是布置家庭作业，也是做不成的。因为填饱肚子是最重要的。不轻松的事是肚子总觉得叽叽咕咕的，饿肚子难受。整天都在想哪些东西能吃，能填饱肚子，为填饱肚子做了些尝试。

小学毕业了，因为各种原因没能继续读书，可我认为我认了不少字，能写书信，还能写简单的报告反映一个问题。学数学，我能用算盘算加减法，可以担任生产队记工分的记分员；生活上，母亲教我学做菜做饭的生活能力；劳动生产，我知道怎样栽种白芋的方法和其他生产技能。这些都是为了具备生存的能力。一句话，有饭吃有衣穿，就是最理想事。

现如今的少年就不同了，不愁吃不愁穿，吃了肯德基还去麦当劳，喝了鲜牛奶还备巧克力，穿名牌衣服，要时尚，真幸福呀。可上学读书了就不一样，一上学，各种"培优"开始，书画、舞蹈、游泳、奥数、钢琴、围棋、英语、小练笔、作文等等，作业繁多，压力大，孩子不轻松也挺难受，喘不过气来。他们的难受，与我饿肚子的难受不一样，但是只要一样地坚持不放弃，理想一定会实现的。

Chapter 2

第二辑
青年务农时期

01
挑塘泥拿工分（1964—1965年）

1964年暑假以后，我正式参加生产队集体劳动，正式拿工分。实行的是记账式工分，日积月累，年汇总成一年的总工分，到了年终时生产队把全年总收入减去开支和提留的（备用），剩余的钱与工分挂钩，进行按劳分配。将工分转化为钱，这就是一年劳动的报酬，一年的收入。而国家的工作人员，是每月领工资，直接拿钱。我们都是通过劳动而获得报酬，拿钱过生活。

我们村子门前有口大水塘，家家户户每天用的水从下水暗道流入水塘中，牛栏、猪圈的粪水流入水塘中，村子地面上和周围浮土通过雨水也流入水塘中，很多年没有处理塘中的污泥。村子里的人都发现，水塘中的塘泥慢慢从塘中升起。生产队长决定安排人解决这个问题，先把污水排掉。

1965年元月正式开工用泵抽排污水。水塘的西角上边有个入水口，水是从西北边大渠沟灌溉粮田的水进入塘中的，水塘西南角还有个排水口，这样进出有循环水，村子门前水塘的水自然不会发臭。水塘中每年放养了家鱼，每年过大年生产队长不管能打捞多少鱼，都得打捞鱼，多少给社员分点。这次干塘，各种大小鱼都被捞起，分给社员过大年。

塘中污泥是很好的有机肥，麦苗正孕育着，还没有发棵拔节。趁这个机会给正在生长的小麦上一次肥，小麦田里不能有渍水，每块田横直都得拉开15~30厘米深的大沟，以便排水。有了大沟，还得分成一厢一厢的便于管理。每厢宽三米左右，厢长是随田有多长就是多长。

施肥挑塘泥的事，生产队长自然会安排妇女来干，一个妇女全劳力，用箢箕挑塘泥，从厢头顺着、倒退着倒塘泥。每挑一担倒在麦田厢中，间隔一米左右倒一担塘泥。再回转头，到塘里挑塘泥时，两头箩箕要撒上草木粉，防止塘泥沾到箩箕上。从塘中挑起塘泥来回一次，需走500米路。大概半天时间，一个全劳力挑二十多担塘泥，可以"肥"两厢麦田。尽管采取了措施，在箩箕上撒草木灰粉，还是越挑箩箕越重，上面粘了不少塘泥。虽说是拎着空箩箕返回，但好像还挑了塘泥似的。

别说挑多少天，半天时间我就累得不行，比做自家事累多了。做自己的事自己掌握休息时间，做生产队的事不一样，人跟着人走，不想走促使你走，倒了多少厢、挑了多少担、堆头大小，决定挑多少量，通俗说得好，癞痢头上的虱子——明摆着，想偷懒偷不了，不需要张三李四说你强还是弱。等到回头再看，我自己挑到一厢塘泥堆头大小时，好像在麦苗中隐隐看到，倒出的塘泥堆头太小，塘泥立不起来，我力气不大，挑的也不多，比起全劳力挑的堆头、担数，我就差远了。我心里暗暗地想，那时生产队长特地到我家跟父亲说，孩子还小，力气不稳，每天定六分。这次在事实面前，我真的服气了。

妇女们在塘中和正路边用竹条做的跳板搭成两条行走的单人路，一条能走进去挑塘泥，另一条是挑塘泥时走出来的路，满担子重，于是软泥的行走路都是歪歪倒倒的。从塘边慢慢往塘中挖塘泥，进展快到塘中时，我认为更艰难，脚上都是沾的泥，一走一滑，还要挑着担子走跳板路。考验人的时候到了，大人们好像很轻松的样子，有说有笑地干，可我肩痛，整个肩红紫红紫的，掌握不了平衡，哎呀一声，滚到塘泥中。她们哈哈大笑，我很不好意思。

我连挑了五个半天，出现这种滚泥的事后，妇女队长（是生产队里的副队长）看我实在吃不消，叫我不挑了，换一换，由"挑"改为"上"塘泥。别人挑着（空）箩箕来，我要用铁锹一锹一锹，撮到箩箕里，力大的妇女多上点，瘦弱、力气小的少上点，要看人做事，因人而异。不然大人不高兴，说你办事没有眼色，还说这孩子有点傻。拿铁锹把撮塘泥，一会儿多撮，一会儿少撮，人没来放下，来了人又拿起，就这样铁锹在手中不停转动，一天过去了，第二天手上起泡，也是不轻松。

在之前种白芋时，开荒挖地手上起泡变成趼，这次在趼的旁边起了泡，泡跰泡①。挑塘泥吧，肩上痛；上塘泥吧，手起泡，手又痛。这叫"条条蛇咬人"，别人都是这样做，我就怎么没听到她们有点怨言，反而妇女们凑到一起，总是有说有笑，在这种欢笑中进行劳动，干活就算有点累，也被笑声驱赶了，这就是劳动人民在劳动中的乐趣。我确实感到身体有点不适，但有点怪，吃饱睡一夜，早上起来好多了，不那么疲劳，精神又起来了。有人说手上起泡怎么办？她们说泡变成跰就没事，下次不会再起泡。听她们这样说，我半信半疑，她们不知道我手上已经有跰，这次是跰子旁边又起泡。我不好再说下去，是我握铁锹把的方法不对，还是要多锻炼才能行。有个成语叫百炼成钢，这劳动仅仅是刚开始。

塘泥在一群妇女们的努力下挖空了，挑完了。前面倒的塘泥在麦田中，水分被麦地吸收得比较干时，妇女们需要换劳动工具，一厢麦田两个人并排前进，用铁铲切开塘泥，把一坨塘泥散放在小麦空间，让小麦充分吸收所需要的营养。

大年已过，施塘泥后，麦子长得绿油油的。天气转暖，特别是温度升上来以后，逐渐看到小麦长势喜人。四月清明时节雨纷纷，小麦出穗整齐。五月底麦穗成熟，胀得像要跳出似的。小麦施肥恰到好处，小麦大丰收，社员辛苦劳动，盼的就是这个结果，个个高兴笑着合不了嘴。村子门前水塘水清澈了，塘周围进行清理维修，村子塘正面是南边，生产队长按照社员提出的要求，栽了一排整齐的槐花树，都说槐树开淡紫花，花期长，花是一串串的，好看。村子门前，面貌焕然一新。

---

① 跰，是形成茧的意思。"泡跰泡"就是泡又挤着皮肤形成新的泡，就如"水推水、风吹风"的意思。

02
第一次修水库（1965年）

水利是农民的命脉。

1965年人民公社仍然抓住兴修水利不放。我们三里公社帮助另外一个公社修建比较大的水库，叫姚家河水库。单靠姚家河大队的力量修水库是很难完成的，需要大悟县北片的几个公社号召各个大队出资出力来帮助修建。

修建方法叫"土法上马"，大量土方任务要靠土方筑坝蓄水。公社把任务划片、定地点——落实到各个大队，大队分解到小队，小队一边要把生产队里的田、地种好，一边抽人参加姚家河修水库之事。水利建设是共同的大事。

我们小队长很聪明，召开社员大会贯彻会议精神，先不讲去修水库人员的待遇，首先只说有这件事，愿意去的个人先自觉报名，生产队根据队里生产需要和各家情况，决定同不同意派出去。大家都知道"在家千日好，出门一时难"的说法，在外面总有不便之处，愿不愿意，总得有人去完成这项任务。

我们家的情况，父母亲都有可能去不了，母亲身体弱，有胃病，不能吃集体食堂做的甑蒸硬饭；父亲眼睛不好，白内障做过手术；哥哥中专还没有毕业；么妹太小还在上学读书。不论何等情况，抽人或自觉报名，非我不可，先报名总比后来生产队点名、到各家抽人去要好吧。我报了名去姚家河修水库。父亲担心我年龄小，又是个女孩子，万一生产队不同意，他就去。

公社催大队，大队催小队，人员和后勤保障在指定的时间一定到位。在一级催一级的情况下，小队生产队长又召开社员大会，宣布去的人员和生活问题。去姚家河修水库人员虽然整天（24小时）在工地，但再苦再累，规定好了只能记一天的工分，生活上的柴、米、油、盐都由生产队从集体提留中解决，劳动中所需要的工具也由生产队统一购买，自己只带被窝行李。生产队长还特别提到我，说大队非常同意我去，公社要求各大队要组织一个宣传队，挑选合适做宣传工作的人参加，搞好宣传工作，鼓舞劳动士气，看来小队已向大队汇报了要去的人员，大队才同意我去。

我们生产小队32户共抽27人，其中22人是男劳动力，5人是女劳动力，包括我在内，女劳动力中有人负责做饭、买菜、送开水到工地，还要跑路传递信息等。从我们村到姚家河路过公社集镇，大概有二十多里路。一部分人背、挑着被窝行李，先到公社设在姚家河的指挥部报到，按公社指定的地点落脚，开始搭工棚。男、女各搭一个工棚，是休息和睡觉的地方。

还要搭一个做饭的工棚，生产队民兵排长这么一说，我傻了眼，心想：公社领导说我们来得早有条件，原来就是说这个搭工棚！这该怎么搭呢？排长胸有成竹地拿起砍刀，到附近要动工修水库大坝的山坡上砍树，边砍边告诉我们，两个树干交叉斜搭，一个工棚用三到四个斜叉就够了。斜叉中间用二到三根树干做横梁，两边斜面坡用短点的树枝捆绑上，铺一层松树枝条，遮挡光线。砍下的树枝很多，用什么东西捆绑呢？

发愁时，排长抱了一包茅草，从山那边过来甩到地上，叫我们用这个捆，并且说砍黄荆条，用剥黄荆条的皮来捆，比茅草好捆些。果真是黄荆条树皮很好剥，从砍印开始剥皮，一下剥到尾，需要捆紧的就用黄荆条的皮捆；再在上面铺一层稻草，能挡风又挡小雨；工棚内备上塑料，防止突然下大雨。斜叉棚两头的口子，是进出口，人可以走动。

工棚外面，周围疏通了一个排水的沟，工棚内地上为了暂时防潮，垫上砍下来的树枝条、树叶、茅草等，只有这样的东西，因陋就简，垫了比不垫要好。

上面再稍微多铺点稻草，稻草也不能随便拿，姚家河大队也没有那么多的稻草，也要省着点用。在铺好的稻草上面，我们把带来的行李铺上，这就是晚上睡觉的通铺床。洗脸、洗脚毛巾抬头随意可挂，到处都是树枝，衣服也能挂。早上洗脸，拿着毛巾到水塘边洗漱。

另一部分男劳动力还要挑着生产队财经保管员开粮仓给的稻谷，到大队加工厂加工成大米带到工地,加工出来的细米糠抵交加工费。每人每天的口粮,生产队按最高标准发放,负责做饭的人在工棚出口边的山坡地上挖一个坑,能放下大锅,锅的周边用石头支撑着,能烧柴火做饭就行,像这样挖坑做灶,不单独是我们生产队,还有其他的生产队。

我站在山上往下看,山上坡、山下坡,纵横交叉的土灶都在冒烟,这才真的叫炊烟袅袅。在山沟沟里修水库,能看到真实自然的美景,怎么不叫人高兴呢?

土灶四周冒烟,熏不着人,反正在外面,烟很快消失了。做饭的炊事员按每人每餐八两米下锅煮饭,用一个大甑蒸饭。一个锅用甑蒸饭外,还要用一个铁锅烧柴火蒸饭。烧柴火锅主要是把铁锅的锅巴用来煮稀饭,多的米汤不能丢,当汤喝。稀饭吃起来特香。因条件有限,吃的菜越简单越好,煮萝卜、炒白菜、辣萝卜条、辣臭豆腐,只要能下米饭就行。

炊事员给劳动力打饭,不是用碗装,而是用钵(好像比碗大些)。出大力气的全劳动力一餐就能吃一斤米的饭。那时我也能吃半斤米的大米饭。吃了晚饭,炊事员在工棚外用铁锤打铁锹,当钟敲,叫大家都去打热水、泡烫脚。这也是生产队干部对大家整天干累了的一种安慰,让大家晚上能睡个好觉。

03
大坝上的文艺晚会（1965年）

　　全公社有十二个大队，我只知道我们大队共有一百多人在姚家河水库大坝工地上。我们大队主要任务是给大坝运土，用肩挑，往返挑土，人挨着人，川流不息地向大坝运土。板车拖土一般三人为一组，两人拉，一人推，比人肩挑强多了，运送的土量翻番，算是用上了半机械。

　　土方任务比较大，还要夯基地，每次四人为一个组，累了可以轮流换人，用绳拉抬夯。夯是一个四方大石头，放在木头做的架子上固定好，四方各系一根粗绳子，四个人一起拉夯，夯基地，还有一个人叫号："哎呦嘿呀，抬起来呀，哎呦嘿呀，人心齐呀，哎呦嘿呀，力无比呀，哎呦嘿呀！"唱着来回夯实地基。

　　从这个山头到另一个山头，是大坝的长度，中间坝的厚度就是坝的宽度。开始做大坝的基脚，长度和宽度目测时感觉差不多，呈四方形。基脚全是用螺纹钢筋和水泥灌注的，中间是三排钢筋水泥柱子（用肉眼看到的，技术方面的不了解），随着大坝增高，宽度就慢慢地递减成坡形，长方形就显示出来。

　　为了合理用人，把人员分布开，有两个大队的人员被调去做大坝内的面坡壁墙。坡面上全是用大石头铺平，加水泥勾缝衔接的。

　　在大坝右侧与山头连接处，用一个大队的人专门进行人工开山，炸出一个山口，修建溢洪道，道下溢洪坡也是用石头铺平水泥勾缝做成的。这个口子比大坝低了大约三米多。做库区内坡壁的石头，从这里运送。溢洪道主要是为防止库区水漫大堤出现危险而修建的，修这座水库能灌溉多少亩田，库区能存多少立方水,实质上的东西,我们知道得太少。

我们公社不算是大山区,是山区中的平畈。家家户户的照明,还是点洋油灯(煤油)。条件好的家庭用马提灯,有玻璃罩风,不易吹熄;条件一般的,都是用瓶子装点洋油,用薄铁皮卷根棉线做引子,插到瓶中点亮照明。电灯只有公社、镇上的住户享受得到。这次修水库很多地方需要用电,公社领导把电牵到姚家河水库大坝上,高高竖立起三根大电线杆、三个大灯泡,大坝两个山头装两个大探照灯,把大坝照得一清二楚。大坝周围的工棚都能用上电灯。

我们的工棚离大坝左侧不远,近水楼台先得月,也能用上电灯,还不收钱。夜晚上厕所,外面工棚电灯的余光隐隐约约照着,也不害怕。所谓的厕所,实际上是各队在工棚不远地方挖个土坑,周围用松树枝挡住,插个牌子写上男、女厕所就行了。

晚上无事可干,夜晚又有电灯,工地上灯光通明,如同白天,是种新鲜事。女社员大多数做鞋垫,我就带本哥哥看过的《杨家将》和《新华字典》。它们虽然不会说话,我必须随身带着,因为它们是我的老师,晚上有时间就看看小说,不认识的字就翻翻字典。

男工棚、女工棚,男女在各自的工棚里扯起嗓门唱,不拘形式,会唱不会唱都唱。这首歌唱一句,不知词,就唱另外一首歌。当时的形势是教你歌颂人民公社好,唱"公社是个常青藤",歌词是"公社是个常青藤,社员都是藤上的瓜,瓜儿连着藤,藤儿牵着瓜,藤儿越肥瓜越大,藤儿越肥瓜越大,啊……"我们越唱越好,好的主要原因是,有位二十多岁的小伙子小徐,他初中毕业,爱好文艺,自学二胡,二胡拉得不错。

有二胡伴奏,夜深人静,一群男、女音调高低不齐,在水库大坝两边的半山腰的工棚里唱。声音传到很远的地方,把公社领导唱来了。当时把我们吓一大跳,领导不吭声,来这里看看,又叫我们唱,听了听,后来表扬我们,说活跃了工地气氛,要我们带头出节目。公社组织各个大队都要拿节目,就在工地大坝上举行文艺晚会。

我们队在小徐的指导下,选择大合唱。我们生产队二十七人,会唱不会唱的都参加,个子矮的站中间,个子高的站两头,共唱三首歌。第一首《东方红》；第二首《公社是个常青藤》；第三首《社会主义好》，歌词是：社会主义好，社会主义国家人民地位高，反动派被打倒，帝国主义夹着尾巴逃跑了，全国人民大团结，掀起了社会主义建设高潮。

小徐拉二胡伴奏，不知歌曲是几分之几节拍的我往台中间一站，报歌名后，转身看着小徐拉二胡，见小徐点头，就开始打拍子。唱完后，台下社员们起哄，拍手叫好。我下了土舞台，蒙着肚子，弯着腰，哈哈大笑。

我不知节拍打对没有，心中没底，也不知台下社员们看出问题没有。不会，也敢上台，真好笑。什么叫天真，这可能就是真正的天真。

有的大队唱老楚剧，有的大队唱车水歌，有的大队说三句半，都搞得很好。公社青年书记、妇联主任二人合唱《一座座青山》，唱得非常好听。最后，公社社长讲话，说文艺晚会圆满成功，活跃了气氛，鼓足了干劲，大家精神振奋，水库工程一定能圆满完成，胜利竣工，成绩归于大家。

04
公社设法发展多种经营（1965年）

三年困难时期，人们吃了不少苦头，从苦头中走过来的人，自然就有些经验教训需要总结，如"久干绝粮"。后来，大队发现了能蓄水的地方，赶紧向上级汇报，组织人员拦坝蓄水，灌溉良田，保丰收。

在改善人民群众的生活上，公社贯彻上级精神，农、林、牧、副、渔全面发展。公社号召各大队在发展经济、多种经营上多下功夫。我们小队从多渠道去组织发展经济。

如，我们村东头有条很宽的大河，我听说大河的水源主要从河南省灵山冲、官司沟和鸡公山北边的大山顺流而下，这三条水源在汛期时来势很猛。不知从什么时候起，我们的祖先就在村东头根据划界筑的堤，这堤给人的感觉是从上面一段一段修下来的，不很顺畅，做法各不相同。就是说，河水流到哪里，对哪里有影响，就由哪里的村民各行其是地想方设法修建，最终形成河道宽窄不一。看得出来，最开始修建的人把河面放得很宽。

走集体化道路后，有开拓精神的人把河宽出来的沙土地，成排成行地栽了三百多棵桃树。桃树与桃树之间空下①的地方，每年一厢一厢地种花生。因为是沙土地，非常适合花生生长。桃树长大结桃，桃子的味道很好，传遍当地，成了三里公社供销社定点收购的桃，给生产队每年增加现金收入。万一汛期河水上涨，桃树还能护大堤。十多年来，这块地除了摘桃就是摘桃，没什么变动和

---

① 空隙下的意思，方言常说，如"把那个柜子空下头塞个木楔子"。

改进。这次生产队长见缝插针,发现这片桃园两头还空着地,还能补栽桃树,1965年2月,桃园两头一补,又栽了近二百棵桃树,给生产队集体经济增加了一笔收入。

再说第二笔收入。阳明冲梯田是黄土地,梯最上面有口水塘,因不是泉水,全靠天下雨蓄水,只能暂时缓解天干时的用水问题。这次,把这片梯田全拿出来种亚麻,亚麻秆长得有两人多高,最大棵的亚麻有本地土甘蔗粗,成熟时,边砍边剥皮,还要处理皮外的青肉皮。处理的办法是:用平常坐的长条板凳,将锄头反捆在上面,锄头口朝上,把砍下的亚麻放在锄头口上,用力一拉,青肉就脱落了。剩下白色的亚麻晾晒、晒干,供销社来收购,比种水稻划算得多。亚麻叶留在田中,又是一次不施肥地施了肥,还疏松了黄土地的土壤,是一举两得的好事。

关于第三笔收入,生产队在去阳明冲路途中盖了六间大茅草屋,横在茅草屋前的是长长的走道,走道下面还有一个比六间屋要大的长院子。生产队抽了三个男劳动力社员,在长院子里养五十头生猪,养猪比种桃树和亚麻困难多了。五十头猪,天天要吃,没吃的猪拱猪,满猪栏都有"哄哄"的猪叫声。集体的粮食要先用来完成公粮任务,社员的基本口粮、提留粮(用于集体事务开支)就剩余不多了。农民养猪不能全靠买饲料喂猪,那是换算不过来的。怎么办呢?生产队长召开社员大会,让大家献计献策,有的社员说,生产队没有那么多粮食养猪,不要喂那么多,减半养;有的说,猪没吃的是件大事,生产队专门抽2~3个人种菜养猪还是不行,对五十头大猪来说是杯水车薪,无济于事,万一不行的话,把买回来的猪全卖掉,处理越快,损失越小。

这么一说,大家沉默,半天不吭声。我想这样处理掉,不是生产队长想要的结果。我非常想说,又害怕他们看不起我年纪小说的话,但还是硬着头皮鼓足勇气,给生产队提了两点建议:

第一,生产队将我们村不喂猪的饲料全部收购起来。村里有8人是"光棍",因成分高,找不着对象,没有成家,一个人生活,没有喂猪;村里还有6家"半边户",人口多,劳动力少,男人在外面工作,女人在家带4~5个孩子,大多数都在上学念书,多喂猪的话顾不过来,能完成上交任务,自己过大年杀一头猪，那就是不容易的事。这些户都有米糠、麦麸皮和其他喂猪的饲料。稻谷加工出来的米糠，每斤比市价高出一分钱的收购价。小麦加工后的麦麸皮，每斤比粮店售价高1~2分的收购价。花生秆、白芋藤（红薯）、豆角秆等加工后，看质量议价收购。各家各户自己不要的边角菜叶，生产队也可以适当过秤记账收购。总的来说，大家的劲往一处使，发挥众人的力量来养好这批猪，发展集体经济，才有个人利益。

第二，到外地学习先进技术，少花钱又省力地解决猪的饲料问题。我上街在供销社买东西时偶然听到，供销社收购生猪的负责人跟另外一个人讲，孝感有个新铺公社草庙大队是地委办的试点，发展经济喂生猪，提倡养水葫芦、红浮萍、革命草，好养又简便。把水葫芦放在自己门前小水塘里养着，喂猪时在水中摆摆，捞起来，用刀剁剁放在猪槽里，撒上米糠拌拌喂猪，来得快又省事。如果真有这种事，我们喂五十头猪就不那么困难了。

生产队长听后说："红浮萍是不是我们这水田里就有的呀？有的人在水田中用舀子舀起来，用来喂猪，是白青色小浮萍，有季节性，水稻田里才长。"我回答说："没有看到，只听别人讲，不知道究竟是什么样的。"

有的社员听后赞成，这是件大好事；有的社员反对，道听途说的事还当真呀？大家你一言我一语，议论来议论去，最后生产队长决定去看看实际情况。派谁去好呢？谁也不敢说，还是队长说，去三个人，队长带队，生产队会计和我，会计负责用钱和核算购种的成本等，把我带上，说我对这件事有积极性。叫我先跑到大队，找大队会计说明事情，开介绍信，拿着大队开的介绍信，到公社转开介绍信，再到孝感县（现为孝感市）新铺人民公社参观学习。

05
为找饲料第一次出远门（1965年）

  拿着公社开的介绍信，我们三人一起出发，从家步行，赤脚蹚水走过王家河（那时没有桥），经过四里庙，到公社集镇街上，还要到街南头，走过杨林河石板桥后，自觉排队在露天地等公共汽车。

  这个地方叫"站"，却没有房屋，汽车到后，立即调头过来，车上下来售票员，按我们排队的顺序售票。去县城的车票，每人八角钱。到县城经过五道河，只有快到双桥叫黑河的这个地方才有一座桥。汽车每过一道河时，就两边摇晃，上坡时司机加大油门猛冲上去，有时一次就能冲上去，有时用力不当，要连冲几次才行。售票员告诉大家，县城到了。我们下汽车，拐弯又排队，买到广水的汽车票，每人四角。还没到广水汽车站，在火车站门口就提前下车，赶紧排队买火车票到孝感，每人一元八角。

  火车票与汽车票不同，汽车票是一张小纸，上有起点到终点的票价；火车票是硬纸板，肉眼观察宽1厘米左右，长2~3厘米，票面是浅水红色的，还有外文字，也有起点到终点的票价。我们买好票到候车室等火车到站。

  这时，生产队会计在火车站对门的小餐馆，给我们每人买两个大贴锅饼，也算是中饭。一个锅饼一两粮票一角钱，粮票我们出门不发愁，都是住队干部派饭给各家各户，会计从各户兑换来的。吃完口渴，我从布袋里掏出最值得玩味的洋瓷缸子，进火车候车室，门前有一个保温桶，打了热水，三人各喝了一杯水。

  服务员拿起扩音话筒，开始叫喊着：某某次列车到站了，去南方的旅客准备好进站。从这时起，我的心就开始咚咚响，激动着，心里一阵阵好像发热，心神不安，好想看火车是什么样，又害怕火车，听别人说鸣笛声会把你吓死。

进火车站台时，服务员把车票用机械剪个四方口子。到站台上站着，感到稍远有车来时，站台上微微闪抖着。突然，一声"呜"，我一惊；不一会儿连"呜"几声，一个高高黑黑的庞然大物，头上冒着白烟（或是气），扑通、扑通地慢慢向我逼近。我的心呀，就像要掉似的，老是咚咚，自己想压着不要咚咚，但心还是咚咚。

正要上车厢时，服务员大声说："你们上错了车厢，往后面走，十三车厢。"等我们往后跑了一段，又一服务员说："快上快上。"上了车过后，眼睛四处张望，十三车厢怎么没见字呢？大起胆子问别人，别人说这就是十三车厢，用手向上指指，啊，车厢头上写着十三车厢（有牌子）。找到了车厢，就能找到座位。谁知道一心忙着问车厢找座位，等坐下后，向外面看看火车两边的房屋、庄稼时，一眨眼就错过了。火车飞快地跑，不知不觉心也不咚咚了。

到孝感站下车出站，抬头四周看看，太阳已偏西。我们赶紧找住处。听说孝感火车站到县城有八里路，我们就问别人县城怎么走，别人说坐八分钱的公共汽车就到了。站在汽车上，别人又告诉我们在三里棚下车，前面有牌子——孝感行政公署招待所。下车走不多远，就是接待室。会计把介绍信递给我，意思是叫我去办住处，还嘱咐一句不要把介绍信弄丢了。

我把介绍信递给服务员，并说要便宜点的床位。服务员给我们安排了北边平房，住宿费每人每天八角钱。他们俩的房间才打扫干净，没人住。我的房间里面有人住，有个人还带着小孩，床位好像是刚让出来的。房间里，每人一个脸盆、一个杯子、一个竹壳水瓶。自己拿着竹壳水瓶去打开水。

晚餐大厅摆着一排排的四方餐桌、长条板凳，桌上放八个炒好了的菜，另外一个大木桶装着葱花鸡蛋汤。四方每方坐两人，人到齐，就自己打米饭开始吃。饭吃到差不多，我拿着舀子站在大木桶边，双眼盯着鸡蛋大花出来就赶快舀，谁知道用力过大，还是舀不着鸡蛋花。旁边一位客人可能等我手里的舀子，公开说："这是神仙汤呀，看得着捞不着。"我赶紧舀点汤就走，很不好意思，这次丢人了。

不管怎么想，这天晚餐我吃得可饱呢！米饭是大甑蒸的，自己随便打，想吃多少打多少。

06
军代表解决了猪饲料问题（1965年）

吃完晚饭，我们三人想到门卫先问一下情况，到孝感新铺学习怎么乘车。走着，走着，抬头一看，前面来了两位当兵的首长。我看了看他们，他们也瞅了瞅我们，差一点擦肩而过。我突然想起其中一位是县人武部的杜政委，我回头叫他杜政委，他们转身就问我们是不是罗家畈的，我们不约而同地哈哈大笑。

杜政委主动说，他们住在孝感军分区，来这儿有点事要办，并问我们是为什么事到这来。

生产队长把我们来的目的原原本本告诉了他们——正在发愁明天怎么去新铺呢。

杜政委听后接着说："你们生产队现在有这种想法非常好，我在你们那里住队，也想到如何改善群众生活，去过一次，住的时间短，所以我们印象还不够深。以后把你们生产队作为人武部的蹲点，这都是研究定下来的事，今后会去得多些。这样好吧，你们明天不去新浦，直接回去，出来一次不容易。关于学习使用红浮萍、水葫芦、革命草的落脚点是解决喂猪饲料的问题，我们人武部给你们办。"又顺口说，"刘参谋，你记住这件事，就这次在军分区想法弄个汽车，把他们说的三样品种送到他们生产队。首先，你（指刘参谋）弄懂水葫芦怎么养，一时搞不清楚这方面知识的话，请位师傅随车一起去，把他们教会。"

说完后，我们各自走各自的。回到住处，我们三人都很高兴，我高兴地跺脚跳起来，天下的事情怎么这么奇怪呢？真蹊跷。我们觉得很难的事，就这样解决了。三人顺着来的路线返回家。

大概有一个星期左右，刘参谋真的送红浮萍、水葫芦、革命草来了。刘参谋一下车就说，今天我给你们带师傅来了，这位是军分区的党干事，他就是我给你们请的师傅，怎么做，你们一切听他的。

生产队长为迎接他们的到来，在村西头场地上召开社员大会，把我们去孝感所见的事情向社员介绍了，并要求好好听党干事讲的知识。

党干事说："今天简单讲讲关于红浮萍的知识，红浮萍是生长在水田或者池塘中的小型浮水植物，幼小时呈绿色生长，生长迅速、非常之快，常在水面上长成一片片的，秋冬季节，它的叶内含有很多花青素，整个呈现一片红色，所以叫红浮萍。关于水葫芦的知识，用你们的话说，水是浑的，能吸污直到清亮，吸污力很强，它的根生于节上，根系发达，靠毛根吸收养分，是悬浮于水面上生长的浮水植物。红浮萍、水葫芦这两种都是在水中的浮生植物。革命草不一样，是在地里生长的植物，也叫空心莲子草，形状是管状、分枝、短柄，背面侧扁，顶端圆形，是放在任何土地上很快就生长的植物。以上三种都是喂猪的饲料。据反映，红浮萍、水葫芦喂猪效果很好，猪也喜欢吃、长得快。革命草，猪也吃，好像吃了不怎么长肉似的。大致情况就是这样。"

生产队长按照党干事讲的，为红浮萍、水葫芦、革命草找了个"家"，让它迅速生长，供应五十头猪的饲料。不久，县人武部派刘参谋到我们大队蹲点，长期住在我们小队指导、督促工作。五十头猪有配料加主粮、米糠、麦麸皮、玉米皮、边角白芋等，有了吃的，生产队长压力减轻了，讲话也有底气。底气足了，社员看他的眼神不一样，有种信任感。

年终，生产队长把五十头猪全部卖给供销社，获得现金，用来兑现社员的米糠、麦麸皮等款项。生产队另外买了几头母猪下崽，再喂猪，不需拿现金在外面买猪崽了。这一年，生产队分配是最好的，平均每十分一个工，一个工三角二分钱，我们家还完以前的欠账，还纯进三十多元现金。

这样好的消息很快传到周边农村，大家纷纷都来我们队学习，取红浮萍、水葫芦、革命草作种子，发展养猪，提高社员群众的生活水平。

多少年以后，我们家乡对水葫芦、红浮萍、革命草有另一种看法：水葫芦根系发达，根有的有一米多长，在水下根与根交叉比较紧，水面上葫芦靠近葫芦很亲密，水塘中的大、小鱼因缺氧和营养慢慢死亡，没有鱼吃，群众不能接受。红浮萍对季节很敏感，立秋后慢慢呈红色，到了冬天大多数枯萎了，我们北片气温低，红浮萍不适应，最后自灭。革命草太讨人厌，猪吃后不长肉，群众叫刮肉草，生长能力特别强大，有一点小节它就开始长根，到处乱长，是有危害性的一种植物。这件事对我的教育意义很大，盲目跟学，虽然说解决了当时的困难，取得当时的成绩，但革命草到后来难以除掉，对我们生产队良好的土地带来了一定的危害。

07
迁祖坟扩耕地（1965年）

自从1964年全国进行社会主义教育运动，我们生产队开始进驻了工作队员。从那时起，队员虽然不断在更换，但是始终有驻队人员，对生产队里的活动安排进行了解和督促。

1965年春节刚过，社教工作队员撤走后，县人民武装部派刘参谋驻队，引导社员群众学习中共中央关于全党动手大办农业、大抓粮食的指示，让种粮的农民明白，他们的地位多么重要。粮食是基础的基础，国家费大力气解决粮食问题，发动我们社员开动脑筋，想办法使粮食增产增收。

经过学习、反复讨论，社员们纷纷提出，向开辟新的土地要粮食。哪些地方又能开辟新的土地呢？你一言我一语，慢慢就扯到具体事情上。归纳起来：开发闲散空地，增加产量。

闲散空地，一是乱祖坟，坟数不多，祖坟姓杂（罗、李、王、吴），占地面积大，四周都是水稻田，容易整平，水源充足，好灌溉、好管理。把乱祖坟统统开发出来，可以开发八到十亩粮田。那时稻谷产量低，稻谷品种还是高秆，每亩产量按500斤计算（不是双季稻），可增5000斤粮食。

大家一致建议迁祖坟。

话说得容易做到真难，这叫集体迁移祖坟。乱祖坟中间有条路，从住家通往王家河，是到达公社街上的必经之地。路东南是罗家的祖坟，路正南有棵大油子树（乌桕）是我们王家的祖坟，路北靠东边是吴家的祖坟，路北靠西边是李家的祖坟。迁移祖坟是极其严肃慎重的一件事，稍有不慎就会引发很多麻烦事，可能把决定正确、要办的事说歪说斜了，甚至偶尔发生阻碍迁坟的过激行为。万一发生这样的事，麻烦就大了。但是要带头迁坟，那也是谁家带头先移，谁就要背着很多的压力。后来，来自方方面面的议论一个星期过去了，四个姓的人还没有出来表态迁移的。

我是个女孩子，不知道哪根筋搭错了，不学用针线缝缝补补的活路，偏偏喜欢看我哥哥读过的书，喜欢看戏、看电影、听历史故事。要是有不掏钱就看的电影，不管里程远近，我都要赶去看。

一天，村里有人上街赶集，回来说街北头墙上贴了告示，北头剧院上映电影《英雄儿女》，来回有十多里路。我听后兴奋极了，在劳动中相互约了几个人，不顾白天劳动疲倦，抢着吃了饭，直奔剧院看《英雄儿女》这部故事片。片子描写一位中国人民志愿军班长为保卫阵地孤身与敌人殊死搏斗、壮烈牺牲的故事，鼓舞战士们前赴后继、狠狠打击敌人、守住阵地，我受到了教育。英雄们为了保卫祖国，牺牲了年轻的宝贵的生命，现在国家费大力气解决粮食问题，不让人民群众再饿肚子，是非常正确的事。迁移祖坟，扩大耕地面积，总得有人迈出第一步。

我们这个村有三十多户人家，多种姓，姓王、徐、罗是大姓。我们姓王的，在这个村有八户人家。我不敢张扬，只好悄悄走门串户，把我们姓王的长辈的真实意见收集起来。

我父亲排行老七，连堂兄弟一起共八兄弟。最小的排行老八，我叫他小爷。他跟我说："迁移祖坟的事，早移晚移，看样子非得要移，晚移不如早移。"我跟小爷说："五伯（排行老五）有想法，他认为这事不该姓王的带头。"小爷接着说："这事我去跟老五说，你也不着急。"就这样，有我小爷的支持，我的想法可以落实。

我知道我是个村民，是个女孩子，年龄又不大，才十五六岁，想办事还得大起胆子来。我跟人武部驻队刘参谋、生产队长、民兵排长说，我们王家开始迁移祖坟，从乱祖坟迁移到向阳的蚂蝗堂山边。

到吉日吉时，长辈说只有一个要求，队长带领生产队的人在场，破土时，大家齐咒："天圆地方，保佑平安，万事吉昌，顺顺当当。"四句话说完，放鞭炮炸一炸，对我们活着的人是一种安慰，不搞那么多神神鬼鬼的事。破土第一下，是我小爷动的土。在长辈小爷的带动下，我和约好的晚辈们一齐上阵开挖。

挖着挖着，我看到油子树下的大坟里面，棺椁上面又砌了一层拱形的青砖，拱形青砖大部分倒塌，半头散落的青砖埋在土里面。时间太长了棺椁烂散了架，棺椁剩下的大小木块，明显看得见，木块是用老红色的油漆涂的，里面只看到人的大块白骨头，没见任何衣服，有长满绿锈的铜钱，有的碗上了边釉，粗糙的土罐上有微黄色的花。看到这些东西，大家都说是死人的东西，不要看也不要拿，没什么好留的，一下子拿起锄头当场打碎了。我看着觉得真可惜。

我们王家带头迁移了祖坟，其他姓也陆陆续续都迁移了，当时想着敢在祖坟上动土是非常难办的事，现在也顺顺当当办成了，只有一个道理：有益于人民群众的事，群众会拥护的。

08
移堤改道，变河滩为良田（1965年）

对闲散空地的开发，还有王家河，河滩面积宽，引水改道，扩大耕地面积。

我们队西南边还有一条河，叫王家河。河水是从戴家山、黄龙寺、肖家垮、黑沟山流下，平时河水还平稳，山洪时来势很猛，很吓人。王家河这三个字很有名，不知是从哪年哪月，山洪暴雨把住在王家河附近的姓王一家老小共七个人，一夜之间连房带人全部卷走。为了纪念他们，这条河叫王家河（以前叫什么河不知道）。这件事在我们当地附近人传人，后来把迷信的东西加到一起传，越传越快，越传越远，越传越迷信。后来传到大悟县领导那了。

大概在1952年，大悟县委书记到现场考察，解决水患，决定由大悟县北片几个公社的人相互帮助修水库。在王家河上游修一座水库，库区在华家垮山背后。大堤在华家垮东北边，水库就叫路家冲水库。60多年过去了，水库质量很好，经得起检验。水库灌溉了华家垮、路家塝、罗家畈、八里棚、胡家畈、三里城等大批农田。有了水库，这里的粮食几乎连年丰收，三里人民拍手叫好。

有了水库，王家河的水再也不敢横行霸道了，王家河的水也渐渐少了，多出大片干沙滩。

我们生产队长带头，决心把沙滩变地，变为良田。把王家河下段原河堤向河中段南边推进三十多米，把河滩表面上的沙子，筑在新的堤坝上。在原地移堤改道，因距离比较近，沙子、石头不能用板车运送，全靠全队社员的肩膀一担一担地挑走，而且还是利用农闲、天阴下小雨的时候。肩披蓑衣，头戴斗笠。蓑衣是用棕树上的棕毛做的，做的样子就像婴儿的披风一样，把两个肩膀盖得严严实实的，湿不了衣服，就是下雨后感到有点沉重。

在大家的共同努力下，第一道工程改造了十多亩河滩地。虽说不能种水稻，但可以种西瓜和花生。花生是很好的油料，群众正需要；同时也改变了我们队只有水田多、旱地少的现状。

09
单季稻改双季稻（1965—1966年）

除了开发闲散空地、增产增收外，想获得更多的粮食，还得单季稻改双季稻，这是实实在在的增产增收。

那时我积极提出和支持"单改双"。在这件事情上，不只是我一人有这种建议，还有其他人也有这种想法。当然，还有人坚决反对的。就"单改双"上，我既能提出，还能说出"单改双"的具体理由。

县人武部住队孙干事在闲时聊天，说他1964年在黄陂人民武装部工作时，被派到黄陂㵐口住队，那里的社员种双季稻，稻草充足，还种有棉花干梗子，用稻草绑棉梗一起当柴烧，有急事来客的话会用点蜂窝煤。他们觉得需要的柴不怎么缺。"你们这里虽说是山区，山上无柴，社员在鸡叫三声（就是凌晨三点）时就起床，弄饭吃，吃完腰上还绑几个米饭锅巴加点腌菜捏成的团子，到很远的地方一天打一担柴，真是辛苦哇！"

我说，是的，真辛苦，因此这才需要改，把无柴光山变成有柴绿山。社员减少辛苦，把单季稻改为双季稻，社员有烧的，又不饿肚子，该多好，向黄陂㵐口学习。从地图上看，黄陂㵐口离我们不遥远，为什么他们能种双季稻，能把稻草当柴烧，解决了粮食问题，社员不饿肚子又有柴烧呢？而在我们这里把稻草当柴烧，却会产生偏见，认为这个家的主人窝囊、被人瞧不起。这个烧木柴不烧稻草的习惯，说到底，是生活习惯和思想观念的问题。我们这里前辈没有种双季稻，不能说我们这代人也不能种，试都没有试种过，怎能说不能种呢？

我们这里的确有看得见的现实困难。在正常情况下，大悟县地处鄂北，气温比其他县市低好几度（1~3度），我们队能种水稻的田，有五分之一是冷浸田，本来气温低又有冷浸田，对参加劳动的人和早稻来说都是"困难遇到困难①"。这对改双季稻是不利的。

再说有利的。其一，我们是山区中的平畈，粮田前后左右、从早到晚没有大山挡住太阳的照射，光合作用很好。其二，我们是平畈旱地，少水田多，水田一耥平，又集中在一起好灌溉，有利于单季稻改双季稻。其三，我们在路家冲水库脚下，水稻需要水，水源好，水稻需要的水有保障，不怕干旱。其四，我们在单栽中稻的水田上，开始试种双季稻。原种小麦的田一律不动，还是种小麦，不影响社员群众吃面的问题。小麦收割后仍然栽中稻，不搞一刀切。其五，我们是试种，大家知道浸得厉害的冷浸田，这次可以暂时放下。其六，早稻万一受低温和其他因素的影响失败了，也不妨碍中稻的种植，应该说大家没有任何顾虑。其七，算一笔账，我们队有二百多亩田，把冷浸田、种小麦田减下来，用一百亩水田种"单改双"季水稻，是没有任何问题的。每亩按保守数计算，每亩产500斤，纯增产50000斤粮食，对国家是贡献，对吃不饱饭的社员是多么大的盼头。

这样一说、一算，开始坚决反对"单改双"的人，我看到他们能够认真听讲，脸上的表情不一样，有些喜悦，齐声说"听明白了"。讲得有一定的道理，没有什么冲突，也没有什么影响，只是在中稻田里多栽一次水稻，就能增那么多粮食，这事能干。现在这么一说，当时持反对意见的人员、驻队孙干事、生产队长以及队委会的人员还能说什么呢？

队长决定试一试，把种田能手罗叔叔请出来，我们叫他罗师傅，从头到尾由他指导进行。

眨眼工夫，四月份就得育秧种、选种浸种。罗师傅有他的秘招。种子选好了，他要把种子放在大太阳下晒两天，然后在大风中扬筛一次，去掉不饱的种子，主要是保证秧苗出得整齐。浸种时，他先用硫酸铜溶液浸种，溶液比例不能超过1%，颜色不能浅，也不能深，用他的话说，蓝色显得好看就对了。上

---

① 指冷，对人和稻子两者都困难，即"困难遇到困难"。方言常说。

午八点钟浸种，下午三点钟捞起放在已晒过太阳的水中，自然提升到适当的温度。浸种两到三天，看看稻谷嘴上有没有白点点，种子芽像要怒放的时候就赶快捞出来催芽，这样做他说防稻瘟病，又防恶苗。催芽齐了，准备播种。秧苗田，选避风、阳光易照射、土壤细深、进水和出水容易操作的。整秧苗田必须先把稻田的土壤连翻几次，土壤要松软，地面要整软平，选日子，看好天气，下种时不能下雨，再撒下已催芽的稻种，撒后在泥田上面掉进又没掉进似的，好像现在孩子们吃的果粒果冻那样，说明这田整得好。然后撒一层稻壳灰，防气温低受冻，稻壳灰碱性还能杀虫。队长号召社员们把自己的破旧被单等准备好，以防被大雨点打坏，防倒春寒，万一寒流来了也能挡挡。那时没有农用薄膜，更没有育苗中心使用育苗箱，无法在室内操作。

做以上这些事，主要是因为这是第一次试验，为可能会发生的事都做好防备。

说起来很怪，这一年没碰上寒流，撒种后连续几天都是晴天，罗师傅说下种三天不下雨是晴天，种子没有受到损伤，已扎根土壤。一个星期后才下场小雨，对秧苗很有利。秧苗长得厚厚的，稍带点淡黄绿色。俗话说，秧好一半谷，是丰收的基础，也是全村社员们希望的基础。等秧苗长高到十五厘米左右时，就可以大面积进行插秧了。

驻队干部说，我们这里早稻必须在五一前插完，晚稻八一前插完，按照这个时间进行。

水稻田的整理，如以往整理中稻田一样地整。不同的是对早稻开一点小灶、照顾下，生产队长把社员散捡的、比较干的、交给生产队记工分的牛粪和集体牛栏的牛粪合在一起，让妇女们挑到离插秧田不远的干田里烧熏，边烧边时不时地添加土块，在牛粪堆上烧，烧成粪土粗灰，撒到稻田里作底肥。插秧的间隔距离比中稻要密，用成人手的大拇指和食指丈量，大概十五厘米栽一蔸，每蔸七到十根秧苗为宜。会栽秧的师傅先下到田里横、直栽成格子样，有了样板，后面的人跟着下田栽。

完成插秧任务，紧接着就是管理。灌溉和排水，水稻是依赖水的。早上太阳升起，罗师傅对稻田管理是控沟排水，排到看得见水田的泥为止，让稻秧苗充分享受阳光的温暖，提升温度，减少病虫害。下午太阳西下时开始灌溉，水到秧苗的五分之三，这是为了保温。到了除草除虫时，原中稻除草用的铁耙子现不能用，中稻间隔距离宽，现在早稻间隔十五厘米左右，耙子进不去。有耙子来除草人省力。人是站着，手握耙子来回推，松了泥土又除了草，人在前面走过后，杂草就浮在水面上。

遇到了难题，队长召开社员大会。他说，再没有想出除草的好办法来，那就"麻子打哈欠总动员"。全村男女都出动，二米左右站一个人，并列向前弯下腰，用手拔草，看见稗子也一起拔掉。这话还没落音，社员们哈哈大笑。因他自己满脸的麻子，社员们在背后叫他王麻子队长。

在拔草中发现个别田有一片一片的秧苗秆叶子上有小麻黄点点，师傅说是白叶枯病，那时大多数使用农药喷洒六六粉，发现得早，喷一次就好了。

在队长和师傅的精心呵护下，早稻很听话，长得根粗苗壮，长势真喜人。我们经过整地、选种、育苗、插秧、除草、除虫、灌溉、排水和收割，经过这么多过程，两个多月的日日夜夜，全村社员们不知淌了多少汗水，特别是队长和师傅，像看着自己的孩子一样，细心照料它们，经常肩上扛锄头，头上戴草帽，裤子挽得高高的不怕虫咬，成天在田埂上来回转悠，发现问题及时处理。不客气的太阳晒得他们发红发黑的脸上露出了笑容，从笑容就知道第一次试种早稻成功了。

我们看到稻田一株株饱满的稻穗弯着腰，低着头，充满着成熟的样子，看上去金灿灿的稻谷好可爱，真是说不出的喜悦。等待时候一到，抢时间收割。

在收割中，全村社员们有太多的体会要说，经验要推广，问题需总结：第一次试种，没经验，种子不够纯，出现有高有矮、成熟时间不一致的问题，影响产量，为了抢时间，八一收割早了点，假设时间能允许，拖上两三天，稻谷成熟就会增产。

10
试种成功，示范推广（1965—1966年）

我们九大队有四个小队，分别是路家塝为一小队，罗家畈为二小队，八里棚为三小队，华家垮和天师塝为四小队。四个小队比较集中，队与队互相平视就能看得见垮子的外貌。九大队在大悟县正北边的北边，与河南省罗山县毗邻，因白天的气温比大悟县南边低，特别是早、晚气温更低，只有1~3度，习惯上是双季稻的禁区。这次二小队在增产增收上，试种双季稻成功了。

九大队党支部罗书记，是二小队的社员，所以他在召开全大队社员群众大会时说："二小队早稻试种成功，确实是件非常高兴的大事，我们要庆贺。二小队能种双季稻，说明其他三个小队也能种。九大队整个大队水田多，旱地少，全大队用60%的水田来种双季稻，全大队的粮食在原基础上可增加多少呢？这是什么样的数字呢？我不用算，大家都会算。再说直点吧，会让你们睡着了高兴得笑醒了啰。"

他又说："二小队想种双季稻，开始有两种不同的意见。一种坚持不同意，怕打乱正常劳作和正常收入，影响大家的生活；另一种是同意试种，想方设法增产增收。这中间有位胆大敢说的姑娘，她就是王芝兰，说可以试种双季稻，她用了七条理由说服了群众。还有种田能手我的兄弟罗师傅和王队长，整田插秧能手吴师傅和王师傅，他们都是试种小组的成员。硬是把试种搞成功了！同志们呀！这不是说说而已，是要付出努力和艰辛的。你们各队的队长都要有思想准备，好好想想，从哪里入手，怎么个搞法，要拿出意见来。"

过了几天，队里派人把我从后垮田里叫回来，到公社报喜。我从后垮地回到村前，看见他们已都好了，个个站在村西头。往公社去的路上，有的打着红旗，有的挑着稻谷，有的敲锣打鼓。这件事到如今确实想不起来，主意是谁出的？

我连忙跑回家，脱下破旧的上衣，换件好看的黑条和白条、中间有个圆印的衬衣，来到村西头路上，和他们一起走到王家河大队部。一眼看见人武部驻队干部孙干事站在那里，支部罗书记、民兵连华连长从屋里面走出来，说和我们一起到公社报喜。从王家河开始走到路家塝，我回转头看看后面的干部们，发现人武部驻队干部孙干事没有来。去的路上，人人都高兴。去的场面，可以用下面几句话，表达当时的真实情形。

红旗招展迎风飘，
欢歌笑语激情高。
锣鼓喧天惊乡民，
前往公社把喜报。

到了公社，公社里大多数人员都下乡去了，公社黄社长接待我们。他把公社做饭的炊事员都叫出来，给我们倒茶送水。茶是花红叶用开水冲的。那时，公社确实简陋，没有会议室——会议室就是召开各大队干部进餐的地方。大概有五到六张桌子，凳子是搬不走的，像条形板凳又不是板凳，四周都是连在一起的，把桌子套框在凳子中，是框架式凳子。我们没办法，只好围着坐。

支部罗书记简略地把双季稻早稻试种成功的做法做了汇报。黄社长说："九大队书记想的问题、做的事情就是与其他大队的书记不一样，这给三里公社带了头，带了个好头啊！你们九大队有一支好的队伍，勇敢的连长、精明能干肯动脑筋的小王，能用七条理由说服群众，试种早稻，了不起！三里公社号召各大队向九大队学习种双季稻。如果三里全公社都种双季稻，三里人民的生活该发生多么大的变化，对国家的贡献是多么的大呀。"

向公社报喜过后，三里公社党委姚书记、黄社长在大会、小会宣传了九大队试种早稻成功的事。公社领导的指导思想非常明确,增产增收靠双季稻。首先要做好宣传工作,组一个宣讲组,全公社划作三片做报告,巡回宣传到每一个社员,让他们知道为什么种双季稻,怎样种双季稻。

三片分别是:西片有戴家山、上柏园、下柏园、汪家垱、肖家垱等,东片有汪家畈、姚家畈、万家凹、赵家垱等,中片有土城、杨林、栗八寨、胡家畈等。宣讲组由我们九大队罗书记、二小队王队长、大队民兵连华连长和我四人组成,分别到各片区进行宣讲。

公社领导说,九大队不光是早稻试种成功,民兵训练也非常过硬,是抓革命、促生产的先进大队。

11
入党宣誓（1966年）

这年春节刚过，县人民武装部的首长就来到我们九大队蹲点，对九大队群众的政治学习有要求，号召广大群众认真学习毛主席的"为人民服务"，提倡多做好人好事，树立助人为乐的思想，掀起学习毛主席著作的高潮。

人武部驻队干部孙干事与队长商量，还是想把队里的社员集中起来集体学习，时间就只能利用晚饭后学一到两个小时。办法是先读原文，一人读大家听，后来为了避免大家一天劳累后打不起精神，就采用领读的办法，领读人读一句，社员群众跟着读一句。因为我认识字，就叫我先领读《为人民服务》。读着读着，中间有人发言，说这个办法好，解决了大家不识字的困难。

我也觉得好，这同时也发挥了我读过几年书的好处。再后来，我就读熟了，领读的时候不用书本，背着领读。驻队干部孙干事发现我能背全文，就号召大家都要背《为人民服务》，争取背全文，至少要背其中一段语录。

在学习中大队支部书记和民兵连长跟我谈话，说："知道以前你写了两次入党申请书，这次经过早稻试种成功，你的建议得到大家认可，加上公社把我们组成宣讲小组到东、西、中三片走了一大圈，这次学习毛主席著作，你又先走了一步，能背全文。大队支部已确定你是培养对象，现在列为发展对象，支部已经上报了，你有何感想？"

我知道自己还有做得不够的地方，而且自己年龄也不够，1966年我满16岁进17岁，各方面需要继续努力，要好好学习提高自己。之后，我第三次递交入党申请书。

大队支部罗书记又找我谈话,说下个月,也就是十月一日,公社每年在丰收后,为鼓励农民保质保量完成上交国家公粮的任务,会发展一批新党员入党宣誓。罗书记接着说:"全公社有十二个大队,其中十一个大队报了发展对象。有的大队把培养对象上报已经批准了,有的大队选送的没有被批准。这次大概有七个名额。我们大队经支部意见一致认为你不错,做了不少群众拥护的事,报送你。"

我说:"书记,我年龄不到十八岁。"

罗书记说:"这个年龄,我们支部成员都知道,假如报上去批准了你,入党宣了誓,你还不是正式党员,还有一年的预备期在考验着你,主要看你个人的表现。等到上面批准了,到那时你的年龄就不是什么问题啰。再说,年龄的事,公社领导也知道,行不行,看公社党委的意见。"

十月一日到了,没有音讯。到十月四日,大队书记告诉我到公社街北头剧院参加集体入党宣誓。会议开始,是召开各大队、小队干部大会,内容主要是催交国家任务。各大队不能抵、拖,要积极完成任务。会议最后一项,黄社长在台上念了七个人的名字,让上台举行入党宣誓。

下面一片掌声,七个人按照黄社长念的名字顺序,从台下面陆续到台上,我是最后一个上台的。从念名字开始,我的心里就咚咚响,脸发烧,自感全身特别热燥,满脸通红,红得不敢张望四周,心情特别激动。上台后,正好要宣誓,背对着台下各大、小队的干部。黄社长举起右手,引领我们七人宣读入党誓词。

我宣誓后,一直在想,我做的即便是芝麻绿豆的小事,只要能为社员们解决问题,也要坚持一如既往地去做。

我们二小队稻谷上交国家的任务重,社员们的想法,我理解,也很正常。早稻成熟,社员们已经尝过,感觉不顺口,有点粗糙。社员们议论晚稻偏糯,胃不好的社员吃后胃胀气,糯还不出米饭。所以社员们的意见,要求把中稻留作口粮,早稻和晚稻交公粮。因上级催交任务紧,中稻成熟又比晚稻早,不能把中稻放着不交,等晚稻成熟出来再交,怎么办?我不是生产队干部,但我是生产的骨干呀,总得要说话。想说话还不能刺耳,让他们听着舒服,没有什么反感。

小时候，我们吃饭喜欢把饭碗端到塆子门前水塘边，有石条凳子，坐上边吃边甩菜到水塘中，菜沉下去，油花浮上来，油花多，说明你家菜好吃。日子久了，大人们也习惯端着饭碗在外面坐着，边吃边拉家常。于是我端着饭碗，跟队长说："小麦已经留给大家了，中稻算一算留多少？国家政策宣传是先留足口粮，有多少交多少就完事呀。这样的话，我们何必费那么大心思？"

但是我知道国家任务已正式下达，公社要求完成所有粮食上交任务后，再才能算分配账。生产队首先提取集体备用粮食，种子换种的粮也是要提留够，剩余的粮食进行分配：一是座子粮，不分男女老少，按人数分配的粮食叫座子粮，是句土话，实际就是人头粮，照顾家大口阔的、孩子多数都还在上学念书的、家中又是单劳动力（大多数男人在外面工作）的家庭；二是工分粮，参加劳动多，工分就多，分的粮食就应该多，队的活路重，需要人去做，按工分分配，体现劳动者多劳多得的原则。那时座子粮和工分粮叫作"按对半分成"。这些还是先完成任务后才进行分配的，免得上面派人来催我们，拖延不了，总是要完成的。

队长听后扪着胸口，暗暗心算了一会儿，说："这样吧，早稻已经交了部分，现在先派人送一批粮食，说明我们在积极送公粮，这个架势先搭起来，慢慢晚稻就能接上，这样既没有拖延上交公粮，又满足了中稻按社员的想法留着自己吃的想法。"我听后想了会儿，心里想：难怪俗话说姜还是老的辣，就说"好呀，好呀，这个办法也行"。这一年种双季稻成功了，丰收了，但上级没有给我们增加任务。二小队自觉超额完成任务。

从1959年到1966年的七年间，总有社员为吃不饱饭而发愁。这一年，全小队粮食充足，没有说吃不饱的人和户。我努力做事，感觉没白费。生产队里人与人相互关心，人们的精神面貌焕然一新。

12
藏枪

1966年十年动乱刚刚开始，我们这里可能是山区，消息非常闭塞，信息传递慢，感觉我们这里没有多大的活动，该干什么还是干什么，如学生上学、老师上课、农民种田，公社领导下乡检查工作，看各项任务完成得怎么样，一切都正常进行。

在我的记忆中和印象中，大多数人还是持观望态度。我没有参加任何派，中间有许多事我不了解。只知道不管斗争多激烈，农民都在任劳任怨、心安理得地种田，一心只想多种粮食，完成国家粮食任务。

记得有一天，天阴下小雨，生产队没有组织出工劳动，我赶集到镇上逛逛，才知道形势有点严峻。

又过了一段时间，有一天天上乌云密布，刮起大风，大雨即将来临，县人武部张干事突然来到我们家。他身穿着黄绿色军队雨衣，怀里紧紧抱住雨衣。我和母亲在堂屋门口坐着做事，见张干事来了，赶快起身向他打招呼。

我以为他先要到他们经常住的西边一间屋里去。谁知道他还死死抱着雨衣，先到我们家灶屋（厨房）里看看，又走到我们全家人住的房间，房间上半间是我父母住的房，中间用三个大立柜拼成屏风样，把一间屋隔断成两个半间房。下半间是我和妹妹住的房。哥哥中专毕业后，于1965年就参加工作了，没有在家住。我们家堂屋还有个后门，他又到后门去看看。

我们看不懂，张干事来干什么。他来时只是笑笑，没有说任何话，就东走走西看看的。我们母女俩互相对了个眼色，心里有点紧张，没敢先问话，正准备转身做自己的事时，张干事开口说话了，叫我们俩快来看看。他把雨衣放下，手脚有点急，慌忙打开，里面还有一层军绿色粗布（帆布）袋子油油的，他边解边向外面看，发现没有人来我家时，迅速解开油油的袋子，他说："这里面有七支手枪，一百发手枪子弹，你们替我保管好，千万不要走漏风声，城里有人要到人武部抢枪。"说完话，他饭也顾不上吃就走了。

他也没说我们放在什么地方才安全。走后，我心想张干事对我们真放心。母亲看到枪后，脸上有点受惊的样子，双眼望着我说："张干事非常信任我们，我们要替他保管好。"我们母女俩把雨衣裹着的东西，放在我们住的房间里，房间有储存米的缸，上面还有盖，认为比较安全，就放在米缸里，后来一想，不行。

西边一间房也是上下各开了一个门到堂屋，堂屋东侧有个后门。西边房，共搭了四张床，主要是县人武部的首长蹲点时住，有时候他们回县里开会，房间空着，偶尔有其他单位来人，队长也会安排到这儿住。农忙时，或我们家有事家中没有人时，来人等不及队长派的饭，饿得很时，他们自己在我们家先打米煮饭，在碗柜里掏点咸菜吃吃，吃完后自觉放半斤粮票和一角二分钱在堂屋桌上。万一碰到这样的人，以为缸里有米，去打米时，发现缸里的东西，事情就麻烦了，越想越觉得不安全。

我只好把东西从米缸里取出来，拿掉外面的雨衣，又把雨衣挂到他们住的屋。粗布袋子外面，用我们自己的破床单包上，再用稻草绳子，十字交叉法连捆几道，放到不用的饭枞上，高高挂在灶屋（厨房）角上，当作臭豆腐的样子。

我们农村家家户户都用三角枞放饭。三角枞的做法，用一个天然的木头三角枞，用绳子绑住三个角，系到灶屋的梁上，悬空吊在灶屋中。角枞上捆一种植物，叫老鼠刺，主要防老鼠顺绳下来吃饭菜而特地做的。在老鼠刺下面，穿戴斗笠帽，防灰尘，然后把剩菜和剩饭放在饭枞上。我们家来人多，父亲做了两个饭枞。把这靠屋角近点的饭枞提高很多，一般人是拿不着的。要拿，非得搭架子梯。我们母女俩认为这样确实很安全。

谁知道，只要我们到灶屋（厨房）做事，时不时抬头就看见这东西，就连给灶里添柴瞬间就能看到，而且觉得自己看到这东西时，看的神态有点怪怪的，好像在明明白白地告诉别人，饭杈上放了一个稻草捆的草坨子，不像是做臭豆腐的模样，不顺眼。从很安全一下跌到不安全。

又想到这几天没有任何人来我们生产队，估计城里的形势更紧张。我和母亲又合计商量还是取下来，放到我们经常看不见的地方，看不见就不会想它，心里就不会老惦记这个东西。这次将外包装重新处理，把它变自然点，一百发子弹包一包，七支枪分散着包，二支、二支、三支，分三份包，目标小，不至于万一发现了就都发现了。最后放在后门外面的猪圈棚上，东放一份，西放一份，散落地放，铺盖上一层稻草，稻草上面加盖了许多乱七八糟不要的破东西。下面喂的两头猪，猪圈门侧边又放大堆细稻草，夹猪粪臭烘烘的，苍蝇到处飞，一点儿不打眼。谁也想不到，把特别的东西放在屋外边了。

移了没几天，一群年轻人有说有笑来到我们生产队，生产队长把他们带到我家，说实话我一个也不认识，从来没见过的生面孔。我随便打了招呼。他们中间有的借机到灶屋里找水喝，到处看看，多在驻队干部房里叽叽呱呱的，不知他们翻了些什么，没有甩啥也没有砸东西，感觉还比较文明。队长什么也不知道，但我心里是静的，他们就是有目的地寻找什么东西。

大概过了一个多小时他们就走了，队长跟我说："这些年轻人不是来驻队帮助、指导生产的，谢天谢地躲过了这一关。"

军队支援农业，人武部是地方军队，经常与农村打交道，县人民武装部张干事、孙干事满脸笑容，又来到我们队蹲点，很顺手地拿回了他送来的手枪和子弹。当面表扬我们母女俩："你们想尽一切办法把枪保管得这么好。如果这些子弹和手枪流入社会中，你们估计下会怎样？后果真是不堪设想。"

13
捧着新华字典背"老三篇"

县人民武装部在大悟县最北边,选准我们队作为民兵试点,训练民兵,武装民兵,个个民兵都有步枪,一旦有事,能拉得出一支打胜仗的民兵队伍。

县人武部从1964年到1967年一直在我们队蹲点,从训练民兵开始,到支持生产队的生产和发展。1967年除了训练民兵外,还引导广大社员群众学习毛主席著作。最开始是部队先带头学习著作"老三篇"。人武部首长在我们队召开社员群众大会,首长先讲,说是动员大会,同时也是宣传大会。首长讲后,群众深受启发,在学习过程中,人武部首长要求,我们人人要做到会背,在他们的带动下,社员群众自觉地自己学习,碰到不会认的字,相互教,不理解意思,相互讨论。劳动中,以前讲的都是家常事,自从开始学习"老三篇",大家突然变得有文化了,思想大大提高,掀起了学习著作的高潮。

从那时起,我开始学背"老三篇"。我年龄不大,不算聪明人,记忆力差,在学习中,不是很快就能背会。不好意思地说,"老三篇"中,每篇都有我不认识的生字。在自己家中读、背,怕住在我们家的干部听着读错字,更怕我们家左右邻居听到,说这姑娘犯了"毛病"。我只好利用空闲的时间,悄悄怀揣"老三篇",腋下夹着《新华字典》来到村东头大河边的桃树林中读、背,没有任何人看到和听到。

大起胆子,先是背靠在桃树上大声读《愚公移山》中的"有个老头子名叫智叟的看了发笑",这个"叟"字,我不认识;读《纪念白求恩》中的"为人民利益而死,就比泰山还重;替法西斯卖力,剥削人民和压迫人民的人去死,就比鸿毛还轻。张思德是为人民利益而死的,他的死是比泰山还要重的"。我文化低,"不幸以身殉职"的"殉",也不认识,"就比鸿毛还轻"中的"鸿"字,还是不认识。不认识的字,全靠《新华字典》。我通读几遍后,开始查《新华字典》,顺着桃树蔸坐着,边查字典上的字,边用树枝在沙土地上写,能增加记忆,又能练习写字。我也终于明白"鸿毛"的"鸿"字的意思——也即大雁身上的毛很轻很轻。

《新华字典》不仅能帮我认字,后面附录里还有好多知识,我也一一找着看。

它是我最好的老师。

14
社员们讲新风新貌

中稻和晚稻收割过后,稍微农闲点,人民武装部首长组织社员们学习、检查大家背诵"老三篇"背得怎么样。有的社员能背一篇,不全会;有的只能背一段;有的不会背,学习过,可以讲里面的意思;还有的,把学习"老三篇"时村里出现的好人好事,顺口就讲出来了。

一位妇女名叫杨兰英,那时她有三女一子,四个孩子,孩子和孩子之间,间隔不到两岁。爱人在外地公社当副社长,忙于工作,很少回家帮助家中做事,杨兰英一人带四个孩子,还要出工劳动挣工分。一家人一日三餐饭要做,菜地要管,菜地的菜、季节与季节的种植都要衔接,菜园的施肥、锄草、病虫害、浇水都得亲自管。她说她白天忙,下午收工回来,忙于喂猪,给孩子们做饭,等孩子们吃完后,把碗筷收拾好,她才能到菜园给菜地浇水。第一次,她没发现有人给她的菜园已浇了水,只感觉不对,因去得晚,月亮快升起时,似看得见又看不见,赶忙浇水完后就走了。第二次,到园子里边,脚下一踩滑,发现菜园沟里有水湿印子,才发现有人暗中帮助她浇水。多天都是这样,不知是谁做的好事。

陈秀华接着说:"我在河里涮衣服时,才发现衣兜里放了八角钱,准备交加工费的,衣服晾在路边木槿条树上,晾衣服时,顺手把八角钱放到晾好了的衣服上,转头看到七表婶来了,我们对话,讲着讲着,忘了拿钱,到太阳落土(落土是太阳西下的意思),我去收衣服时,突然看到钱还在那里,才想到钱的事。这么多人到河里来洗衣服,挑吃的水,过去过来没有人拿我的钱。这个社会真好、真安宁,我们日不锁门,夜不闭户。"

　　我的五伯激动地抢着说:"学习和不学习是不一样的,我的大门口是大家经过的要道,门口脏了,总是我扫,只扫我门前那一块,扫的垃圾堆在自己的积肥凼里。大家都有变化,我不会背,只想做点有益的事。不能只顾扫自家门前雪,而不管他人瓦上霜。脏了需要扫,我就全部扫扫,扫的垃圾堆到西边集体积肥坑里。集体有了,我才有。俗话说得好,大河有水小河满。"

15
背"老三篇"上了报纸

人武部首长听了他们讲的,高兴得不得了,又对他们讲的内容非常感兴趣。首长说:"你们不但在学,而且还在用,这叫活学活用。"会议快结束,因大家劳动一天很累,有的好像要打瞌睡,生产队长把嘴巴对着首长的耳朵说话。不知说什么,大概是结束吧。

首长看了看大家,把自己的笔记本合起来,说:"有没有把'老三篇'都能背下来的呢?"当时学习会很安静了一会儿,我看看周围觉得冷场很尴尬,就回答说:"我来试一试。"背到第二篇时,那些想打瞌睡的人惊醒了,开始用心听我背,我背得滚瓜烂熟,不结不减①的。大家都说我会背,学得好,真聪明。从那时起,我还得了"聪明"两字的评价。我心想,真的不是聪明,只不过从要求学的时候,就开始学、背,再坚持日里夜里动脑筋,来回地默背,这样硬记下来的。

这次背了过后,九大队党支部在王家河大队部搭台,号召大家都来背诵"老三篇",每个小队要推荐1~3名到大队来背诵。这次我是背得很好的。

在大家努力背"老三篇"时,我又开始背毛主席百条语录。虽然说没有"老三篇"背得那么熟,基本上都能背。后来被推荐到公社、县里,我都去背过。县人民武装部首长对我们提出更高的要求,能背还不行,还要会用,不但个人学,还要带动全家学,带动大家学习"老三篇"。1967年有位有心人把我

---

① 指不结巴、不减字,方言说法。

和母亲、妹妹一块儿学习"老三篇"的样子，拍了照片寄到湖北日报社。湖北日报果真刊登发表了。从此以后，这事轰动了全县。后来，又要我到县大礼堂背诵"老三篇"和谈自己活学活用的体会。

学习"老三篇"对自己来说是很受益的。毛主席在"老三篇"中明确提倡了三种精神，在"为人民服务"中以八路军战士张思德为代表的无私奉献精神；在"纪念白求恩"中以抗战期间加拿大援华白求恩大夫"毫不利己，专门利人"为代表的国际主义精神；在"愚公移山"中以古代寓言讲故事，要求大家一往无前的奋斗精神。这三种精神指导我一辈子怎样做事，怎样做人。

学习后，我再去理解苦、累、脏就不一样了。学前，我认为在农村生活长大的，觉得苦、累、脏不算什么事，成天干的就是苦活、累活、脏活。有两件事对我触动很大。

第一，用耙子耙牛粪。我们生产队的生产、耕田地全靠耕牛，没有拖拉机等机械帮忙，全靠集体养牛，集体安排专门放牛和护牛的人。生产队有三人放牛，有老的、小的和正出力的共计大概二十头牛，有二栋共十多间的茅草屋，阴凉、透气好、散发臭气快，供牛夜晚休息。

白天放牛的人把自己分管的牛赶出牛栏，赶到有青草的地方，有的赶到东边大河堤上，顺堤而上，慢慢放、慢慢吃，边吃边赶，可能过界牌到了河南省罗山县的九里关镇附近，太阳西下就往回赶。有的从阳明冲开始，往擂鼓台高山上放，草很充足。农忙时，有的牛要耕田，不能远去，只能在附近田埂上放。生产队安排护牛人，一头耕牛到晚上喂五到七个黄豆草把子，保证第二天牛有力气耕田。

黄豆把子的做法，就是用手抓起一把稻草来回地折，折成鸟窝样，顺手抓半把黄豆，大概有二两左右，放在窝窝里，又用稻草把窝窝绑紧，不漏掉黄豆就行。到了冬天，没有青草给牛吃，也是要给黄豆把子给牛吃的，保证牛的体质。

牛在牛栏里又吃又拉粪撒尿。铺垫的稻草被牛踩踏得一塌糊涂，一般二十天左右，生产队长安排妇女们弄出牛栏里的粪，虽然臭气扑鼻，总得要有人进到牛栏里，用钉耙子一耙一耙捞出牛粪堆放在牛栏门口，耙完后把牛栏清扫干净。

这个钉耙子，跟电影里猪八戒背的耙子一样，耙子是生铁做的，本身就重，加上一耙牛粪就更重，要由强壮身体的人干。堆在牛栏门口的牛粪，妇女们按照队长指定的，一担一担挑到指定的地方。

然后是堆沤，沤好了，才能施底肥，用现在的话说就是有机肥。弄出牛栏里的粪，真正进到牛栏里要用钉耙子。耙牛粪的都是队里的嫂子们。掏牛粪是脏活，特别是脚踩到牛粪时，满脚都是，一耙子下去稀牛粪溅得全身都是，鼻子闻到的是牛粪，臭烘烘的。里面的蛆乱窜，苍蝇到处飞。

嫂子们个个是自己自觉地进去耙牛粪的，没有推让的意思。姑娘们为什么站着不动，在这里"谦虚"起来呢？

姑娘们心底藏着心思，认为自己是要嫁出去的，这里不是自己的。而嫂子们是因为自己嫁到这里生儿育女，成家立业，就把生产队的事当作自家的事，没有任何退路。嫂子们心宽，对姑娘们特别关心照顾，嫂子们是"毫不利己、专门利人"，做到了不怕苦、不怕累、不怕脏，在妇女中起模范带头作用，给姑娘们树立了榜样。

对比起来，我真感到惭愧。我是一名预备党员，剖析自己内心，里面也隐藏着这种怕苦、怕累、怕脏的思想。后来，遇上要弄出牛栏里的粪时，我必须主动先拿耙子、耙牛粪，这样一做，我改变了，主动了，深受社员们的好评。

第二，干旱车水。就在这年我们遇上干旱，需要雨水时老天不下，不需要时连着下。以我们村为界的话，村南边有个地方叫下塆，住了四户人家，从下塆南边到八里口止，大片都是水稻田，有的是冷浸田不怕干旱。村北边有个地方叫后塆，办集体农庄时全拆了，住户搬到八里棚生产队，住集体农庄的新塆的人员属三小队管，屋基地比周围田地高出许多。不知怎么这块高出的地成了我们二小队的集体菜地。

集体食堂散后，生产队把这块地分给社员做菜地。我家在靠边处分得一块菜地。这块地周围的田都是好田地，土深，土质好，黑黑的，种麦子、油菜都行。

需要水时，水源从三小队八里棚村东边来。有条大河，河水从当时河南省罗山县九里关镇周围大大小小的山上流下,经过河南与湖北两省交界的界牌这个地方,往下流流到八里棚村东靠北上、在界牌偏下的地方,这个地方叫关凼,能储水,这个凼很大,我们二小队在后垮这片田,多少年都是种中稻,水源就是从关凼来的。

这一年旱到大河里的水断了流,关凼地底下大泡小泡向上翻泉水,泉水冬暖夏凉,很受人欢迎,三伏天小伙子三个两个的到这里游泳。二小队为了挽救后垮这片的中稻,就在关凼的流水口架起水车,水车全是木头做的,这种水车叫两人跳。把凼里的水用木车,车到渠沟、引入中稻田中。

车两边各一人,双手紧紧"巴"住上面架的木头横杆,跟猴子吊在树枝上竖着一样,双脚踩踏步板,带动水车中轴,中轴两边的木板叶子带水上来流到沟里。两人为一班。手"巴"住的木杆侧边还挂有铜锣,会唱的上车踩上踏板开始车水,边敲锣边放声高唱车水歌,农民这样做主要是提起精神,鼓干劲,加油车水。

大概车了一小时后,双脚踩踏步就要非常快地踩,快到看不到脚,只看到水和车像线一样,跑十五分钟左右,这叫跑线。这时车下的人知道要接班了。

就这样我连车了三天,第一天觉得好玩,不觉得累。每次跑线过后,出一身大汗,下车后就到凼边泡水,洗脸洗手的。第二天下午快收工时,感到右腿不舒服,没当回事,睡一夜早上起来觉得没什么事了,没声张。第三天又去车水,家里带中饭来吃,坐在石板上腿向前一伸时,自己才发现右脚踝关节处肿了,不舒服,不好惊张,坚持把这天干下来,到夜晚睡觉时脚痛。第四天早上起来决定不能去了,脚腕处凸起很大,睡着、坐着不动不很痛,下地走路就痛,大家都说我用力不当,把脚扭了,还说我跑线后,出了大汗,不能下车到凼里浸泉水,以后会长蚯蚓腿。

因不是骨头的问题,我没有当回事,不去车水,做其他的农活还是能坚持的。可以做手上的事,坐着用手扭稻草绳,扭好十对草绳为一捆,一条草绳一米五左右长,这些草绳供收割稻谷时用。

虽然走起路时一瘸一拐,但我仍这样坚持干农活。时间长了,一瘸一拐,自己觉得不好看,害怕别人说这姑娘是个瘸子,自己尽量忍住疼痛,做到不瘸。

随着时间的流逝，慢慢真的不瘸了。没经过正规治疗，右脚踝骨后面好像总是肿的，仔细摸摸里面，长的都是软组织，少走路时肿得好些，走路多了里面像灌注了气一样。这就是我的右脚。

随着右脚不好的情况，我思想出现偏差，认为自己不应坚持车水，不然脚就不会这个样子。后来，我左想右想地，想到张思德被崩塌的炭窑压住了，这时他正在做事，他也不知道这炭窑要崩塌，要做出牺牲，更不知道毛主席会纪念他。我也不知道车水跑线跑快了脚踝关节会出现问题——谁也说不准前面的困难和问题，有了点困难和痛苦就打退堂鼓还算共产党员吗？入党时举手宣誓，要对党忠诚，积极工作，为共产主义奋斗终生，随时准备为党和人民牺牲一切。我还做得不够，要努力学习，多做工作，把工作做得更好才是。

16
十七岁当大队长（1967年）

1967年，大队党支部和人武部驻队首长决定安排我担任九大队的大队长。事情来得突然，自己没有一点思想准备。我还不到十八岁，在二小队还只是预备党员，连小队的妇女队长都没有担任过，这一下到大队来担任大队长，管四个小队，一千多人呢！我个子矮小，又是女孩子，能压得住阵吗？别人能听吗？如果是妇女主任或青年书记，压力还小点，叫我担任大队长，我深感担子沉重。

我背着沉重的压力，重担扛上肩，时刻在想给社员群众做些什么？又如何开展工作？

反复想，深思后，我认识了自己。我是谁？是二小队的一名社员，是九大队不脱产的大队长。明确了这两点，自己给自己立了规矩：一是每月在二小队参加集体劳动不少于十五天。二是到大队部开会或到其他小队检查、督促等，一定要跟二小队队委会的任何一个人打声招呼，有必要时说明到什么地方去、干什么，不骄不傲服从二小队的管理。三是靠工分吃饭的人，二小队记工分的记工员要给我记上是参加生产队的劳动，或办大队的事（叫出勤），或是因私事请假。出勤，虽然说没有直接参加生产队的劳动，视同于参加劳动一样，是要记工分的。四是有私事必须向二小队请假，明确说明是私事，私事是不能记工分的。五是在工作中应做到四多一少，多看，多向老同志、先进的人和事学习，多想，多做事，少说话。

工作开展第一步，我为了了解四个小队、全大队的状况，决定从查卫生、促变化开始。

华家垮是我们九大队的四小队，九大队民兵连长、射击能手华大胜就住在华家垮。他有个堂弟叫华大家，他的妈妈是四小队的妇女队长。有次大队召开学习"老三篇"宣讲大会，在人没到齐、会没正式开时，四小队妇女队长慢慢凑到我身边开始拉家常，说她到丈夫的铁路上探亲，发现外地学习毛主席著作活学活用开展得非常好，丈夫住的一排宿舍，原来一些人在舍前舍后乱扔东西，垃圾成堆，臭气熏天，无人问，无人管。自从开展学习毛主席著作"老三篇"后，单位对这排宿舍也没安排人打扫清洁，还是原来的那些人住，现在大家自觉把宿舍内外打扫得干干净净，人与人见面客气了，相互尊重，环境面貌和人的精神与以往大不一样。

我听后，认为这个家常拉得好，好极了，帮我打开了思路，工作就从这里入手。宣讲会结束后，我拉着她的手跟她讲："我们九大队民兵训练，队伍雄壮有力，射击精准，在全公社是最好的。农业、农副业生产，上交国家的各项任务年年超额完成，人人都如饥似渴地学习毛主席著作'老三篇'，村里好人好事大量涌现，还有专人在放映之前，把全大队各方面的事情制成幻灯片，进行广泛宣传。目前，摆在我们面前的问题，家洁村貌依然如旧，没有什么变化。你说得很好。你丈夫那里变化很大，我们把外面的经验借过来。"

我用商量的口气跟她说："你是四小队的妇女队长，大队黄主任也在你们队，我再和黄主任商量下，就从你们生产小队开始检查，你们先带头，许多事情就好办多了。"

17
从"家洁村貌"做起

我与她谈好后，在思想上开始准备检查的内容，针对"家洁村貌"存在的问题，如：驻队干部上厕所，还要在外面大声吼几声，探探里面有没有人，往往男女碰面很尴尬；驻队干部吃派饭时，发现有的家庭饭桌上还有鸡屎印等问题。我下决心整顿这些问题。我把检查的内容、"家洁村貌"分等级和要求向大队党支部做了口头汇报，要求在近期开展这一活动。我得到了党支部的支持。

首先确定参加检查的人员：各小队妇女队长、大队黄本玉主任和我，共六人。检查的内容：每个生产小队的村貌和每家社员的"家洁"卫生。检查的标准，对生产队村貌分三个等级：好、比较好、整改。

"好"的标准有五条：

1. 村子必须做到有男、女厕所。有条件直接做好，没条件的简易的也得做，至少明确是男厕所还是女厕所。

2. 公共门前场子是大家活动的地方，不许当牛的躺息地，牛粪牛尿把人活动的地方变成了粪凼子。牛的躺息地应移到村子偏僻的地方。

3. 村子门前必须修排水沟。门前场子地面要整平，有条件垫沙子和铺石头，方便群众出入。

4. 村子门前要栽喜欢的树，门前已经有树的要保护好树，没有就想办法补栽树。

5. 生产队宣传栏要放在醒目的地方，宣传生产队里的好人好事，同时要公布生产队的开支情况、社员参加劳动的工分和积肥上交分。每季要向社员群众公布一次，让社员群众感到心中有数。

每个村子按上述五条标准，逐条对照检查，分出"好""比较好""整改"的等级。对"家洁"分三个等级，红纸条上写"最清洁"，绿纸条上写"清洁"，黄纸条上写"整改"。

"最清洁"有五条标准：

1. 屋里屋外要求做到干净整齐。

2. 家里被子要求做到勤洗勤晒。

3. 人的生活场所、厨房要与猪槽喂猪分开，才能保证厨房清洁、地面平整，灶面干净。

4. 因家庭困难厨房没有碗柜是可以的，但必须要有饭权，饭权简便易做又廉价，有了饭权就等同于有了碗柜，放碗筷和剩菜剩饭，严防鼠疫，减少社员疾病。

5. 每家门前有积肥凼子，出门手一伸就乱倒水和渣子，既不文明又不卫生，这次一律要改变，要把积肥凼子换一个地方，换的地方不能影响左右邻居。

按五条标准检查，分出三个等级。

四个小队的妇女队长、大队妇女主任黄主任和我一行六人，从四小队华家塆开始检查，所到之处走进村子一眼看到的是村貌，就先查村貌，按五条要求条条对照。

第一，是否有男、女厕所。四小队在检查前就有男、女厕所，而且民兵连长的母亲袁大妈不计任何报酬，天天把厕所打扫得干干净净。

第二，村子门前是否有排水沟，地面是否平整干燥，方便群众出入。华家塆就在路家冲水库隔山背后。有路横、直交叉通到住家门口，石头大小铺平整齐，不像单门独姓的人修的，与我们看到水库坡壁用水泥修建的石头相似。估计20世纪50年代初修水库大坝时，修建大坝内面坡壁用的大块石头，多余的就修了村子的石板路。华家塆是座西面朝东的村子，门前的污水顺着村子墙边两头朝中间排放，中间有块特大的石板搭成小桥似的。污水从石板下孔流到门前小水塘中，做得很好，不湿脚，也不影响大家两头穿梭走动。

第三，门前公共场所是否有树。门前不但有树，而且有一对姐妹槐花树，高大成荫。槐树开的槐花是淡黄颜色，一串串朝下垂吊着很好看，却不知树是谁栽的。什么时间栽的，已成了历史。

第四，宣传栏宣传好人好事。公布生产队的开支和社员劳动的工分都做得很好。

第五，村子门前公共场地不许用作牛的躺息地。牛耕田后，人们习惯把牛牵回村子里便于喂养。牛鼻子上的绳子顺手拴在姐妹槐花树下，耕田的牛，不耕田的牛都牵到树下躺息。大小十多头黄牛、水牛躺在树下，还躺出凼子，里面有泥巴浆水，牛在凼子里滚来滚去，牛尾巴时不时地拍打着苍蝇和蜜蜂。牛享了福，给爱清洁的社员带来不高兴，导致这个本来很好的生产队的村貌没有看相。督促生产队把牛的躺息地移到村子南侧上坡地上，那里也有大小树荫。牛粪捡起晒在山坡上，牛尿流下直到田中。牛牵出，村子整体平整干净。男女老少来到姐妹树下游玩、拉家常，老太太来这儿摘菜等。一个社员高兴地说着笑话："这块地终于还给我们了，还是人比牛厉害啰。"说明有的社员对于将树下作为牛的躺息地，早就有看法。把牛牵走了，社员们拍手叫好。这证明我们做的是对的。

检查家庭"家洁"上，四小队有三家特别干净。

一是四小队妇女队长的家，干净到座椅上没有灰尘，在农村成天与泥巴打交道，这点是很难做到的。房间收拾整齐，厨房有碗柜还有饭杈，灶面用水泥磨平，干净卫生。家里农具摆放整齐，侧屋小间是吃饭的地方，大桌子下套一张小桌子，桌面干净。厨房洗碗水、灶上清扫的渣子，吃饭桌上掉下的饭菜统统擦扫、倒进一个木桶里喂猪。不再像以前那样把平时生活用水倒在自家门前院中，现在院子地面重新铺盖的是石头，石头下面有暗道，水就从暗道流出到村外小塘，干净又隐蔽。对此我印象深刻，直到五十年后的现在也难以抹去。

还有大队妇女主任黄本玉的一家和付胜华的一家。付胜华家住在天师塝，属四小队管，对照五条标准，他们做得好。我们检查组给他们家大门上贴上"最清洁"。

四小队三十多户住家，大多数是清洁的，个别户需要整改。

检查中还发现一家名叫李世典的，家里四个孩子都不大，李世典的爱人长期重病卧床不起，家里所有的事都是他一人干，还要积极参加生产队的劳动争取多拿工分，不然的话，缺粮户缺粮更严重。我们得知有这样的困难户，集中提出到大队进行研究，尽量给予帮助。

我们检查的顺序倒着进行，下步要检查的三小队（八里棚）是1958年做的新农庄，三大排新房，没有排水沟，住户出门就倒生活用水，相互影响出入行走。门前栽的树养护不够好，有不少缺棵。二小队（罗家畈）没有公共男、女厕所，驻队干部、人民武装部首长来，都去住家条件比较好点的简易厕所上厕所[①]。一小队（路家塝）因垮子分散，前面几家、右边几家、左边几家不在一个整体上，路面窄又不平，这可能是老祖宗造成这个样子。所以，四个小队在村貌上都有不够完美的地方。检查组的意见，都给"比较好"。四个小队的住户在家庭"家洁"上拿到"最清洁"的是少数：四小队女队长李秀英、付胜华、大队妇女主任黄本玉；三小队原大队党支部书记华大贵、妇女队长殷秀华、陈道萍；二小队妇女队长付翠华、徐善裕、王常禄（我父亲）；一小队郭桂荣、妇女队长陈玉珍、吴烈政。以上通过检查后大家认为是最清洁的。全大队家庭为"清洁"的是大多数。每个小队都有个别户需要改进，提高卫生意识。每个小队都有特别困难户，我们检查组认为全靠自己改变是有困难的，需要大家来帮帮。大队要重视，把他们带动起来。

全部检查完后，我带着检查组人员向大队党支部汇报这次检查的情况，还说了下一步的建议，决定召开全大队总结、表彰大会。在不影响生产的情况下，各小队最少要有十人参加会议。门牌上贴了"最清洁"的户要来代表，清洁的户也要派代表，各小队的生产队长一定要参加会议。会议内容关系到村貌整改问题。

会议主要有两点：一是对"最清洁"的户进行表彰，参加会议的代表胸前戴大红花并颁发奖状；二是宣布生产队村貌检查的结果，四个小队各有不足，只能给"比较好"。对全大队社员积极行动、自觉搞好自身家庭卫生的，要鼓励，大会口头提出表扬，大队决定请公社放映队来王家河大队部放映电影，放映前，把各小队队长的支持和评上"最清洁"的户，用幻灯片的方式提出表扬。让大家再接再厉搞好"家洁村貌"卫生。

学习"老三篇"前后变化很大，大家都来关心和管理生产队，这个生产队一定会红火起来，村民们的日子越过越好。

[①]指上"住家条件比较好"的家里的简易厕所。当时一般家里是没有厕所的，只有条件好的家里，才会搭一个自己家的简易厕所。

18
贫困户怎么办？

在全大队"村貌家洁"卫生检查过后，我就回想，最清洁的家庭房子宽又好住，家有劳动力。多数家在外面有拿月工资，有现钱补贴家用，在生产队还是余粮户，日子过得好。大多数清洁户，一眼看见家庭成员个个长得壮实，身体健康。我就着重想看看，这里面他们生活上有没有什么不一样的地方，他们的厨房，收拾得非常认真，地面平整干净（农村都是地面凹凸不平，能做平整是不容易的），有碗柜，还有饭权，碗柜上中下三层，放着各种大小不同的小砂罐，有腌的菜，有泡的咸菜，厨房中吊着饭权，防鼠防馊，防各种虫爬，特别是自己常用的碗筷与地面隔绝，放在饭权上晾干。我非常欣赏他们的这种做法。俗话说病从口入，农村最怕家中有人生病，生病是折腾不起的，在这个方面大多数都做得非常好。

家家户户都看了，该了解的了解了，可以说我已了如指掌，看到了好的阳光的一面，同时我也看到了特别困难的家庭。

我所住的二小队的村东头住着一家户主名叫陈秀英的，平时看见她，用粪耙撬着用竹子折成的三脚架，绑在篓箕上——叫粪篓，撬背着粪篓，从东头走到西头，捡猪、牛粪，可能捡粪上交生产队得点工分。她碰到人就拉上家常，可以拉好一阵子，再又从西头走回到东头。我记事起，没有看见她参加生产队的各项劳动，也就是说她没有通过劳动赚到生产队的工分。工分少，分粮分钱就少。听说她家很困难，究竟怎么困难不得而知，她和前任丈夫生了两个儿子，儿子还小，丈夫生病去世，后来就在本村改嫁到姓熊的，生了一儿一女，她一共四个孩子，一家六口人吃饭，只有姓熊的一人参加生产队的劳动，一人劳动拿不回六个人的口粮，更谈不上生产队算分配账时能分配到点零用钱。缺粮户不单纯是缺粮食，其他的同样缺。我们把这些缺粮户定为困难户。

　　这次我们检查"家洁村貌"，第一次走进她的家，看到了真实的困难。她家两间半茅草屋，夹在左右邻居中，屋里的地扫得干净。房里的床上全是垫的稻草，没有看见垫单什么的，人把稻草睡成两头高中间低、睡得光光亮亮的稻草窝窝。一进屋就能看见，床中间放着很破的被子，大窟窿小眼，外面就看得见里面的旧棉絮，两张床都是这样。房里有两口旧木箱子和一个立柜。堂屋当吃饭屋，一张不新不旧的桌子，几张椅子，家里也没有喂猪，说不上上交国家任务后，自己还能不能杀猪。自己没有杀猪，就没有油，更谈不上营养，孩子们骨瘦如柴的。

　　检查组所有的人看到她家真是穷困潦倒。大家一句话不说，看样子都感到心酸。走出她的家门，我一直左思右想：我们是一个生产队，一个村，不看不知道，看后就晓得了，可是如何帮助她呢？

19
种棉花解决铺盖问题

我联想到我家的一些事。

我家堂屋右侧有个后门,出后门空地做猪圈,猪圈背后有块空地,大约30多平方米,这块地比生产队的田高出许多,周围做了围墙,围墙边我父亲和哥哥栽了各种果树。空地前后左右,没有任何房屋遮挡,生产队那时想把这块地当自留菜地分配给我们家。父亲说:"硬是要我们要,折半可以,原因是离村太近,鸡、猪难管;不折半,生产队回收又不好种、管。"就这样搁着,久而久之没有人管,成了我们家的"宝地"。饿肚子那几年,我们家用来种菜,后来没衣穿没被盖,还是想到这块小小地。

哥哥参加工作需要拿得出去的被子和垫床的垫子。我记得很清楚,母亲把父亲的旧长袍、棉袄拆了,七拼八凑,拼成一床一个人垫床的垫子。外边还用新土棉布包边,做得细又整齐。看上去还比较好的一床稍新点的棉絮给哥哥了。我和妹妹盖的被子太陈旧,冬天感觉长时间睡不热。

我注意到种田能手罗师傅,他抽出部分自家菜园地种棉花。他地里的棉桃长到快压断棉枝,用树棍才能支撑住。于是我就想可以在后门那块地种上棉花。

那地有猪粪土地肥,害怕太肥,土地容易生虫。用农民种地的老办法,把表面的土渣子烧熏一次,然后深翻土晒干打碎,下面放稻草把子,在上面堆土又烧熏,全部烧熏后,耙开整平地面,直接拉一条一条的沟,沟深5~8厘米,把棉种籽放在水中浸泡1~2小时捞起,拌上土灶里的火灰,灰能黏糊到棉种籽上就可以,不多不少地撒在已拉好的沟中,覆盖上土。这种做法是按家乡土法摸着做的，不知科学技术上是怎么做。等棉苗长出后，看苗长得好、壮、竖直稳就留着，苗太密就拔掉一些认为不好的。不断长不断匀苗，觉得不稀不密合适为止。苗长大，不断观察棉苗生长是否正常，有没有病虫害。

我经常去看能手罗师傅地里棉花的长势。他给棉花打掉多余的杈，掐断主头，我也跟着干。棉花棵有高有矮，每棵主柄有粗有细，主柄粗的他留的枝多，当然就多结桃。我暗暗观察，跟着他学，我种的棉花除挨围墙边结桃稀少外，地中间的我数过，最大的一棵结近百个桃。桃多的枝，我都用树棍支撑住。

这块小小地结种了两年棉花，给我家增添了一床新棉絮，头花白净，纤维长。母亲还要留着纺线织布。那时国家给我们每人每年五尺布票，只能留给青年人过年添件新衣。床上用的全是土布，被套、床垫全是母亲自己牵线织布自己做的。她心灵手巧，可以牵格子和花条子土布。我母亲走路看见脚下有朵棉花，弯下腰捡起棉花放进荷包。积少成多，有时间到外面别人不要的和生产队不要的棉梗上捡野棉花。白颜色的花认为是比较好的，积起纺线织布；有点发黄颜色的花，认为是短绒，质量差，留作打被絮。多少年我们家就是这样精打细算。

我们家做的这些事，陈秀英她不会做，她家也没有这个条件做。国家对粮食、棉花、油料、生猪进行统购统销，这些又是国家备战物资。自由市场是不许买卖的，否则就是违规违法的。怎么办？我们看过陈秀英家里的状况，不能说就这样放着不帮啊。

我必须下定决心，大起胆子，因我身份变了，是大队的大队长，再不能畏畏缩缩的。我直接与二小队生产队长谈，把我们检查组所看到的真实情况告诉他。我们九大队是学习毛主席著作学得好的大队，毛主席在《为人民服务》中说"一切革命队伍的人都要互相关心，互相爱护，互相帮助"。我们是一个村的村民，是一个生产队的住户，靠生产队这个集体帮助她。我是大队长，小队队长也有责任帮她，从哪方面说，我们都应帮助她，再说缺衣少被盖的不只是陈秀英家，二小队里还有好几家，全大队各小队都有，二小队先拿出解决困难的办法来，后面其他小队就跟着办。

先说我的想法。

1. 生产队少数旱地已分给社员做自留地,自留地又不能多分给社员,按国家的规定办,生产队集体旱地不多,用旱地种棉花也解决不了问题,没有啥指望。

2. 把村后面种小麦的一片田,抽出十到二十亩种棉花。种了棉花,社员们吃中稻粮相应少了,可能说七说八的,需要队长带头做好社员们的思想工作。种一年棉花把没有被子盖的困难户解决后,就仍然种中稻。

3. 如果用十亩地种棉花,首先面积不大,种棉花都没经验,不去想它高产,按最低每亩产350斤籽棉算,皮棉是籽棉的30%,每亩也有105斤皮棉,十亩就是1050斤皮棉,生产队总户数三十二户。每户可做二、三床被絮的皮棉,应该说困难基本解决,每家还可分得不少棉梗作柴烧。

4. 皮棉按人头70%分,工分按30%分,目的是解决人多的困难户。价格按供销社统购价计算,生产队还得提留备用。

5. 田种了棉花会不会影响上交国家任务,这里面的事情我知道。国家的任务对我们没有增加,为什么多交粮食?我们种了双季稻有粮食多交是对国家的贡献,有双季稻顶着,完成国家任务没有问题。

6. 我们不是产棉区,国家没有给我们种棉的任务。种十亩这个动作说大有点大。如果有人来干涉我们,公社领导来问责的话,我来汇报事情的起因,必要时带他们到陈秀英家看看。现实的问题能得到解决就行。

二小队队长听完后,想了想,说:"开队委会,你把事情的来龙去脉,讲给大家听听,看大家的意见。"我回答说:"完全可以。"他召集生产队计算会计、实物保管员、民兵排长、妇女队长、记工员、现金出纳会计等一起开会。我把以上说过的又重复说说。他们听后,特别是担任会计的人头脑敏感,马上开口就说这样可行,账算得过来,但担心的是上级来追责怎么办。

我明确地说:"先行动,种了再看,我不推卸责任,要是弄坏了,我写检讨。"

大家同意了我说的这种方式,表了态,我很高兴,想办的事终于能办了。

20
准备写检讨（1968年）

这样决定以后（1968年清明节），生产队长抢时间带领社员们在村后长势很好的小麦田里拉线丈量、打记号，社员们在拉好线的田中翻土，小心怕把留着的要出节的小麦弄坏了。眼看到手的小麦又一蔸蔸被拔掉很是舍不得。每厢翻土动作小而窄，一锄头下去拉翻过来，大概就这么宽，翻土晒后，施底肥又翻土晒晒，用这里的老一套办法下种，没到外地产棉地取经，也没请技术员。

队长说把棉种子种下去，长出两片叶子，不会影响小麦的生长；等小麦收割后，再好好管棉花。因小麦长势好，已开始在拔节。有经验的队长两头都要顾到。他知道小麦长势快，会影响到棉苗，他准备了第二手，又在空地种下棉籽，准备用于缺苗补苗。

时间过得真快，一晃到了五月份，棉花下种时，队长照顾正在出节或准备出节的小麦；棉花开始发棵，队长又怕小麦影响棉花太多，棉花产量出不来。队长两头兼顾，时刻观察生长动态。

五月中下旬，队长决定收割小麦，为了棉花，在割小麦时将桩子留到比正常割小麦高出很多的程度。还不要做事不细心的人割麦，怕把棉花苗割掉。为了棉花苗不受影响，小麦割后一抱又一抱的，抱到田埂上打捆，再挑回稻场上堆放起来。

小麦收割完后，队长安排一批人在稻场打麦。小满季节雨水多，为抢天气，一批人抓紧时间用手拔小麦桩，拔起后堆成堆，又要把堆的麦桩运送到稻场。不许社员用锄头锄麦桩，是避免损伤棉花苗生长的根系。难为队长考虑周全，给社员们增添劳动量，换来的是两全其美。

小麦桩拔完后棉花苗见了天日，充分吸收阳光和露水。稳了几天后，开始除草，表面上松松土，割了小麦又拔了桩的土，往两边棉花苗上培。土培到棉花苗上，棉花苗稍高的，旁边的土就低些，变成小沟沟，直到变成排水大沟。重要的是每块田里棉花苗不能渍水，也不能很干。这块地从来没有种过棉花，第一次种棉花，却长得好，远处看一大片绿油油的，有点打眼。

一天，公社团委书记和新来的公社涂社长来到我们大队。大队党支部罗书记通知大队干部全部到场。青年团委书记说涂社长来公社工作，熟悉情况，执意要走下来看看，与各大队的干部见面、认识下，来你们大队已是第三站。社长接着说，你们是先进大队，这次来还想到你们的各小队看看。今天我不走了，就在你们大队吃中饭。说完，大队罗书记朝我看着。

我心里明白，按惯例意思是到我家吃中饭，都知道我母亲会做饭，炒小菜都好吃。我走到他的面前，他说你先回去通知你妈做中饭，我们陪社长从一小队路家塝到四小队华家垱，转到三小队八里棚，看完，转下来到二小队罗家畈，最后到你们家吃中饭，可能稍晚点，你们做饭不要赶忙。

其实两个人的饭很好做。母亲煮四个咸鸭蛋，告诉我，人到家还来得及，切好咸蛋直接上到桌上，不能早早就切开，放久了像剩下的样子。接着上自己家里腌的韭菜、嫩大蒜坨，人少，两样拼一个盘。大火炒已准备好的肥腊肉和苋菜。母亲说，六月苋菜一包涎，七月苋菜肉一般，这个菜好吃。炒小白菜，再从饭锅取出蒸的腊肉和香肠，切好同样拼一个盘。最后做个丝瓜鸡蛋汤。四菜一汤。

那时干部吃派饭，大队干部从不陪任何人吃饭。可这天不一样，大队罗书记和社长他们一起走进我家。

我一看问题来了，虽然谁也没有说什么，但是估计是有事了。先拿饭吃，边吃边说笑。吃完饭收拾好碗筷，母亲端了一壶花红叶泡的茶。他们边喝边掏荷包，社长和团委书记各拿出半斤粮票，一角五分钱放在桌子上。这也是那时的常规，我们家也没说不要的客气话。

稍坐了一会儿，大队罗书记开口了："小王，社长看了后村一片棉花长势很不错，他们想了解下情况，还是你先说下吧。"

我心里有准备。我回答可以，建议先去看看陈秀英的家，回转头来我再向领导汇报，这样清楚也简单些。罗书记马上接着说："对，对，这样也好。"我又说："是否把生产队长叫着一块去呢？"停了一下，公社青年团委书记说："那也行。"

我很快去叫生产队长。顺便先到陈秀英的家打声招呼，告诉陈秀英，公社社长来看你们家的困难，这是好事，你们不要怕。转身去叫生产队长，在路上我告诉生产队长，社长不问，就不要多说话，问的时候，你如不好说有点结巴，我来答。

我和队长走进我家大门的过门，他们便从我家里起身往外走，正好一出一进碰到一起。我和队长转身一起朝陈秀英家走去。

大家走进陈秀英的家，东看西看没有一个人讲话。陈秀英连声说："谢谢你们领导来解决我家的困难，我身体不好不能劳动，孩子小，自己家的困难给生产队拖了后腿。"

大家慢慢地迈开步，走出了她的家门。在短短距离的回家路上，还是没人说话。直到我家，我赶忙给大家倒茶水，叫他们喝茶。我主动说起来，事情是这样的。

1. 过年不久，全大队开展"家洁村貌"卫生大检查，大多数户是很好的。每个生产队都有像陈秀英一样的困难户，困难户的情况对我的触动很大。公社、县人武部都认为我们九大队干得好，是先进大队，先进大队的社员没有被子盖，睡稻草窝，我们怎么跟社员群众讲话。我决心要务实，种棉花，解决困难户的困难。

2. 种棉花占用了粮田，首先是国家的任务要保证完成。社员的口粮自然受到影响，采取办法：一是用蔬菜代粮食；二是不影响多劳多得的分配，缺粮户可向劳动多、工分多、分粮多的户相互借；三是到亲戚家借粮，把这一年渡过去，明年就会好起来。

3. 关于我们不是产棉区，没有种棉花的任务，种棉花又没有先请示汇报，先斩后奏了，错上加错，这事主要是我要干的，我要负全部责任，愿意听从公社领导的任何处罚，如在大会上作检讨，口头、书面都行。

我就汇报这么多。

我的话说完了。当场社长和青年团委书记，只是这样说了一句话："今天就到这里吧。"起身要离开。我们一起步送社长和团委书记到村西头就留步了。

他们走后，罗书记看我笑了下。二小队队长说了句鼓气的话："怕什么，干就干了。棉花长得这么好，百姓总结的规律，六月半开黄花，七月半摘棉花，棉花快要到手了。"

我一声不吭。我们三人在村西头分开，各干各的事。可我一直在想检讨怎么写。凭我先斩后奏，检讨是铁板上钉了钉，迟早是要过这一关的。不管咋的，我实事求是地说，实事求是地写，怎么看到困难户的真实情况，怎么想又到怎么干的。错了就承认错误。

我做好准备到公社去检讨。

21
没写检讨反受表扬

大概过了不到两星期，公社徐副社长直接到三小队八里棚驻队来了。以往县委办公室派人住过队，长期住队是县人武部的首长。公社只是下来检查、督促工作。因他们本身成天与各大、小队的农民打交道，已经在基层，没听说他们还要驻队。这次公社也派人到我们九大队驻队。

他安顿下来，开始田头地边查看。查看到二小队，来到我家，走进门见到我就笑。他大笑，我也跟着笑，也不知各自笑的什么。因我以前修水库就认识他，他多次陪县里领导来我们九大队检查工作，有时陪外地人员来大队参观学习。他对我们九大队的情况比较了解，自然就很随便。

徐副社长开口就说："小王，你种棉花的那件事，化险为夷了，不但不检讨，涂社长到三里工作一段时间后，向县委汇报工作，大表扬特表扬你，说九大队藏龙卧虎，不要看她人矮小，也不要看她是女不是男，她干的就是男人干的事。她矮小，能指挥全大队社员群众一起干。我们去调查一件事（社长没公开讲种棉花的事，避免造成其他负面影响），群众都向着她说话，说她有胆有魄力，干得好。看得出来她在群众中的威信。这威信是要不来的，要也不会给。从她的身上得出这样一条道理：人的威信高不高，关键看自己，威信是自己给自己的。"

徐副社长说："你看，对你的评价够高的吧！当然啰，只能小范围讲，不能公开宣讲你。你没请示、没汇报就干起来，要是大家都这样干，就乱套了。"我听后，很惊讶，事情怎么会有这么大的拐弯呢？徐副社长又说，"涂社长回公社后当着我们说，当时他在你们队，当着你的面没有批评你，也不能表扬你，就回公社了。"

我对徐副社长说的话在心里有点半信半疑，心想：三里公社这次来了一位开明的社长，如果真是这样他定是为老百姓解决困难的好干部。不让我检讨，看不出他有不一样的地方。他身材也不高，在男人中偏矮，黑黝黝的脸，不一样的是有一对炯炯有神的大眼睛，一口雪白的牙齿。他张嘴讲话，我对他有点害怕的感觉。我见到他，从头到尾没听他说上三句话，听不出他的特点。

巧事来了，副社长刚来队里，县人民武装胡副部长带着刘参谋也来驻队。以前都是参谋、干事驻队，这次副部长来驻队，感到总会有点预料不及的事。

胡副部长来后到大队找党支部罗书记一起到各小队转了转后，召开大队全体干部会议，传达毛主席发表的最新指示："一个人有动脉和静脉，通过心脏进行血液循环，还要通过肺部进行呼吸，呼出二氧化碳，吸进新鲜氧气，这就是吐故纳新。一个无产阶级的党也要吐故纳新，才能朝气蓬勃。不清除废料，不吸收新鲜血液，党就没有朝气。"各级党组织陷于半瘫痪或瘫痪状态，现在要开始加强党建工作，加强党的领导班子建设，"吐故纳新"，呼出二氧化碳，吸进新鲜氧气，开展整党建党工作。

他又说："县城里两派斗争还在继续，保守派坚决反对造反派的某某入党，造反派说保守派的某某要'吐故'。人武部的人员下到各单位维护稳定、保证安全，工作很忙，所以几个月没有派人来驻队。你们公社加强党的领导，县委派涂启才到三里公社任社长。他来到三里公社走遍全公社大队小队，把了解到的基本情况及时向县委做了汇报，其中特别提到你们大队抓得很好。县委把加强党的领导后所抓的工作情况向省里汇报，省军区潘政委得知这一消息，最近他要来你们大队检查工作，人武部派我和刘参谋先来看看。我和刘参谋来后到各小队看了下，发现你们队在生产、生活、社员精神上变化较大，这些都是学习'老三篇'取得的成果。下一步马上要抓紧时间收割早稻，抢插晚稻，在这段时间里望大家把工作安排好、抓好。"

22
槐花树下座谈会

棉花地里，棉桃一个跟着一个不愿落后，偷偷要开口了。站在远处看棉花地里的白点一天比一天多，不断在增加。到了傍晚路过棉花地，看得清又看不清光时，棉花地的白点像天上的星星样躲躲闪闪的。这批棉在我们这里属于早棉花，特殊情况采取特殊的措施，有的桃开口露白了。

七月底，我们割谷插秧两头忙，在关键时，省军区潘政委真的来我们大队了，记得不是那么清楚，他们知道我们是农忙，没有要层层陪同的人，只有人民武装部胡副部长和刘参谋陪同他们来的四人，共六位军人。刘参谋通知我们到时直接去四小队等候。他们从一小队开始巡视，到四小队集中。四小队通过上次"家洁村貌"整顿后村貌干净，大变样了。

胡副部长看后决定在四小队姐妹槐花树下开座谈会（见当时拍的老照片）。座谈会简单，开水泡花红大叶茶，放在简易小四方桌上，想喝自己端；条形板凳和传统的靠把椅子，大家随便坐。没有安排谁先说后说，我们坐在一起，大家面容上带着微笑，都不知说什么才好。从照片上可以看出，我正在说话，一起背毛主席语录吧。照片里的袁大妈说："虽说我们人老了，还是决心为生产队多做事。"那时，我们开会或做其他的事之前，都会针对性地先背毛主席语录，当时的形势就是这样的，比如河南罗山县九里关人，从我们九大队路过时，要求他背一条毛主席语录才能让走。

"下定决心，不怕牺牲，排除万难，去争取胜利。"背完潘政委开始说话了。潘政委说："你们大队是学习毛主席著作'老三篇'学得好的大队，听说现在许多人都会背'老三篇',活学活用开展得很好,原来村里为点小事,人与人之间争吵,家庭婆媳之间、妯娌之间也争吵。现在这些都放下了,有困难大家互相帮助,互相关心,这种团结友好的气氛真叫人羡慕呀!听说民兵训练,夜晚开展紧急集合在几分钟都能到齐,你们是农民,能训练到这样不容易。你们的农业生产安排有早稻、中稻、晚稻、冬小麦,集体还喂养生猪,旱地开展多种经营,你们年年增产,又年年超额完成国家上交的任务,在全公社得了红旗。今年把棉花也种上了,解决了社员盖被的困难(他可能不知道我们不是产棉区,没有种棉任务)。"潘政委连声说,"不错,不错嘛!你们有路家冲水库,旱涝保丰收,可是别人没有这么好的条件。你们有个地方叫界牌,是不是呀?顺便告诉你们,你们县领导正在与河南省信阳地区交谈,在界牌修建比你们现在华家塆后面的水库大得多的水库啰。你们队的条件会越来越好,社员生活,用你们的话说,是芝麻开花节节高。你们高兴吗?"大家齐声答"高兴"!"今天不在你们这儿吃饭,你们很忙。"他边起身边说,"我们现在就走啰。"

  走后,我就想,不让我们口头汇报,又没自己转圈把四个小队全看完(四个小队距离不远),怎么知道真实的九大队?我久盼上级领导来指出九大队存在的问题、今后如何发展。"生存"和"发展",这四个字,我说实话,几乎没有领导指示。是不是我当时想得太幼稚,把事情看得太简单,就做了,然后就成了?

23
参观大寨，第一次出省（1968年）

晚稻刚抢插完，大家初步用手拔草、除草，秋老虎还在发威，一边下雨，一边出太阳。要下就下，不要出太阳时下雨，老百姓不欢迎这样的雨水。晚稻容易生卷叶虫（不知道科学的叫法），生虫了别无选择，农药就喷洒六六六粉（那时农药品种少）。

到九月初的一天，想起来真是个好日子，高兴的日子。三里公社办事的，趁三里邮局邮递员陈四（小名，大名不知）送报纸到各生产队时，顺便给我带了封便信，叫我九月十日到县招待所集合之前，到公社妇联主任李桂兰那儿报到，到山西大寨参观学习，食宿、车费全由李桂兰垫付。

想到要第一次北上乘长途火车，我高兴极了。拿着信找大队罗书记。罗书记拿着这封信，看了好久，什么也没说，就退给我。

"你去吧。"

我看他看了好久的表情提醒了我，到大寨参观学习应该去的人是罗书记，妇联主任李桂兰是带队的吗？如果组织大队妇女主任去，应该是我们大队妇女黄主任去。我猜想，公社是不是怕弄错对象才直接点名道姓叫我去。这里面究竟怎么回事？我在想，罗书记可能也在想。只有去了慢慢了解情况才知道。临走时，我还必须向二小队打声招呼。

第一次出省，父亲给我票面带绿颜色的两元钱。我把钱揣在干净换洗的衣服兜里。母亲拿出她自己织的棉布，做衣服余出的一块长方形的布，不知母亲什么时候做的，布边还用不同色的线缝骑马针（现在缝裤脚边的做法，前一针，后一针）绞边，当作洗澡、洗脚布。另外一块布是方格棉布为洗脸布。这样做，是学住队干部的，洗脸洗脚各一条。从未用过，是新的，看上去一点不难看。用了过后才知道棉布和棉毛巾的区别，棉布洗脸很光滑，棉毛巾柔软洗得踏实，感觉洗得干净。母亲还拿出一扎黄颜色的纸给我，与现在火纸有点相似。那时火纸细滑些，如今越来越粗糙。

我把该带的东西统统装进母亲自做的布袋里，不完全是布袋，伸开长长的像布袋子，袋口往下扎，从下面向上做了两条宽布带子，可以当包包一样提着。

十一日清晨，我步行到三里城南头杨林，搭车到大悟县城招待所。从三里到大悟县城，八角钱车费。这八角钱是我自己平时积攒的。公汽未到汽车站，我就在县城北边下车，直接到招待所。

走进大门一眼看见妇联主任李桂兰。再往后看还有四人，都提着包，正在等我，她们齐声说："快，快到城南头公汽站买到广水的车票，不然赶不上那趟火车。"大家一起快速走到南头汽车站。李桂兰主任排队买车票时，她给我八角钱，是从三里到大悟的车票钱，叫我在车票右上角写自己的名字，把票给她。后面所有车费、住宿、吃饭都是她们付款，我跟着走就是。

到广水火车站，我们一行六人在火车站对面餐馆，每人吃一碗葱花水面条。县妇联那位同志（已经过去五十多年，现在始终想不起她姓什么）年龄看上去大些，主动把她碗里的面条，挑出一大筷子给我，还说，年轻人吃得多些。我听着没有什么，可李桂兰主任却把这句话放在心里，后来吃饭总是多给我，真不好意思。我年轻（18岁）反而受照顾。

吃了中饭，不知几点上了火车，六张票，四张硬座两张站票。大新区熊主任让我坐，她站着。千说万说我也不能坐，坚持站着。开始站在她们身边听她们拉家常。我突然想起父亲嘱咐的话，到外面要见机行事，不能杵着不动。如果长时间站在她们身边，她们会不好意思。

我和李秀珍两人移到上下火车的车厢门口边，我们俩也拉上家常。站累了脱掉一只鞋垫着坐。火车轰隆轰隆的，又摇摇晃晃。我们俩你依靠我，我依靠你，相互都睡着了。说是看黄河也没看成。

不知睡了多久，石家庄快到了，她们把我们叫起来，快下车了。我赶紧站起来，拿垫着坐的一只鞋往脚上套。觉得脚套不上，只好把鞋子拖着走。腿迈步时发胀，我知道脚和腿都有些肿胀，是在地上坐久了的原因。我没敢声张，同时观察李秀珍她的脚如何，发现她的鞋子可以套上脚。细做分析，我知道了，她们五人都是吃国家商品粮、拿国家工资的，我是农民，我劳动量大，突然停下来，血脉不活，就有些水肿。

深更半夜。火车到了石家庄，下火车摸头不是脑，东南西北就弄不清，跟着她们走，走了一个弯，又拐个弯，听她们互相对话的意思是非得出站，再买石家庄至山西阳泉县(现阳泉市)的火车票。六人上车都有座位，可能夜晚上车的人少。

到了阳泉县，天才麻麻亮。出火车站外面有人大声喊话："到大寨参观的客人，往西南路走，前面不远是五一旅社，有人在那儿接待你们。"我还是跟着走。

到五一旅社门前，真的有人问我们。李桂兰主任把大悟县政府开的介绍信递给他。那人接过看后说，哦，你们是从湖北来的。不一会给了两把钥匙叫我们上二楼，开门一看是四人间，她们四人年长点，住在一起。我和李秀珍住另外一间房，开门看里面已住着一个人，正准备起床，说她也是来学大寨的。我们放下包，赶忙洗漱。

下面又有人大声说话，让到大寨去的客人到东一食堂吃早饭。早饭有小米粥、窝窝头、馒头加辣萝卜丁咸菜，不限量，这天早饭我吃得很饱。旅社门前有专车到大寨，坐满后开车直到大寨。车没开多远，后面的车接着又来了，前面车尾的黄土灰飞起，遮着后面车的视线。真的是黄土灰满天飞，怪不得山西人头上扎着白毛巾（当地叫白羊肚子）。马路上汽车要让着老百姓赶的毛驴板车，沿路到处可见，那时到大寨去的马路不宽，很长一段是土路。到了大寨下车后，车不停留，立即返回，好像是循环车。下车后我们全身不均都有黄灰，你帮我拍拍打打，我又帮你拍拍打打的。南方人不习惯这种黄灰。

马上有来人接待我们到大寨接待中心，先听概况介绍，后到实地参观。没有见到郭凤莲，也没看到陈永贵，给我们介绍的人叫宋立英，印象深的是下眼皮上好像有个黑痣，口才非常好，不拿笔和本，把大寨的群众个个说得生龙活虎样，让来者充满生气和活力。

宋立英开口就从1963年8月开始讲起：大寨遭遇特大暴雨，大雨连下七天七夜，泥石流冲下山沟，把大寨合作化以来十多年整修的田、地，以及一百多条大石坝冲垮了，一百八十亩地颗粒无收，冲垮了一百一十三孔窑洞，倒塌房屋七十七间。面对此情此景，陈永贵却喊出了"三不要三不少"的口号，既不要救济粮，又不要救济款，也不要救济物资，社员口粮不能少，年终决算分配不能少，上交国家的公粮不能少。

大寨当年土地状况是这样描述的：七道沟八道梁一面山坡。宋立英说，陈永贵说最难办的就是"狼窝掌"，又叫黑老山沟，三里多长，上下落差很大，下雨时，滚滚的水流摧毁田里所有的庄稼。陈永贵在这个关键时候提出，干部要先干一步，不先干一步，就不能当村里的干部。大寨人在党支部书记陈永贵的带领下，不辞劳苦，不怕失败，一次次与恶劣的自然环境作斗争，最后取得胜利。

我们听完介绍赶紧出来，让另一拨人进去听介绍。另一位同志把我们引领到七沟八梁一面坡实地看他们暴雨后整修的梯田、地里种的玉米，栗长得茂盛，一吊栗可做普通的两吊栗。难怪他们年内超额完成国家任务。据说，1968年1—9月来参观学习的已达百万人，榜样的力量是无穷的。

我们已是两天一夜没有睡觉，从大寨返回五一旅社，李桂兰主任说，今晚大家好好休息，明天上午座谈，大家畅谈收获。第二天吃完早饭，座谈会开始，大家都积极发言，都谈到学习大寨干部以身作则的精神、大寨人战天斗地的精神。我边听大家的发言，边想自己的大队。我说："我们大队自然条件比大寨好，缺的是大寨人的精神，特别是带头人的精神，要是用大寨人的精神去创造，我们大队一定会好起来。"

座谈会结束后，李桂兰主任说，来一次不容易，我们还是到阳泉五一照相馆，照集体合影作为留念（见五十多年前的老照片，站在最后的是我）。那时照张集体照也是奢侈的。回程会到石家庄转车，离北京近在咫尺，尽管大家都很崇尚首都，但没有人敢说顺便去北京。那时人都听党的话，干部纪律很严明。我们在阳泉街上看了看，李主任告诉大家返回又是深更半夜，抓紧时间休息。

我起身回到住的房间，整理我听到的、看到的、座谈会上自己说的，还有主任们的精辟语言，避免回去汇报时慌了手脚。这个时候，我听到房外走廊里大新区熊主任问县妇联的那位同志："你觉得这个小王怎么样？"县妇联那位同志回答："看着很不错，但是我们可能白想，团委要她。"她们对话时，可能不知道我在房间。听后我全明白了，为什么这次叫我来大寨参观学习？原来县妇联在挑选年轻干部，她们没有对我说什么，我就把这消息深深埋藏在心里。在回来的路上，公社李桂兰主任跟我说："你代表我们向公社汇报，完后再回家去。"

我想了一下，回主任的话，说这样不太适合，我只能在我们九大队社员群众中广泛宣传大寨人战天斗地的精神，向党支部汇报还要拿出规划来。李桂兰主任说："好，好，就这样吧。"

24
大寨经验

我参观了大寨，回来向大队党支部汇报后，又向社员群众传达了学习情况。学大寨就是要学大寨人的精神，自力更生，艰苦奋斗，苦干加巧干。他们计划用十年，把荒山、暴雨冲垮的田地变成良田，多打粮食上交国家，为国家多做贡献；把倒塌的房屋、窑洞整修后，变成符合他们社员生活习惯的美丽农村，让人们生活安康幸福。对比起来，我们条件好多了，交通方便，可以说是四通八达。四个小队没有山田，田地平坦，土地肥沃，旱涝保丰收，村村路通、电通，小孩子上学路途不远，还算方便。可是，我们离社员群众向往的还远远不够，总体上缺乏发展和提高的思想。要下定决心，制定计划，分步骤一步一步向前推进。大寨人计划用十年解决生产、生活上的大问题，我们条件好些可以用五年时间解决三个问题。

第一，把光秃秃的擂鼓台山变成绿山，植树造林，造福子孙后代。四个小队都有任务：靠近四小队的西边山坡由四小队负责植树；靠近东北边的山坡由三小队负责；正南西边的山坡由一小队负责；正南靠东边的山坡由二小队负责。从下朝上栽种，用蚂蚁啃骨头的精神，年年栽树，年年可能还得有补栽，谁栽谁负责成活。责任、任务到生产队，相信都能够完成。

第二，提高水稻每亩产量。在选种、培优、栽培上采取走出去学，请进来教的办法，在技术上下功夫。提高管理水平，在原有每亩平均不到600斤的基础上提高到700斤以上。多产粮，多交粮，为国家多做贡献。社员口粮力争提高到600~650斤稻谷。

第三，努力提高和改善社员群众生活水平。首先消灭茅草房，有计划地分期分批、规范社员新建住房，生产队统一规划地点、面积，统一安排劳动力修建。劳动力帮助修建住房，生产队视同在队里劳动一样计工分，建房材料由社员个人承担。这样社员负担能减轻许多，有条件的社员可以先做房。队委会室有开会的地方就够了，计划建娱乐室、报纸、科普知识阅览室等，逐步发展。

以上三点建议，在大队党支部中已经通过。在群众中反应强烈，特别是提出改造房屋，大家拍手叫好。到了11月中旬，集中劳动力，充分利用晴好天气忙于收割晚稻，并做好冬小麦的播种。在这个节骨眼上，公社传达县政府精神，九大队涉及的建设事项，一律暂时停止。因为正在九大队界牌修建较大型水库，待水库修建完成后，才能开展建设。就这样，我提出的三点建议成了纸上谈兵，被搁下。

25
采摘白蒿交党费（1968年）

1968年冬，县人民武装部胡副部长仍在三里指导三里公社新组建党委的工作。利用冬季农闲时间，他召集各个生产队的干部都要学习毛主席指示的"吐故纳新"，呼出二氧化碳，吸进新鲜氧气。他要我们认真学习，还要集中汇报个人的学习和工作情况，调动大家的工作积极性，通过整党让公社的工作走向正轨。首先是1966年10月全公社十二个大队共七名预备党员是否能转为正式党员。各级党组织陷于瘫痪，在特殊情况下预备了两年多（党员预备期应为一年）。通过这次整党建党，预备党员学习汇报，各大队干部相互讨论，最后决定其中六人转为正式党员。随后还发展了三名积极分子为预备党员。这一年我光荣地成为中国共产党正式党员，正好年满十八岁。我怀着无比激动的心情和一颗感恩的心，珍惜这份来之不易的荣誉，决心以那些为了新中国的成立、付出鲜血和生命的老一辈为榜样。

和平时期的一名党员，首先要按时交纳党费，随时随地提醒自己是一名共产党员。交党费，对一个农民也不是件容易的事。我把我交党费这件事说给现在的年轻人听听，不管大家相不相信，事实确实是这样的。

我在预备期时，大队党支部书记是这样要求党员的：每一个月交一次党费五分钱。我自己没钱，是拿家里的鸡蛋或鸭蛋到王家河供销社去换的钱。我每个月交五分钱，转正后有一种说不出来的心情，非常激动，想多交点。我转正后第一个月交了五元钱。可是，五十年前的钱值钱啰，这第一次的五元钱来之不易。

我的哥哥在三里镇卫生所工作，不定时地我们会到三里镇街上去赶集，有时间哥哥会回来拿什么东西或帮助家里干些事。频繁地来来往往，街上发生的事知道得比队里人多些，按现在的话说就是"信息快"。一天，哥哥特地跑回来，告诉我，街上供销社贴出告示，收购晒干的白蒿，干净无杂质，每斤干白蒿五分钱。白蒿，因细叶上长出一层白色绒毛，老百姓叫它白蒿。白蒿有利胆、保肝、调脂降压作用，用手轻揉时有香味。这种香与艾的香味不一样，艾的味道重些，白蒿与艾蒿在长相上是完全不同的。都是蒿，白蒿与艾蒿从闻味上有区别。白蒿与艾蒿生长的习性不一样，艾蒿到处都生长，白蒿不是处处地方都长，在适宜的地方才会生长。

我发现白蒿长在我们村东边大河沙滩中和两边河堤上的多，其他结土的地方很少有，可能是河边沙土地适宜它生长，究竟是什么原因我还不知道。河边生长的白蒿，每蔸棵子大，中间主根单一，就只一根蒿棍，蒿棍周围长出细窄的叶，叶上有灰白色绒毛，长成4～5厘米细长叶时开始采摘是最好的。

每年阴历三、四月间，我只要有空闲时间就去采。从村东头大河右边出发，边采边往北上走，走到河南九里关镇，过桥换到河水左边往回采摘。一趟回来，用绳子捆绑袋子，背在肩上，像军人背的背包一样。手中竹子编的篓子拐一篓，回来后立即选摘干净晾晒。下次从村东头大河中往南走，直接走到八里口，右拐弯向西边走上王家河边，从王家河往回走。就这样采摘。我认为晒干了，去杂质，得挑选干净，送到供销社时，不会压我的秤。但毫无办法，到了供销社称后，说多少就是多少，服气不服气都得按他说的重量，在河边累死累活地采摘，计算下来，十斤白蒿晒干到供销社称后不到四斤，只得两角钱。不知用了多少时间，也不知上河走到下河、下河又走到上河多少趟，采摘到野生白蒿才能赚到五元钱交党费。后来，只要每年供销社收购，我就挤时间去采摘白蒿，逐渐攒一点自己的钱。

26
牵来电线买机器

要把我们大队办成什么样？回想起来，感觉我没有深思熟虑地去规划大队的发展。用一句俗话说，就是吃萝卜剥一节吃一节。确实是这样，一点也没说假，最开始大队没有通电也就没有电，社员白天参加生产队里种田种地的任务，晚上还要为第二天吃饱肚子做准备，用传统的、旧的模式去做。有的用手推石磨磨面粉，这种石磨现在仍然在某些地方可以见到；有的是石头做的兑窝，用木头做成碓，把稻谷放在兑窝中，运用杠杆原理，用脚踩一下、松一下，上一下、下一下，这样来回舂砸稻谷壳，简单去掉稻谷表面上的谷壳（稻谷壳到积肥凼里，多少天后回到田中肥田，又松散土壤），再把去掉谷壳的粗糙大米放进兑窝中舂砸大米上的表皮，一直舂砸到兑窝中大米没有带谷壳，大米从微黄色到白亮为止，就舂砸好了。过大筛，先用筛眼大些的，筛上面的大米留作煮干饭。大筛下面过小筛眼筛子筛，这叫细米筛，小眼筛上面的细米，用作煮稀饭，也可以在石磨上磨成米粉，放入做好的米酒混合在一起蒸汽水粑粑，还可以与各种蔬菜一起煮糊糊，又叫蔬菜米羹。小筛眼下面的为米糠，是家中喂猪的上好饲料，猪如果都是吃这种饲料长大，其猪肉吃起来感到香喷喷的，好吃极了。社员们做这些事费时间费力气，成天忙个不停。

为了减轻社员群众的劳动负担，大队干部向公社领导申请，要求把电送到我们大队。再说，我们大队离公社用电距离不远，中间没有拐弯抹角的山路，牵电线方便。在公社领导的关怀和支持下，终于同意牵线用电。大队部盖了厂房，办起简易加工厂，购了两种不同的机器，加工大米和麦面，解决了全大队社员群众吃大米和麦面的问题，把社员从复杂又烦琐的劳作中解脱出来，大大缓解了社员的劳动强度，社员群众伸出大拇指叫好。这样做还吸引了大队附近的生产队，人们知道九大队有机器加工大米，纷纷挑着稻谷来加工成大米，一下子人传人，周围的人羡慕我们大队搞得好。四个小队的队长也动起脑筋来。原来收割回来的稻谷，堆放在稻场边，一垛又一垛，稻谷收割完后，整平稻场，把稻谷从堆垛上又拉下来，抖开，散放在准备好的稻场上，用牛带动石磙在稻谷上转圈碾脱稻谷。时间拉得长，反复翻稻草，费工费时。小麦脱粒也是同样把小麦铺平放在晒场上，需要大太阳晒，天气越是炎热越是需要放在太阳下暴晒，人们用竹子编织成竹筵，"斗"上把柄，往上举起再向下捶打，从麦秆吊上把麦子打下来的土笨办法。队长们不愿过因循守旧的日子，要享受电气化时代的好处，决心淘汰陈旧的、费力气的土办法。四个小队队长前后不同时间购买了脱离稻谷和麦子的机器，要求大队把电送到各个小队。小队离大队部距离很近，各小队只需竖立几根电线杆，牵线到打谷稻场与机器相连接，开始脱离出稻谷和麦子来。社员们站在谷堆旁边，只是扬扬草灰和杂质，晾晒干，这整套工序就算做完了。社员们看到机器帮着省这么多的事，尝到了甜头，又一次感到高兴。有时队委会组织社员们开会学习，队委会会议室用上电灯，不少女社员趁有电灯的机会，边听边做起针线活，尝到有电灯的好处，大家开始你一言我一语，议论有电用的话题。

　　前面我说了，那时我们大队自然条件比大寨要好，路通电通，可是电只通到生产队打谷场上，还没有到家。现在有电的好处家喻户晓了，就迫切要求通电到各家各户。小队社员认为是大队不肯办，而大队认为到公社办件事困难太多。那时我还年轻，对问题看得不那么深刻，认为群众有这种要求是正确的，应该积极去帮助解决，我是大队长有责任去办。

　　我急促地去抓这件事。不抓不知道，在我下定决心办这件事的时候，才知道不是我事先想的那么容易，不是大队不肯办，也不是公社办事嫌麻烦难办，是因为上级政府有专门的"三电办公室"，它具有管理计划用电、节约用电、安全用电的职能。每个地方都有这个常设机构。长期以来，国家电网对农村用电实行统一管理。不是你想用点电照明，牵线挂起灯泡就能用，没有这样随便的事。

20世纪60年代末，电力生产、发展与人们生活需求的差距较大。如县城政府机关也限量用电，说停电就停电。得知这一详细情况，我写报告向上级书面申请，层层签意见，促使电力部门重视，考虑我们九大队是有影响的红旗大队，同意我们九大队的用电报告，但要分步进行，先解决集体生产急迫用电问题；社员照明用电放在下一步，待国家电力生产发展了，逐步增加用电量计划。

在这种情况下，大队部除了原有加工大米和面粉两台机器，又新增加了榨油机、粉碎机，添加新盖厂房。应该说群众在加工上的困难已基本得到解决。机器刚刚定位，试用不久，周围的群众纷纷来我们大队榨油，榨油的群众排很长的队。生产队集体的量大些，优先榨。个人的一个品种一榨，若一家不够一榨，就几家合在一起凑一榨，达到够一榨的数量就行。榨油原料有棉籽、花生、芝麻、各种豆、菜籽等等。这种热闹场面，正好被武汉军区张司令员来我们大队考察时碰见，他一下车就高兴地哈哈大笑，顺便坐在加工厂旁边，边讲边问我们。

他情不自禁地伸出大拇指，表扬我们九大队加工厂办得不错，帮助群众解决实际上的问题；并说我们农业生产不断学科学，用科学指导生产，这是很大的进步，提高产量，为国家多做贡献，这是大方向；说我们大队干得很好，是学习毛主席著作的结果，团结就是力量，人心齐，泰山移。他问我们，毛主席是不是这样说过，工人是老大哥，农民是伯伯，解放军是叔叔。我们不知他说的是什么意思，大家都笑。大笑之后，张司令员说："所以我只是个叔叔啰，叔叔要向你们农民伯伯学习，对不对呀？"再一次把我们大家逗得哈哈大笑，他又一次伸出大拇指，称赞我们。

27
做好准备迎知青

大家都说我们大队好。生产水平不断提高，社员群众生活水平比山区好多了。1968年春节刚过不久，县城关镇安排第一批二十名上山下乡知识青年，到我们大队来。其中，十二名男生，八名女生。我们大队有四个小队，一个小队正好安排五名知青，三男两女。

为了安排好这批学生，我们大队特地组织各小队队长、妇女队长来大队部开会。罗由贵书记说："这些知青就是不大不小的孩子，在城里长大、读书，家里父母都是拿国家薪水的，不管怎样，都比我们农村条件好。他们刚来，人生地不熟，有许多地方不习惯，孩子们要受憋。孩子们受憋，我们有的社员群众可能对他们所作所为看不习惯，不要笑话他们，只当是自己的孩子。反过来说，我们到城里去，也有许多搞不懂的东西。顺便说件事你们听听。头一年，我参加县里召开的四级（县、区、公社、大队）干部会。我罗家侄子当兵提干了，回家探亲找对象吧。听说我在县里开会，想见见我，趁中午休息有点时间，叫我到县城桥头餐馆请我吃饭，利用吃饭的时间拉拉家常。他客气地叫我点菜，我一看菜单价格合理，不很贵，点就点吧！点了个碰碰珠、雪花飘，外加一个红砖头粉丝汤，两碗大米饭，两个人够吃就行。谁知服务员端上来是什么？你们猜猜。"大家双眼看着他笑。他说："你们猜不出来吧，碰碰珠就是豌豆，是干豌豆发胀后煮熟捞起来，上面加点蒜、葱的。雪花飘就是餐馆打了豆浆的豆渣，干炒熟后加点小葱，白配绿还好看。名取得好听。粉丝大家都知道，红砖头你们不知道吧，就是猪血块，汤中加点小白菜，这个菜我还满意。豌豆、豆渣我们农村人谁没见过呢？硬是把我这个农村人搞住了。所以说城里的孩子到农村来，也有许多搞不懂的事。"

罗书记说完后，叫我过细讲讲下面的事。我只好接着说："今天叫妇女队长来开会，是给你们交代任务的。人以食为天，天大事吃饭要紧。知识青年马上就要到我们大队来，他们吃饭的问题要解决。听说煮饭的灶、水缸、锅、碗、瓢、盆、刀、铲等都安排了，千万不能简单了事，不能跟着驻队干部吃派饭，他们必须自己做饭吃。妇女队长负责边给他们做饭，边教他们做饭。"米、油、柴、菜，开始生产队给他们一个星期的，特别是做饭烧柴火，比他们在家要困难。遇到好烧的柴火，容易烧着的还好，遇到难烧的柴火很长时间弄不着火，心里难免会烦躁生气。城里人烧的是煤球、煤块、蜂窝煤，弄着了火力大，上了煤就可以烧好一阵子，烧柴不一样，待一会儿添一点柴，过会儿又要添点柴。烧柴还是烧煤，还得征求他们的意见。

农村做米饭的方法，是先煮半熟饭，舀起来，滤在筲箕中，筲箕下面是米汤，铁锅炒完菜后，把滤起来的半熟米饭倒在铁锅中，四周浇少量水，中间用筷子插些气孔，便于透气。小火蒸饭容易熟，闻到饭香或铁锅中有炸响的声音，说明饭已熟了。停火后稍停会儿，打开锅盖，把饭盛起来，贴锅的锅巴留着，再把米汤倒在锅巴上，烧火煮锅巴粥，也叫锅巴稀饭，香喷喷的，非常好吃。

知青他们认为太麻烦。想简单些，可以直接把米放在砂盆中，洗洗淘完沙子，再在砂盆中加上适量的水，铁锅中放木架，水一定要淹着木架，把砂盆放木架上，盖好锅盖，烧大火蒸。也可以放在木甑里蒸，就是铁锅中放水，把木甑放在铁锅上蒸。蒸之前米也要洗出砂子，煮成半熟，过滤好，上木甑蒸，人多就需要用木甑。农村差不多家家都有木甑，主要对付人多和春节打糍粑，蒸米量大才用甑。

城里人吃自来水，在家手伸出去扭开龙头，水就出来了。到我们这里，一个村子一口吃水井。不管是大水桶还是小水桶，不管你高还是矮，不管你力气大还是小，都得自己到水井里担水回来吃。力大的多担点，力小的少担点。还得教知青们勤洗水缸，防止脏水污染。水缸不论是白天，还是夜晚，水缸盖子始终要盖好，严防老鼠或其他东西掉进水缸，污染了吃的水。

队长们还要号召各家各户准备好新鲜蔬菜，最好轮着来，每家供应一天。直到他们自己种菜，有菜吃为止。什么季节种什么菜，种几种菜适合等，生产队长负责帮助指导知青们做。一个星期后，等他们基本学会烧火煮饭，妇女队长才能放手。一个星期后的米、油、盐他们自己解决。我们生产队只能做到这里。

还要考虑柴火问题。现在叫他们自己上山打柴，他们不会做。路途远，我们也不放心让他们去砍柴。如果他们愿意自己拿钱买煤烧，我们大队出面到公社申请煤的计划指标，公社对知青是支持的。

知青参加生产队的劳动。每个知青队都有年龄大点的男孩，给他们统一记为成年男劳力工分，每天记十分。女孩子记妇女全劳动力，每天记七分。尽管他们不会做，但还是对他们宽松一点。年终总分分值与社员群众一样，同工同酬，按劳分配。想到的，都安排了，没想到的，看后面情况再作调整。

28
生产队料理知青的吃住

知青来我们大队不是专车送,而是乘坐县城客运公司到三里的班车。班车两边贴着大红标语——热烈欢送知识青年上山下乡。乘坐班车的旅客在三里杨林河站下车,二十名知青和行李则由班车直接送到王家河大队部。没有看见他们胸前披红戴花的,我们大队用红色横幅热烈欢迎知识青年上山下乡。大队罗书记代表九大队热烈欢迎他们到来,并且介绍了我们九大队有四个小队的基本情况。县城关镇办公室主任简单讲了知识青年上山下乡、接受贫下中农再教育的重大意义,鼓励知青,说这里很好,地势平坦,交通方便,想买什么东西,离街上近,很方便。

那时流行取两个字的名,一位学生姓方、叫青,大概多大年纪?十几岁?初中毕业?高中毕业?不清楚。方青代表学生发言表态,说了扎根农村建设农村的决心。欢迎会就此结束。人员安排谁和谁在一个小组、到哪个队住,我们不了解情况。正好一位学生说,他们在县城就相互约好了。我跟知识青年讲,站在大队部中间,朝北看是三小队八里棚,朝东北角看是二小队罗家畈,朝南看是一小队路家塝,朝西看是四小队华家塆。告诉他们各小组站在远处看看,自己愿意去哪个小队自己说,各生产小队队长都来迎接你们。话刚落音,到四小队华家塆去的青年小组很快先上行李。我一看这么快,则回头看去,正是发言表态的方青积极带头上车。队长拉着板车就走。那时先进运输工具就只有板车,否则还得挑着、背着走呢。很快一个接着一个地都走了。看得出来,他们在家已商量好了。他们来到我们大队非常高兴,个个精神抖擞,仿佛要大干一场的样子。第二天，他们整理住宿和厨房。第三天，我从自己的二小队出发，到三小队看看他们习不习惯，又转到四小队和一小队。各小组的情况大同小异。

先说说二小队所做的事和知青们的状况。三名男青年住在左侧一间屋，正好搭三张简易床，说是简易，其实比条件差的农户床好多了。那时想弄木料，先得做木料计划，有了计划才能弄到木料。二小队在供销社计划中购一米宽的五块木床板，床头架子是生产队安排劳动力，自己用杂树木钉的。两名女知青安排在徐善裕侧面的倒厅房里住，徐善裕一家一个门楼有大门关锁很安全。右侧一间屋下方有窗户，就作厨房。上半间放些杂物，屋中间做土灶做饭，窗户边放柴火。横着靠墙的地方生产队特意安排做案板切菜，放碗、筷、砂罐、木甑等，屋梁中吊两个饭杈，便于放剩饭菜。告诉知青，到了晚上碗筷放在饭杈上干净卫生。

我有意待在那儿看妇女队长帮知青他们做饭，看知青是否跟着学或帮助做。五名知青，有两名知青在厨房帮妇女队长，边学边问边做事。其中，一名男知青看上去偏小，坐在灶门前添柴烧火；一名女知青叫王芳，帮忙切菜。我问王芳："其他三人呢？"她回答说："出去玩去了。"还在说话时，妇女队长忙着拿桶去挑水。我跟妇女队长说，叫他们自己挑水。妇女队长回我的话，说看来很困难，这两天没有任何人主动挑过水。

妇女队长出去挑水，他们三人正好一起回来。我问他们五人："住的地方清理好了没有？队长做的饭你们吃得好吗？"都说锅巴稀饭好吃，水豆腐煮白菜比肉还好吃。三里城的各种豆腐比肉还好吃，在大悟县出了名的。做法一样，但到别的地方做出来的豆腐就没有三里城的豆腐好吃，可能是水质的原因。农村平时其实就是萝卜、白菜，这两天有豆腐吃，是生产队把知青们当客人招待，妇女队长把知青们当自己的孩子在娇惯着。

我想想，还是提醒知青们："一个星期后，你们自己开始做饭吃，熟悉了地方，开始准备出工参加劳动，生产队做什么你们做什么。"劳动工具本应是知青自己准备，但各小队生产队长考虑到知青不知道准备什么样的工具，所以提前准备好了，出工做什么，队长就给什么工具，如挑东西，就给箩筐和扁担；挖地，就给挖地的锄头；锄草，会给锄草的锄头等。

29
知青们开始参加劳动

一个星期感觉很快过去了。给知青做饭的妇女队长要撤回，知青是否学会了农村做饭的方法？没有妇女队长做饭的第一天早晨，我非得去知青那里看看。

王芳和姓潘的知青（现在忘了叫什么名）一大早起床，做早饭。在铁锅中煮稀饭，盖着锅盖煮。我去看他们，王芳才突然想起，赶快去看锅中煮的稀饭，米汤已满出到灶的周围。王芳手忙脚乱，边打扫边说："我知道锅里开后不能盖着煮，是说话时没在厨房守着，说忘了。"

我接着跟他们讲："早上吃稀饭，上午出工劳动会饿肚子。你们从城里来，习惯早上吃稀的，那是城里人活路轻，早上吃点稀饭加馒头、包子、油条、油饼这些食粮。但是农村没有这些东西，也没有人做这些东西卖，主要是没有市场、没有钱去买。"农村人早上做早饭习惯煮干饭填饱肚子，要想吃稀饭就留着锅巴煮稀饭。有经验的妇女早上做的锅巴稀饭要比中午或晚上稀好多，而且有意烧火时把铁锅中的锅巴烧糊，煮出来的稀饭特别香，最主要是养人的胃。吃了糊稀饭，全天人的精神好。糊稀饭，古人传下来说养胃，大家吃了也说养胃很好。是什么道理，从理论上我说不清。

王芳煮的稀饭，米汤跑了，变成不是稀饭也不是干饭，正好吃了耐饿。他们不想炒菜，头天晚上到王家河代销店，买了两角钱的辣咸萝卜丁，看来他们从思想上到行动中都有所准备，我很高兴。

几天之后，生产队长跟我闲聊时说，知青他们对种菜不感兴趣，认为太麻烦。一会儿浇水，一会儿拔草，一会儿松土，一会儿散苗，有虫还要喷药除虫、上肥，等等。他们还异口同声地说："到农村来，爸妈千叮嘱万嘱咐，不要忘了看书学习，种菜耽误时间。"我回答队长的话，说不能吃没菜的饭啦。社员群众无条件地啥话也没说供应了这么多天的菜，今后咋办呢？我想了下，跟队长说，目前只有两种办法。一是，生产队安排人把知青的那块菜园地种好。听说国家给了知青一年的经费，可以拿钱买菜吃。就近、方便、新鲜、便宜，生产队相应收点钱，先记账，年终决算扣除。二是，各家各户有多的菜愿意给就继续给吧，但不能收知青的钱，收了钱，支持和关心知青的心意就变了，收了钱许多问题还说不清。不要忘了，我们是学习毛主席著作的先进大队，一切革命队伍的人都要相互关心、相互帮助。请队长一定要给社员群众说清楚。

二小队民兵排长刘理德关心知青，经常去看他们，发现水缸没有水，拿起水桶连挑三到四担水，直到水缸装满。冷德秀家里吃饭人少，比较富裕，经常送菜，还送煮熟了的腊肉给知青吃。社员群众都在用不同的方式关心知青。

30
因为蚂蟥、跳蚤和蚊子，知青们陆续回城了

时间过得真快，转眼到农忙插早稻的时节，要下水田。

先不谈知青他们插秧插得好不好，水田里的蚂蟥这一关，他们就很难过。只要知青下到水田里，蚂蟥群起而攻之，都来咬他们。一条蚂蟥咬住了，在同一个口子有三、四条蚂蟥挤在一起咬，吓得他们乱蹦乱跳，用手抓拉，把蚂蟥拉得长长的，还拉不掉。我们急忙告诉他们，要使劲地拍打。他们自己拍打了也打不掉。都说劲小了打不掉，社员群众好像打孩子一样，三巴掌两巴掌就打掉了。

说来也怪，我们同样在一块水田里做事，我们的腿上也有蚂蟥，但比他们少多了。我们边做事边感觉有蚂蟥来，顺手使劲拍打就打掉了，好大一会就不来了。我们有时边做边互相笑语，忘了腿上的蚂蟥，蚂蟥吸血，吸着饱鼓鼓的，同样使劲拍打就掉了，吸了血的口子很小。

可知青就不一样，一群蚂蟥咬住不放，咬出一个大口子，四周红肿，个别知青反映咬了之后还痒，用手抓。口子大，红肿，就叫赤脚医生，用碘酒擦擦消毒，涂上消炎膏，有的有效果，有的效果不佳。

那个时候，水田使用农药少，蚂蟥特别多，水田里小鱼小虾也多。蚂蟥为什么这样做，吃生欺负外来人？大概有这样两种情况：一是知青他们不熟练插秧，动作缓慢，久站不动，引来蚂蟥咬，加上害怕心重，又不敢对自己大打出手，想用手去拉掉蚂蟥，越拉得长，蚂蟥越是使劲咬住知青腿上的肉不放，造成咬的口子深、口子大，感染的机会越大，最后发炎红肿；二是蚂蟥可能嗅觉

强，嗅到不一样的味道都会去咬住吸血，不然的话，怎么会出现这种现象呢？生产队的男人经常在水田里劳动，蚂蟥很少咬他们。生产队的女人下水田少，只要下到水田里，比起男人被咬就多些。知青来了，咬知青比咬生产队的女人多。这只是个人观察、分析的结果，没有任何理论依据。

腿上咬的口子多、口子大、口子深，发炎红肿，红肿周围还发硬的一名知青请假回县城治疗。

天气越来越热起来了。农村离不开臭粪，用各种粪便做农家肥。俗话说，没有大粪臭，哪有稻谷香。村子里的菜园，田间都有猪粪、牛粪、人粪等各种各样的粪臭味道。没有粪、肥，生产队长还着急，害怕庄稼长不好，特意安排人打青稞沤肥。粪、肥多了，蚊子到处都有，满天飞舞。特别是天要下雨的时候，蚊子更猖獗，主动来咬人的脸，耳边清楚听到蚊子嗡嗡的叫声。你不惹它，它要惹你，只要有点机会，它就会叮你，吸你的血。

一名知青开始怕冷，非常怕冷，天气已经热起来了，盖一床棉被子还说冷，后来又加一床棉被，紧接着说头痛，手伸过去摸下头皮发烫，知道开始发烧了。那时各家各户不备有体温表，不知道烧到多少度，只是感觉很热。

生产队长和我都知道有这种现象，就是"打摆子"，后来知道学名是"疟疾"。赤脚医生来后，凭他自己的经验也说是"打摆子"，说要吃一种叫复方喹啉的药。医生给他药吃，他不肯吃，随后大哭起来，边哭边说要回家看病。生产队长马上同意，考虑发烧无力，让他自己叫一位同学陪他一块回县城看病。

生病的知青走后，我就一直纳闷，知青他们睡觉时都有蚊帐，平时人总在活动，也不会让蚊子叮得很死呀，来村子的时间也不很长，怎么说打摆子就打起摆子呢？是在我们村被蚊子叮上的？那时我们村二百四十七人，打过摆子的人也是少数。村里有的家庭有蚊帐，有的家庭全家只有一床蚊帐，甚至有的家庭没有蚊帐，没有蚊帐的家庭，习惯每年五月十五日大端阳时，弄很多艾蒿，新鲜时就紧紧捆绑成一把一把拳头大小的，自然晾干。天热蚊子出来，睡觉时点着放在房中熏，驱赶蚊子，这样也还会有蚊子叮的。但是的确也没有看见他们打摆子。未必蚊子认识并可怜他们没有蚊帐，就不叮他们？这是不可能的吧。不打摆子的原因，是不是他们有抗体？在医学上有没有这种说法，我弄不清楚这些问题，弄清楚需要研究、试验，这是科学家做的。但这是我亲眼看见的事实。

二小队知青小组五人因生病已经有三人回县城了，剩下王芳和小潘两名知青。

小潘话不多，个子小，见事做事，能吃苦，听说和王芳是同班同学。他们处处主动，好像是这个小组的负责人。特别是王芳，胆大心细、干事泼辣、还学犁田、甩秧苗等需要力气的事，舍得吃苦耐劳，见人打招呼，对社员群众很尊敬，深得社员群众的喜欢和好评。

三小队八里棚知青小组五人，其中一人上山学砍柴，下坡时不小心，脚踩滑了摔倒，把左脚踝关节扭了，脚腕肿起来，他自己没有叫苦，更没有要求回家治伤。另一名知青瘦弱体质差，一冷一热出汗受凉后不断咳嗽，赤脚医生给了止咳药吃了，还是不见好，仍然咳嗽。三小队生产队长左思右想，还是安排他和另一同学回家治疗。随着气温上升，各种虫子都在蠢蠢欲动。四小队华家塆和一小队路家塝的两个知青小组，普遍反映有跳蚤叮，大多数感觉不适，不过还能克服。

重点是有三人被跳蚤叮得特别厉害。这三人主要是过敏性体质，只要跳蚤叮了皮肤，就一个接着一个起一片一片的大红疙瘩，瘙痒，不停地用手在红疙瘩上抓挠，日夜睡不好觉。社员群众关心、照顾他们，可不知如何是好。农村最好的办法就是用艾蒿加樟树叶子煎水洗澡，还痒得受不了就只能擦清凉油，再没有别的办法。赤脚医生华大文也很为难，说没有药，他也没有办法。我们只好主动安排知青回到县城医院去治疗。

后来，我发现，凡是回去的，不管治好病的，还是正在治疗中的，都没有再回到生产队。

听还在生产队的知青说，他们在上山下乡办公室办理了有病留城的手续，不来了。这样一来，就动摇了在生产队劳动的知青的思想。后来在生产队劳动的知青，隔三岔五说个理由，请假回去看看，实际上是回去探听国家有没有招工的消息。

回去不想再来，我们才发现他们在生产队劳动不安心，过细分析，不安心的还是少数。说起苦和累，这也是事实，劳动怎么不累呢？大家都累。刚来农村生病也很正常，需要一段时间的锻炼和适应。

只要心不动摇，我认为什么困难都能克服。苦，说句实话，还是没有真正的农民苦，起码穿衣吃饭还有拿薪金的父母支撑着呢。真正的农民辛苦做一年的农活，到年终决算时可能还是缺粮户，家有老有小，甚至有的家里还有生病的人，没有任何经济来源，看病没钱，缺衣少粮，农民才是真正的苦和累。但农民的精神很饱满，总往幸福处想，因有了困难大家都想办法帮助困难的人。

能够坚持下来的知青，后来在国家发展搞建设大招工时，一批又一批知青进省级、地级、县级工厂，有的上大学，有的被选上青年干部进了国家机关，有的参军当上中国人民解放军，一名代表知青发言的、分去四小队的知青后来去参军了，听说到河南开封八字头部队，提干了，后来听说当上了团长。

这真是验证了俗话说的，有志者事竟成。只要你用心去做好每件事，会成功的。

31
张灯结彩迎接大学生知青

大约是1968年12月底，我们九大队又迎来一批二十六名的大学生知青。

他们来自当时的华中农学院、华中师范学院、湖北大学等。二十六名大学生中只有两名女大学生。他们乘解放牌大卡车，车前面插了多面红旗。车子直接开到王家河大队部，车上有行李、箱子，车上大多数人是站着的，个别坐在行李上。我们在王家河欢迎他们。当车停下后，大家积极帮忙，把他们车上的东西搬下来，全放在石桥边上。我看到有的大学生还带着锅碗瓢盆和零散的一些东西。

我们九大队在王家河大队部新搭了舞台，算是张灯结彩热烈欢迎大学生来我们九大队。舞台背后是大队部的一面山墙，作为舞台后的背景，山墙头上用红纸横贴了热烈欢迎大学生来我们队的标语。舞台前面左右角竖立两根木头杆子，横拉了铁丝，左右角上挂着两个大红灯笼，中间横排挂着一排小红灯笼。有红彤彤的灯笼挂着，衬托舞台还有点热闹的气氛，像个舞台的样子。舞台中间放了一张没上油漆的木头条桌。

台下有来的二十六名大学生和四个小队的队长，以及四个小队派来迎接的代表，外加附近村子来的男女老少，看热闹的人都在台下。因长条板凳少，有的坐上了凳子，有的坐在大石头上，有的坐在侧边的漫水石桥墩上。

这天，县委办公室的负责人、县人民武装部的庞干事、刘参谋和二十六名大学生一同乘车，亲自送大学生们到我们九大队。三里公社的党委书记也来到我们大队迎接。各位领导及九大队党支部罗书记，都在台上讲了话，热烈欢迎二十六名大学生的到来，并寄予很大希望，希望他们多拿建设性意见，把九大队乃至三里公社搞得更好。

之后，台上很停了一会儿没人发言。县委办公室负责人一会儿与县人民武装部庞干事交头接耳，一会儿又与某一名大学生低声悄语。从会议场面上看，欢迎大会上应该有大学生代表发言，可是没有，不知是什么原因。

没有发言但是有节目。紧接着有两男一女主动上台自报姓名，他们来自华中师范学院和华中农学院，自报三人小合唱。第一首歌是《送别》，三人先大声朗诵了歌词后才唱歌：长亭外，古道边，芳草碧连天，晚风吹拂笛声残，夕阳山外山。天之涯，地之角，知交半零落，一壶浊酒尽余欢，今宵别梦寒。第二首歌是《革命人永远是年轻》：他好比大松树冬夏常青，他不怕风吹雨打，他不怕天寒地冻，他不摇也不动，永远挺立在山岭。第三首歌是《团结就是力量》：这力量是铁，这力量是钢，比铁还硬，比钢还强，向着法西斯帝开火，让一切不民主的制度死亡！向着太阳，向着自由，向着新中国发出万丈光芒！

他们唱完第一首歌《送别》，让我感到特别新鲜，从没听过，那时也没有收音机，公社广播到村，如果有唱的，那就是大海航行靠舵手。第二、三首歌，他们在台上唱，我们在台下——不管音在调上，还是不在调上——也跟着哼唱。

看得出他们在大学里都是文艺爱好者。不然的话，为何临时组合也能唱得这么好？他们三人的小合唱缓解了僵着的局面，也活跃了迎接会上的气氛。歌又选得非常好，三首歌词的内容丰富，用歌声表达他们的心情和理想。欢迎会在高兴愉快的气氛中结束，他们就要奔赴各个生产小队。谁和谁在一个小组，他们自己早就相互约好了。到一小队路家塝的是华中师范学院的六人，到二小队罗家畈的是华中师范学院的另外六男一女计七人，到三小队八里棚的是华中农学院的七人，到四小队华家垱的是湖北大学的五男一女计六人。

32
大学生知青的吃饭、洗澡、烧火、挑水和劳动

上级通知我们九大队，大学生到生产队来，生产队只是提供住宿和做饭的地方，他们带薪到生产队主要是学农，参加劳动锻炼的。

我住在二小队，就先从二小队的大学生小组谈起。七人当中有两人姓王，是恋人关系；还有姓胡、雷、柯、徐、兰的，他们七人大多数出生在农村，按理说到农村来生活应该适应，可是地方不同，农村与农村的条件各不相同，生活习惯也与我们当地不同，看起来应该会做的事，现在遇到了困难。

困难一：做饭。不会烧农村的土灶。有柴火，半天烧不着柴火灶。他们戴着的眼镜被烟雾熏雾了还弄不着柴火。他们只好到社员家里去请教，离他们做饭最近的农户就是徐幺婶的家。徐幺婶告诉他们，弄点干茅草或干树叶，不要太多，太多会堆压不容易着火，先引着，等烧起来后，慢慢添加小树枝、小木棍，灶中间一定要有空间，透气便于燃烧，然后再添加耐烧的柴火，冷灶烧热了，就容易着火，就没有问题。其实很简单，了解了里面的技巧，一下子就能点燃烧着了。

困难二：洗澡。农村房子地面都是土地，地面不能有水，农民出了汗水，大多数是烧盆热水，把手巾放在热水盆中，稍微拧干，拿起来在背后来回拉拉、身上擦擦，手脚放在热水中洗洗叫"抹汗"，就是"洗澡"。大学生劳动做事出了汗，毫无办法，也只能像农民一样，用热水擦擦算是洗了澡。天气刚刚暖和些，有的大学生实在忍受不了身上的汗水味，拿起毛巾到我们村东头小河里流水洗菜的地方洗澡。在那里可以毫无顾忌，不怕水溅到地上，放心大胆地洗个痛快的冷水澡。村民看见了，告诉他们不能图一时的痛快，太早用冷水洗容易生病。

困难三：砍柴。砍柴对大学生来说是挺大的难题。我们九大队虽然说山少、小，但山是光秃秃的无柴山，附近山上、周围都打不到柴。我们村农民一年四季到河南省罗山县九里关、关司沟里面打柴，是往河南信阳方向去的。大学生打柴也要到关司沟里面去砍柴。虽有农民带路，但来回大概有五十多里路程，走到目的地就是很不容易的事，还要使劲爬山坡，又不能砍那些在灶里一下就烧光了的茅草根一类的柴。走这么远的路，就是要砍在灶里耐烧的柴。砍完柴，还要打捆，打捆是一门技术。捆不好，柴就会边走边掉，要想捆好，柴与柴的枝干要相互嵌入，相互拉扯，方能牢牢捆紧，才不至于边走动边掉柴。身强力壮的农民，天没亮起床，到下午三四点才能到家。一担柴大概一百斤到一百三十斤，一般农家会节约烧柴，如凑点茅草、芝麻秆、棉梗、玉米秆等，用稻草捆绑合并使用，一担柴大概能烧一个星期。大学生头一次砍柴，一担柴大概有五十到七十斤。他们七人中有位姓雷的同学，经常去砍柴，他挑回的一担柴可能有八十多斤左右。村里许多人都看到过，他的肩膀上红一块、紫一块，有的地方真的被冲担磨破了肉皮。冲担，与扁担使用有区别，冲担两头用铁包着是尖的，冲到捆好的柴火里，人不用下多大劲就能冲进去。村民们不约而同地伸出大拇指称赞他是好样的，真是能吃苦耐劳、锤炼自己。

困难四：不会用扁担。大学生知青们不管出生在农村还是城市的，都不太会使用扁担，不会把左边肩上的扁担，从左边轻轻换到右边。比如说，自己做饭需要挑吃的水，不是边走边换，而是原地站着不动，扁担从左边换到右边时，挑起来往前一冲，扁担不在肩的平衡点上，水桶里的水来回晃荡，沿路洒水，到家只剩下两个半桶水。只要担子一放在肩上，就开始驼着背、弯着腰挑担子。看样子，人很吃力。这是长期看书学习、没有劳动的缘故，经常参加劳动习惯了就好了。

困难五：不会用锄头、铁锹。在使用锄头时，锄头把柄总在手掌中转来转去，转得越多打泡的机会越大。在改沙滩为良田时，把砂、石用铁锹铲到筲箕中，手握铁锹把手来回摩擦，一天时间，大学生的手掌就打泡了，疼了很长时间。要想不痛，得把泡变成趼，需要很长时间的劳动锻炼，才能把手掌上的趼磨出来。尽管他们肩痛手痛，看得出来他们是做好了思想准备的，与社员群众有说有笑，精神饱满，表现出思想活跃、情绪稳定。他们没有一个人请假休息，真是与社员群众同甘共苦。

33
大学生知青教我们种西红柿

　　三小队的大学生小组，七人中印象最深的是姓罗、谭二人。

　　姓罗的这位大学生中等身材，有一张微笑的面孔。他不管说话还是不说话，只要看到他，就会觉得是在笑的样子。我只知道他是华中农学院的大学生，具体地说谁和谁学的是什么专业，我也不知道。从做事和行动上看，姓罗和姓谭两位大学生学的专业是不一样的。他们来我们九大队已三个多月，阳历三月开头，就是1969年春节刚过不久，我第一次到三小队大学生小组去看看，走到他们的住处，就碰见姓罗的这位大学生和其他几位大学生。

　　没听清楚是谁先开口说："欢迎队长来看我们。"我的脸突然通红，感到很不好意思。他们是大学生，年龄都比我大，身材高高大大的。我是个农村小姑娘，去看他们，这里瞧瞧，那里望望，本身就显得不相称，自己感到自己有点做作的样子。强忍着我那尴尬的样子，我一句话也没有说，只是笑笑。正准备离开时，抬头向前一看，发现他们住房前面的平地上，并排放着一些盆不像盆、钵不像钵的东西。姓罗的大学生说："这些东西是从社员群众的房前屋后捡来的，有的是社员群众冬天取暖用过的火笼提手断了，有的还缺一小块，有的是做饭经常用的砂盆，不小心碰裂了，有的是碰掉把手的大砂罐，这一类扔掉的东西，正好我能用得上就废物利用吧。"平地上还有小堆的有机肥和菜园土，菜园里的土肥沃，颜色深，容易识别，一堆拌好的土已经烟熏过，这样做，我知道目的是杀病虫害。有的破盆装了土，有的没装，可能是肥土不够，再新制烟熏，再装些盆盆罐罐的。

有点好奇。看到的我心里都明白了，但不知道他们下一步要做什么。我主动问姓罗的这位大学生："你下一步打算做什么？"他回答说："种西红柿。"他是普通话加本地口音夹在一起，我没有完全听懂"西红柿"这三个字。加上我不知道西红柿是什么，所以听起来很生疏。20世纪60年代末，大山沟里的农村，种什么吃什么，一年四季都是本地的传统菜，凡是不适合这个地方气温的菜，很少有人传来种。姓罗的大学生来我们九大队三个多月，做了调查研究，知道当地没有种过西红柿，才开始准备种西红柿。我在一些破罐罐周围转着、走着、看着，就是没有说话。我没有走，他们几位大学生也不好离开。

姓罗的大学生好像知道我心里还有疑问，他开始叫我王队长，我望着他笑了下。姓罗的大学生说："我来试种试种，弄这么多破罐破盆，是为了方便，夜晚气温比白天气温低好几摄氏度，到了夜晚，好端到屋里保温。西红柿对温度有要求，不能低于十三摄氏度，光照要充足，哪里有太阳，我就端到哪里，充分地晒太阳提升温度。湿度上保持盆中的土壤湿润就行。肥土熏好了，装盆直接把种子下到每个盆、罐、钵子中。整个生长期必须在十五摄氏度以内，我现在下种子，大概五月中旬，苗就长出、长大，那时你们可以把苗拿回去，在自家菜园地栽种，主要注意病虫害。这个品种的西红柿有点像你们种豇豆一样，需要搭架子，结出西红柿，不能让整棵倒塌，让每棵与每棵之间充分透气。正在开花要结果时，最好施点磷、钾肥。西红柿不同于其他蔬菜，它生着就能吃，做菜熟着能吃，能炒也能做汤。西红柿炒鸡蛋很好吃，做瘦肉汤放点西红柿也非常好吃，对小孩、老人是很好的营养蔬菜。"

我听着他说西红柿这么好，我要下决心精心把西红柿栽种成功，不能让西红柿栽下去或正在发棵还没结果就遇到病虫害，那时就措手不及呀。不如在未栽前，把菜园里的土进行烟熏消毒，早处理，早得好，让栽下去的西红柿顺顺当当地长，减少病虫害，该有多好哇！我把我的想法告诉了姓罗的大学生，他抖起精神连声说："这个办法好，这个办法好。"

到了五月中旬，西红柿苗已长得不错，我通知四个生产队的小队长到三小队大学生小组来开现场会，由姓罗的大学生从头到尾讲解西红柿的种植方法、好吃的方面及营养。看完听完后，我对姓罗的大学生说："简单点，干脆连破盆罐和西红柿苗一起分给每个小队，让他们回去准备好，再移栽，行不行？"姓罗的大学生说："就按你说的办。"就这样，西红柿在我们九大队传播开来。

　　是大学生给我们带来新的品种，是大学生帮助山沟农民改善生活，是大学生让我们农民有了新的见识。广大社员群众认识到，想改善我们现有的物质生活水平，必须要有学科学、用科学的思想。

34
大学生知青预防了猪瘟

大队召开小队生产队长会议。

三小队高队长早早来大队部，在未开会之前，他一只腿还特地抬到板凳上，用手肘着髁膝头上，另一只手指夹着烟，边抽烟边说，他家的几十斤重的一头猪差点丢了。差点丢了的意思，就是说差点死了。他说："开始时是吃食不欢，没有重视，认为过天就会吃食的，这样混了两天，我屋里的（就是他的爱人）说，猪不但不好好吃食，肚子还扇气，喉咙里像人一样有喘呼声，恐怕这头猪保不住。"

高队长亲自从猪窝里把猪赶出来，到外面荡荡，边赶边跟其他的社员说他家的猪生病了。这时姓谭的大学生路过，看到队长手拿小树条赶着猪走，主动上前问："队长，你家的猪怎么啦？"他就一五一十地说给大学生听。他说，姓谭的大学生站在猪前左看右看，后又跐到猪侧面，摸摸猪的肚子，起身就说"你家猪得了瘟疫"。

高队长一惊，忙问姓谭的大学生："这猪还有没有救呢？"姓谭的大学生说："先试试看。"高队长认真按照姓谭的大学生说的办法做了，没过几天猪慢慢缓过来，救回来了。"真是要好好感谢姓谭的大学生。"高队长深有感触地说，"有文化和没有文化就是不一样。"

接着一小队郭队长说："我们队吴家养的母猪，以前下崽崽在十头左右，前两天下的崽丢了三四头，甩在粪凼子里，都浮在水面上。"大家你一言我一语讲到农村的谚语：一鸡、二犬、三猪、四羊、五牛、六马、七人、八谷、九豆、十棉。1969年阴历正月初一是晴天，从初二开始变天，初三是猪的生日，开始下雨，不该下雨老天偏要下雨，阴天多、雨水大，牲畜容易生病。

  我听到队长们的议论，感到事情不对头，有些紧迫，随即就通知各小队队长、妇女队长、喂养母猪户到大队开会。大队请了姓谭的大学生讲如何防止猪瘟的做法。姓谭的大学生说："大家去挖鱼腥草，每次喂食用手掐两把就够了，煮的水和鱼腥草一起拌到猪最喜欢吃的食里面。还要到街上兽医站，去买兽用的土霉素，小猪有几十斤重，每餐最少给一克。"农民大脚大手做事做惯了，最少也不会少到"克"上。大家问："一克又是多少呢？"姓谭的大学生愣了一下，没办法说下去，只好说："去买药时，有经验的兽医会问情况，也会把每次用的药量包好，告诉怎么喂。还可以买点甘草熬水一起喂猪，顺便买石灰，回来后按七斤沙子、三斤石灰拌匀后，把原猪栏里猪睡过的稻草等全都用火烧掉，再把拌好的沙子、石灰撒在猪圈里消毒。"要求各家各户不管自家的猪有没有生病，都得把猪栏打扫干净，进行消毒；一小队吴家母猪下崽，死了丢到粪凼子里的，要统统捞起来，深埋在偏僻的地方，粪凼子里也要撒石灰消毒，防止猪的瘟疫大面积发生。问题处理得及时，我们打了一场抗瘟疫之战，最后赢得胜利。

  社员群众异口同声地说："感谢姓谭的大学生，帮助我们农民解决了实实在在的问题。"

35
大学生知青为困难户修房子

一小队路家塝大学生小组有六人。他们是华中师范学院的大学生，两人住一起，共分三个地方住进农户家。这三家农户的住房相对宽些，谈不上很好，但能住人。大学生来一小队有好几个月了，那时如果上级领导要了解大学生的情况，问到他们是从哪个学校来的？现在又住在什么地方？这个我能说清楚。如果进一步问他们姓什么？叫什么名字？我就不能一一说清。但是，如果问他们对农民做了些什么事，我也可以说上几件事。

我们大队有四个小队，每个小队有一至三间茅草土坯房，茅草屋子很窄小，因长年无钱维修，有不同程度的漏雨现象。举例吧，比如姓潘的人家，住着茅草土坯房，窄小黑暗，到了年终决算，不但不能分点零用钱，还是缺粮户，缺钱又缺粮，倒霉"倒"在一起了。这样的困难户，1969年遇到了住在一小队姓邹的大学生。他看在眼里，想在心中，他和其他大学生一起，主动与潘家商量，帮助他进行维修茅草土坯房，维修前，房前屋后屋檐边的茅草长短不齐、乱七八糟地向下垂吊着，进家的大门前，上面也是有乱七八糟的草吊着。远处看屋顶上铺的草不平，有凸起的，也有塌陷的。遇到下雨时，屋上塌陷的地方渍水，漏到家中，尽管用盆、桶接漏，难免接漏的水溅到周围地面上，地面上有水，地打滑，人行走不方便，并且泥还沾鞋。

姓邹的大学生和他们的同学一起给潘家维修房子这事，必须告诉生产队郭队长。郭队长知道大学生做这事是为生产队好，非常高兴。郭队长挤时间去指导大学生，茅草屋如何维修检漏，建议请一个有经验会做房子的泥匠师傅，学生们帮泥匠做些辅助活儿。房屋检漏是技术活儿，否则越检越漏雨水。房屋检漏有散漏塌陷，是年久失修，有的草被太阳照射和渍在一起的雨水慢慢腐掉。

维修茅草屋，首先需要草，农民习惯用两种草，一种是山上的茅草，另一种就是稻草。能割到山上的好茅草，那比稻草要好。但那不是一时半会能割到的，现在又不是上山割茅草的季节。眼前是雨水季节，房子漏雨得厉害是大问题。

邹同学说："我看到潘家屋顶上不像稻草，颜色不一样，屋檐是稻草就还是用稻草吧。"队长这时不好意思地说："稻草是生产队里的集体财产，主要是生产队集体喂耕牛的，其次是社员群众只能少量用稻草，如每年冬天到了，社员家家都需要翻晒或换床上铺垫的草。每家拿几捆稻草，这是需要队委会讨论通过的事。潘家维修房屋不是几捆草就够了的事，不是谁想用稻草就能用的。如果是这样随便用，稻场垛的稻草早就没有了。我这个队长也有难处。"

听到这里，邹同学说："这事情我们已与潘家说了，潘家全家高兴得要命，郭队长，我们这样处理行不行？我们学生自己为潘家掏腰包拿钱买稻草。"郭队长抬起头，脸朝天上望望，眼皮眨眨，想了又想，说："你们决心已下，我也得下决心一起解决潘家的困难，一小队的稻草万一不够喂全队耕牛和社员铺床取暖用，还可以向其他的生产队调剂，再说用钱买稻草，第一次听说这样的事。生产队对生产队是集体行为，恐怕没什么问题。"

邹同学和其他同学找农户借来几把木梯子，从生产队的稻场垛上拉下稻草，一五五、二五一十地数捆数，记账，运到潘家门前，请来的泥匠师傅把梯子搭到墙壁上，上到屋顶，开始准备维修。有的人在下面揪稻草把子，抓大把稻草，在稻草上段用手把稻草揪住，再用几根稻草挽起扎成阄阄。地面上的人用一根竹竿顶住稻草阄阄向上送扔，站在屋顶的人把稻草阄阄接住放好。泥匠师傅找到有渍水塌陷的地方，顺着由下往上铺，稻草一层覆盖一层，雨水顺着往下流，房屋不会漏雨水。看着泥匠师傅把竹子一端一破两开，再把房屋下边稻草的四周夹紧捆好，又用他自备的工具把三间窄小茅草屋檐下飘着的不齐的草修剪得整整齐齐。

经过维修的房屋,有焕然一新的感觉。在大家共同的努力下,花一天时间解决了潘家房屋漏雨的问题。看来一个人做点好事并不难,难的是,看你愿不愿意做,这才是关键。一个不被别人忘记的他,是和他做的有益于人民的事迹联系在一起的。使人印象深刻,才记得住这个人。

36
大学生知青担心小学教学质量

　　还有一个大学生，经常和邹同学一起谈天说地，有时他们的笑声笑得惊动了社员们。不时说出有趣的话，还把社员们逗得哈哈大笑的是大学生小组六人中皮肤最白、满脸长着大胡须的姓何的同学。除了参加生产队劳动之外，他的腋下经常夹着一本厚厚的书。不知书名，只是看他这个样子，还经常到四里庙小学和三里公社小学去看和了解一些我们不知道的情况。

　　四里庙离他住的一小队路家榜很近，当然他去四里庙小学不是一次两次，只要有时间，他想去就去。他在小学周围看看，去的次数多了，四庙小学的老师多次看到他，一回生二回熟，自然就和四里庙的老师熟悉了。他与小学老师们交谈起来，了解学校的基本情况，有多少老师、多少学生，老师一天上几节课，学生除课堂之外，还有没有家庭作业？如果布置有家庭作业，学生因回家要帮家里打猪饲料等，家长重不重视学生的家庭作业？学生课堂作业当天批改吗？他问得很仔细。他问的这些情况，不是何同学自己告诉我的，而是我的堂嫂在四里庙小学当民办老师，回家说的。

　　我得知这一情况就想到，四里庙小学的学生绝大多数都是我们九大队的，附近离四里庙小学最近的有篱笆寨、胡家畈、刘家凹，别处的学生来四里庙读书就远了。那时农民没有外出打工的，生源都是就地就近上学读书。

　　小学开始都是公立老师，后来老师队伍不很稳定，老师陆陆续续自己要求调离教师队伍，有的调到化肥厂，或去水泥制品厂做电线杆子，去城关镇手工艺制件厂做毛刷。调出去的都说，工厂福利比学校好多了。工厂的工人转正定级后，拿的工资差不多都是三十四、五元钱，跟老师的工资比没有多大差别。那时公立小学可能只有三到四位老师，严重缺老师。

在缺老师的情况下，何同学经常去学校看看，关心小学生。来回去、来回看，是发现了什么吗？还是有没弄清楚的事？究竟是什么事不得而知。看他跟我们讲话的神态，想说又不说，思想上有点顾虑。

家住四小队天师塝的付胜谋是东新公社负责管教育工作的行政干部，有一次回天师塝休假，要路过王家河大队部，与我们大队几个人相遇，互相拉些家常话，在有说有笑中，何同学他们一群大学生来王家河代销店买东西。我们碰到一起，互相打声招呼。付胜谋手提着包，原意可能是想跟我们讲几句话，就准备离开，要回自己的家。碰见何同学他们，付胜谋的兴趣来了，手里的包顺手甩在地上，大步走进大队部屋里，搬出一条长板凳，何同学顺手接着板凳，互相请坐，拉起话来。

付胜谋心里知道他们是华中师范学院的大学生，对教学有研究。但何秉力他们不知付胜谋是谁。付胜谋主动介绍自己，谦虚地说："我是九大队的家属，回来帮自己屋里的（爱人）准备柴火，九大队什么都好，就是烧柴的确很难。我在东新公社工作，那里烧柴不为难。"何秉力问付胜谋："东新是大悟县山区的山区，小孩子上学困不困难呢？"付胜谋说："不能与三里公社比，更不能与九大队比，这里不是山，是畈，条件很好，宽宽的马路交通方便，上学近，老师都愿意来这儿。"

何秉力一听，激动着开始说话了："这里条件好都愿意来这儿？来人不来人，我先不说，只说老师的素质、教学质量好不好。"何秉力本坐着，突然站起来，面对面地跟付胜谋说，"我是华中师范学院的大学生，华师的学生大多数会从事教书，我也不例外，对教书当老师我也很热爱，自觉不自觉地喜欢到学校去看看，看前辈老师们怎么教书，取长补短。我随意走进四里庙小学的大门，一下子把我惊住了。"

何秉力对付胜谋说："你想一下是什么？"付胜谋说："真还不好说。"何秉力说："走进大门，谁都能看到'关于学校几点管理意见'几个字，把'管'写成'菅'，这两个字有点像，就是'竹字头'和'草字头'不一样，但是意思完全不同。老师们经常出出进进，就没有人出来纠正，是都这样认错字，还是不负责，知道也不管呢？冷静后我又想，谁能保证不写错字呢？改了就好，允许改正。后来只要我有时间，非去不可，本来我早就想把它改过来，后来我又改了主意，看看什么时间能纠正错字。错字堂堂正正坐在那儿能坐多久。信不信，现在我们一块去看，可能还在那儿。还有，四里庙小学的学生，除了个别外面有亲戚跟着学了拼音外，许多学生没有学习拼音，把王、黄、汪读成同一个字的音调，把风、轰也读成一个字。这样的教学质量，孩子们能提高吗？"

付胜谋说："不少小学老师都是民办的，什么意思呢？缺老师吧，各个学校在各个大队就从各个大队抽出人员来当老师，有的老师本人只读了三到四年书，没有培训达标就上岗，上级每月发点零用钱，人在本生产队，户口在本生产队，生产队还给记工分，叫民办老师。我估计这样的状况可能不会很长。"

何秉力在劳动锻炼期间，看出教学质量有问题。这种状况可能不只是我们九大队有，可能带有普遍性。后来，国家采取措施，加强师资力量建设，从不同战线抽调有教学经验的人当老师。在岗老师广泛进行培训，考试合格上岗，优胜劣汰，不能胜任的调离到其他岗位，如后勤等工作。

37
解决大队干部与知青的矛盾

四小队华家塆大学生小组有六人,他们是湖北大学的大学生。

我们九大队党支部汪副书记(汪申安)就住在华家塆。他长着一张长长的脸,太阳晒与不晒都是一样黄白黄白的。别人问他怎么晒不黑?他自己很傲气地说天生的白。社员群众中不知是谁,先把他的头叫"粪桶盖",头周围的头发剃得干净,头顶正中央留着小圆圈黑发。想想他那个样子的头,与现在叫"洋葱头"的时髦发型有点像,又有点不一样,"粪桶盖"上面的头发是剃得平平的,"洋葱头"上的头发是向上竖立着的。"粪桶盖"头在当时真有点时尚,只不过那时他就是这个样子,却叫不出时尚的名,到底是什么发型,还是说不好,可能是师傅随意给他剃成这样的,后来习惯了总剃这样的。形容他的头像"粪桶盖",我分析当时这么说只是好玩,没有什么在他背后乱起名的恶意。他右腿天生就比左腿短二厘米,走起路来就是一颠一跛的样子,衬托着他那"粪桶盖"的发型,远处望着他一闪一闪地向你走来的时候,觉得真有点好玩又好笑。到他真正走到你面前的时候,想笑又不敢笑。不敢笑,他反而主动笑着跟你讲话。

这样有趣的副书记,对四小队的大学生们要求却很严格。

三里镇,逢双日子是热集。从集镇返回王家河的路上,我碰见了住在四小队的姓翁的大学生,他也是那天从三里镇赶热集回去的。我们两人不拘束地他说一句,我也说一句,天南海北地说,说着说着我觉得他说的事我不太懂,回答不了他所说的事。我突然转了话题,问姓翁的大学生,来我们九大队已大半年了,对九大队有什么建议和意见。姓翁的大学生一点没拐弯抹角,直截了当地说，对汪副书记的做法接受不了，有点怕他。生产队社员群众出工劳动，经常用断掉的犁铧子的一块生铁挂在垮子中间的大树上，让大家都能听得见。由生产队长按时敲打，响声"铛、铛、铛"，大家都要从家中出来听从队长对一天活路的安排，谁和谁一起干什么等。

汪副书记站在旁边看看大学生来了没有。如果晚点还没有来，他亲自上门，敲得大门"咚、咚、咚"，说："你们出工总是慢吞吞。"姓翁的大学生还说，早饭别无选择，还得自己做饭，做饭不很熟练，动作慢，耽误时间；出工时跟不上社员群众的步伐。汪副书记在这方面可能对我们有意见。

话说到这儿，我对姓翁的大学生说，我知道你们大学生到生产队来很多地方不习惯，有困难，只有慢慢适应。姓翁的大学生跟我说了这些，我的难题也来了，如何与汪副书记交谈这方面的看法？从年龄上，他差不多大我一倍，是长辈，从姓翁的大学生眼神中看得出对我的信任，他才说出有意见的话，不能马虎了事，定要疏通他们之间的关系。

一次，大队罗书记从三里公社开会回来，通知大队队委会干部和四个小队队长到大队部开会。罗书记传达三里公社的会议精神，主要是多交粮、交好粮给国家，九大队要带头完成任务。罗书记说："各小队去年都超额完成任务，为九大队夺得了红旗，今年预计在什么样的水平上，我们要合计合计情况，做到心中有数。"公社领导直接问我今年大概搞（交）多少？我说我回去摸摸底了解后再说。罗书记继续说："现在正好与大家商量任务，让你们知道上级精神，虽然说公社领导没有明确给我们九大队增加任务，可能也不好再给我们增加任务，一连几年增加的任务都完成了，公社领导不能总是用鞭打快牛的办法。"

罗书记这样一说，反而各小队队长齐声都说："这件事不让书记一个人为难，争取多超点。"罗书记听到大家都积极表态，说话的嗓门大起来："有你们队长这句话，我就放心。"

这次会开得短，结束快。我感到很意外，以前涉及任务，各队总要说出各种理由，推三阻四，能少尽量少。今年真痛快，可能都知道没有必要讨价还价，干脆痛快点。

我很快把话接上："各位队长们很痛快，我也来点痛快的话。实话实说，我要说的这个问题没来得及向罗书记汇报。想利用这个机会把各生产队大学生小组的基本情况,碰头说说,大学生来我们九大队大半年了,如果上级来人了解情况,我们大队啥也不知道,大队、小队对他们的关心又从何说起,是不是?"

罗书记听到很快意识到这件事是应该了解了解,连忙说:"对、对,大家把大学生到队里来的情况都说下。"一小队、二小队、三小队的队长们都说,大学生来到队里,都吃苦耐劳,学会了挑水,自己做饭,还经常给社员家里担水,对社员群众很尊重,讲礼貌,想办法出主意帮助生产队社员们试种新品种,改善群众生活,帮助困难户维修房子,排忧解难,引领青年人学文化、唱歌跳舞,活跃了生产队的文化生活。

四小队队长正想说,被汪副书记把话岔开了。汪副书记说:"四小队大学生的情况,我来说,我一片苦心,他们不理解,好像特别对我有不少意见啰!"四小队生产队长插话说:"你怎么知道的?"汪副书记说:"人长着两只眼睛是瞧事的,他们跟你们说话,和跟我讲话的态度、语气不一样,我不好跟他们说,也没有跟你队长讲,安排生产队里的生产活路是你队长的权力。比如说,大学生六人中有一名女大学生,先以为这名大学生跟二小队的女大学生一样有对象,有人关心她。后来仔细看五人中,又不知哪一人是她的对象,再后来观察,好像这名女大学生的对象不在这五人中。生产队里活路有轻的,也有重的。修堤坝,看着简单,但活路可重,例如上担子的人,多上一点少上一点无所谓,对挑担子的,上多了他就挑不动。抬石头吧,一头抬起来,另一头抬不起来,又怕把腰整坏了。大学生们是读书人,开始参加劳动需要照顾,有一位大学生天生书生相,细皮嫩肉白皮肤。听他们学生与学生对话,好像姓'钱'。"汪副书记边说边把脸朝罗书记那个方向看着,"哎,你手里应该有大学生的花名册啦!看看他到底姓什么叫什么名。"

罗书记说:"县委办公室和县人民武装部,谁都没给我大学生的名单。"

汪副书记接着说:"小翁这位大学生不爱讲话,长得魁梧,做起事来显得有力。与我讲话多些的叫郭学政,他身材高大,看人长得帅,不像农村出身,做起事来倒是生龙活虎,比农村人还厉害。俗话说,身大力不亏,难怪农村选女婿选高个子。"

这话说出，逗得大家都哈哈大笑。

汪副书记继续说："一个女大学生、一个白面书生，长得像'豆芽'样，我们对他们应该安排轻点的活干干。可他们早上出工磨叽，早点出来让队长当着社员面好安排活路，来晚了，队长不可能把轻点的活路留着吧？队长，你说对不对？"四小队队长连连点头。汪副书记又说，"我这个人急性子，见他们没来就去敲他们的门，催他们快点出来干点轻的活路，开始催，他们有什么反应，我不知道，后来，我就知道他们不高兴。农忙时，用牛的时间多，我跟队长说，上午耕田用过的牛，不需叫放牛人回来又牵去放，就交给他们大学生去放。叫他们放牛，很乐意，还认真。听说，他们主动问华大胜（大队民兵连长）的老父亲，放牛人怎么知道牛吃饱没吃饱呢？大胜的父亲跟他们说，饿着肚子的牛，背上两边会陷下去两个窝窝，牛不管在什么地方，只要吃饱肚子，牛背两边是没有陷下去的窝窝，土话叫'双脊大饱'。"

顺便告诉你们，农村喜欢开玩笑，若有人说你吃得"双脊大饱"，有点暗着骂人的含义，是把人比成牛。

"他们想学牛耕田的活路，但学起来困难，掌握不住犁的把手。犁把手是掌握犁的方向和深浅的，掌握不住就会犁深了，犁铧钻到泥中拔脱不出来。学耙田的人站在耙上，牛拖着人走，人的脚又不站在泥巴水田里，逃脱蚂蟥吸咬，又有点好玩，他们都想来试试。牛在前面，人站在牛后面的耙上，站不稳，一会儿掉下，上耙去了一会儿又掉下。耙田是技术上的活儿，人要掌握好平衡，还要牵好牛鼻子上的绳子。那绳子就像汽车的方向盘，牵牛鼻子，叫牛前进就前进，拐弯就拐弯等。还得注意牛的尾巴，牛全身都是泥巴，牛尾巴和后面的人直接接触，牛尾巴甩来甩去会甩你全身都是泥，也得忍着。他们尽管耙得不匀、不好，可我还是积极支持他们做，总比挑上百斤担子轻多了，不会伤着人的筋骨，对他们身体健康有好处。我为他们做的这些事，都是在照顾他们，没想到他们不理解。"

话说到这里，我把事情都听明白了。

汪副书记叫大学生出工用敲门、喊话、责怪等方法有点简单，但简单的背后处处是关心，想照顾他们。想得到别人理解的人，看来首先得努力去理解别人。让自己能理解别人，最好能让别人理解你自己，这才是解决问题的办法。

38
大学生知青提出"关于九大队发展的十点建议"

有件事,我记得清清楚楚。那是1969年10月,罗书记转给我一份厚厚的用抄文纸写的"关于九大队发展的十点建议",下面落款处写着名字。我这才知道那位不怎么说话、书生样的钱姓大学生的姓和名。

我反复地看,他的钢笔字写得非常好,十点建议好像是一口气写成的,中间有个别地方加字、加句子了,所以不像重新抄写过的,文章字迹流利有劲。当时的我,真的有许多字不认识,只有闷着头查字典,来回地看,顺意思揣摩,搞懂他的想法。他站得高看得远,胸怀大志谋发展。这十点建议,是他经过详细了解调查写出来的,说准了九大队的要点。

我感受最深的是,九大队是三里公社、大悟县的先进大队,是县人民武装部民兵训练搞得好的大队,大队全体干部和社员群众做得好、做出成绩时,有人来总结、宣传。但据我所知,没有任何人用文字白纸黑字来建议九大队究竟如何发展下去。

只有这位姓钱的大学生,他真心实意帮助文化不高的几位大队干部和正在向前发展的九大队!

我把这"十点建议"视为宝贝,后来又交还给大队罗书记。东西虽然交了,但是十点建议我记得非常深刻,其中有两点,记忆犹新,好像说到心坎上一样。

一是改变九大队的面貌。大力发展植树造林,把九大队所有大大小小的山都栽上树。山高的地方栽耐寒的松或成林生长快、能成柴的树。山下面栽果树,要求四个小队栽四种不同品种的果树。还特地说清楚,这点是在力所能及的范围内能做到的事。

二是利用路家冲水库大力发展养鱼业，进一步改变社员生活。路家冲水库在四小队华家垮，水源受益的首先是九大队。利用水库的水来养鱼，发展多种经济。据了解，20世纪50年代初修建路家冲水库为国家所有，水库的水是用来灌溉粮田的，不是供应社员吃的储水，没有明文规定水库不能养鱼，也没有明确划分该谁养、谁不该养。九大队有这条件，完全能发展养鱼业，改变山区水少鱼少的状况，使广大农民能吃上无污染的新鲜鱼，改善农民的饮食结构，让九大队社员群众直接受益。用生产队集体力量多养鱼、养好鱼，提高集体经济水平，来补贴社员生活，逐步把罗家畈、山边下、八里棚、天师塝、华家垮五个地方的住户，搬迁到一小队路家塝半山坡上，建起坐北朝南、一排又一排整齐实用的集中住户新农村，把原罗家畈、八里棚、华家塝平地村庄全变成丰产粮田。

如果大家能站在九大队擂鼓台山顶往下看，是多么好的风景图，四面八方除西边是路家冲水库外，另三面是一片又一片金黄的稻田，一块又一块不同品种的果园，有高山上的茂密山林，又有山坡上不同品种的旱庄稼、花生和芝麻，有青山，又有路家冲水库的绿水，这样的大队谁不羡慕呢？可惜，我于1970年到武汉读书去了。九大队后来因为接着修界牌水库等多种原因，也没有把这件事进行下去。现如今回家看到九大队的面貌，不是我想象的那种模样。这些事没有办成，我终生难忘，终生遗憾！

39
填了上大学的推荐表（1970年）

1970年上半年我们九大队的工作，除了发展这一块暂时搁下，其他的工作照常进行。不一样的是来人多了，公社、区、县、孝感行政公署、省，层层都有领导和技术人员来我们九大队，对界牌这个地方进行考察。

我猜想他们反复来考察，是为新建界牌水库的实用性、可靠性等做论证。界牌，就是湖北省与河南省交界之地。湖北要在这个交界的地方新建水库，有太多的问题要与河南边界地区商量，研究双方达成协议，才能说兴建水库，造福大悟县人民。

回忆起来，好像天气渐渐热起来，有一天来我们九大队的领导有大悟县的刘县长。他一口北方声音，上穿白色"的确良"衬衣，外挂件开口背心，没有扣。他身穿的背心上打的花，打得好看，让我记忆深刻。刘县长是正县长还是副县长，我不清楚，大家都叫他刘县长；还有孝感行政公署的书记藏成德；还有一位女领导张德润，原是工交办公室（当时的工业交通办公室）主任，后听说晋升为行政公署张副专员，外加随行陪同人员，小车就有三四辆，小车中有黄颜色两面开门的，他们都说是北京吉普。从那时起，我知道这样子的车是北京吉普车。小小大队部一次接待几位大领导，这还是第一次。大队部椅子、板凳不够坐，来的随行人员只好在外面站着，有的来回在门口走动。再说，事前大队不知道，所以也没有任何准备。领导突然来，主要是上擂鼓台高山顶上，观看北片河南、南片湖北的地质、地貌，确定水库大坝的选址和布局，确定界牌水库兴建开工的时间，九大队这个地方能容纳多少施工人员等。到我们九大队来，是顺便看看，没问九大队的任何情况。我给领导倒完茶水，就轻轻走出来。过了一会儿，罗书记也出来了。不知又过了多大一会儿，里面领导讲话的声音大起来，估计是界牌水库的事情，他们议得差不多了。

我进去倒茶时，孝感行政公署藏书记直截了当地问我："小王，你想不想上学读书？"我很快回答他："想读书，就是没有读到书，做起事来有许多困难。"张副专员一只手夹着烟，北方女同志许多人抽烟，她起身站着，用另一只手连拍几下我的后背，什么也没有说，哈哈大笑。他们准备离开大队部，在未迈开步之前，大悟县刘县长不知回答他们之间谁的话，说了这样一句话"我们有安排"。藏书记和张副专员两人没接话。接着张副专员用右手向前做了一个动作，意思是"走吧，走吧！"他们真的全站起来，出门向大家打声招呼，上车走了。

他们走后大概一个多月，三里公社妇联主任李桂兰和一位新调来的干事，来到我们九大队。大队部平时是没有人的，农村大队部只是有一间房在这个地方，不像正规机关有人值班，平时大家各自劳动，有事才去大队部。他们俩只好委托加工厂的负责人华大家找人给我带信，叫我立即到大队部去一趟。

罗家畈二小队王常寿是我的幺叔。他正好在加工厂排队等着加工大米。我幺叔听说是找我，他主动跟华大家说，他回去找我。他知道我在北边关凼那块旱地里，和队长、会计丈量土地去了。

那块土地离要兴建的界牌水库很近，我担心修建时这块旱地废了，就是废了，也要心中有底，兴建水库占用了二小队的多少土地，今后跟上级能说明生产队的情况。

幺叔说，这事生产队跟社员群众开会都说了，大家都知道，所以他知道我一定是去那里了。我幺叔放下要加工的米，从王家河到关凼旱地，不管走近路还是弯着走一趟，也有三里多路，小跑步、气喘吁吁地来送信给我，把前面他们找我的情况一一告诉我。放下自己的事，还走这么远来叫我，我打心眼里感谢幺叔。

我三步并作两步走去大队部。好久没有见妇联主任李桂兰了，她站在王家河大队部空地上向北边张望。我从北边往南边奔走。在外面两人互相能望到对方时，她很主动，好大声音喊我。从她洪亮的声音中，我感觉到今天像有喜事、好事告诉我。一见面，她伸出手紧紧握住我那还没洗干净的泥巴手。待我收回右手，把五个手指头往衣服上擦了一下，再亮给她看时，个个指头壳上都还夹着泥巴，真没洗掉。我说："对不起，手没洗干净。"她笑着说："我就很喜欢你这个样子。"她是做群众工作的，又长期在基层与农民打交道，说的话使人听着舒服又感到亲切。两个人都哈哈笑起来。那新调来的干事在大队部屋里坐着，等我们俩进来。李桂兰对他说："快，快，快把那张表拿出来。"她递给我，我一看是上大学的推荐表，上面没有注明是哪所大学，我左看右看，迟迟没有动笔填写。李桂兰主任连声问："怎么，怎么还不填？这是件好事哦。"我回答："表上面基本情况好填，但表中要求'群众推荐'，这四个字是表中的关键，这一步没有进行，我就先把表填了，可能会把事情弄砸的。"她又微笑着说："喔！你担心的是这呀！你别担心，前些时公社开会时，要求每个大队都要报推荐人，你们罗书记特地把推荐意见送到公社备案，他说各个小队，他都亲自征求意见推荐你，县里这才催促这事。今天特来办这件事，填好表，我们回去把罗由贵书记写的推荐意见直接贴在表上就行了，是罗书记签了字盖了章的，你该放心吧。公社同样要签意见盖章，公社在各个大队中推荐你，这是公社党委根据你的工作表现做出的决定，我们今天来叫你填表，也是领导安排的。嗯，好了好了，别多想，相信我们会办好啊！"李桂兰还跟我说，"原以为我们会成为同一个战线的同事，结果熊主任说县妇联可能要不到你，这真被熊主任说中了。妇联早就做工作，对你目测过，作为'选青'的合适人选，在向县有关部门汇报时，被县团委插了一手，要你到县团委去，妇联就不好再坚持要你，就这样一直搁到现在。最近又听说，是你自己同意上学读书，这样也好，县妇联、县团委都办不成。恭喜你上大学，上了大学别把我们忘了啊！"

40
上大学的事没消息了

李桂兰主任走后,我就暗暗地想,还是人熟好啊,俗话说人熟是个宝,生活中不可少,一点也不假。如果我与李桂兰主任不熟悉,今天她是不会把话说得这么清楚,让我知道和不让我知道的,今天我全都知道了。那天领导讲的话,听不懂,今天把事情联系起来,就全都懂了,明白了。

上大学这件事,我没有在任何场合上说。自己不说,反而被别人宣扬得更快。不少人看见我就悄悄贴近我的耳朵,问我上哪所大学。因为没有接到通知,我自己无法说清楚,我对他们说,对不起,真是不知道。他们以为我还继续在保密呢!

王家河这个地方,是大队部所在地,是大队的代销店,是社员群众在这里小买小卖、卖了鸡蛋又买回食盐的地方,是九大队社员群众和邻近住户来加工大米、麦粉、粉碎各种藤藤做饲料喂猪、榨油等的地方,是四个小队社员群众上街赶场、去去来来歇气和文化娱乐的地方。

就在这个集中的地方,我碰见经常住队的县人民武装部刘参谋,他从县里来,走到王家河,一眼看见我就说:"小王,你怎么还在家呢?那些在县城集中上大学的人都走了好几天。"

我一听这话,第一反应是我上大学这事弄砸了。我只当啥也不知道,不紧不慢地反问刘参谋:"谁上大学去了?"

刘参谋反问:"你不知道?"我又回答他:"刘参谋你真会说笑,县城里的大事,隔着这么远,我怎么会知道。"

说着说着，四小队大学生小组郭学政到王家河来买东西，看见刘参谋，用眼神上下打量下，他们之间似乎面熟，却相互没叫名字。半年多以前，是刘参谋、庞干事同二十六名大学生一起乘车来到九大队。郭学政脸上有笑笑的表情，嘴角一抿一抿地，说："你是县人武部的刘参谋。""对，对，终于想起来了，你叫郭学政。"两个人相互握起手，刘参谋告诉郭学政："部里有事忙得很，几个月没来这儿，你们大学生来后现在习惯了一些吧？"郭学政说："谢谢关心。"

我在旁边看到郭学政那个样子的表情，像有话对我说又没跟我讲话，感觉有点像在关心我，他又有意与刘参谋拉话，问起刘参谋："刚才你说上大学的那些人，已经上大学走了？是真的吗？"

刘参谋后来觉得话不能说下去，用眼神斜着看我一下，转过来又用眼睛上眼皮与下眼皮不停地眨，意思是告诉郭学政不要再问此事。因为差不多大队所有的社员群众都知道我上大学，现在别人都走了，我还在生产队，怕我心里难受。他们俩想说又不好继续说下去，这意思我全明白。

我也很怪气，你们觉得不好说，我偏偏要把事情戳破说说，反而劝他们别因为我上大学没去成，话就不好直说。

我望着刘参谋、郭学政笑着说："去不成没什么，事情总是复杂而多变的，像你们老大学生（当时社会上把老大学生称为臭老九，我不能这样叫他们，就称他们为老大学生）应当到单位工作，可现在还要下到生产队参加劳动锻炼，工农兵现在反而去上大学，说不定还要管大学呢！"这是我顺口说的，连说带笑结束了我们的对话，各干各的事去了。

41
湖北日报的文章带来了大学通知书

可是，没过几天，我在大队部看报学习，突然看到湖北日报有我的文章——"上大学、管大学"——标题上的几个字很大很醒目。

看到这篇文章，开始时我心里乱晃乱跳，其内容基本和我的想法相同，但是这篇文章却不是我写的。这标题的六个字，仅仅是我们三人在王家河的对话啊。"上大学、管大学"这句话的确是从我嘴里说出的，文化低、知识浅，随口而出，不知轻重，有点傻劲，有点初生牛犊不怕虎，没想到这么快就登了报。过会儿冷静下来，心里知道这文章不是刘参谋写的，我琢磨来琢磨去，是不是某一级单位投的稿？觉得不对，最大疑点是我们九大队的大学生郭学政投的稿。我又推理一下，觉得应该就是郭学政写的稿。

可是刘参谋不是已经说了，上大学的人已走了好几天了，还有可能吗？

一天，三里邮电所的职工陈平谋，是我堂姐未过门的女婿，外甥女和我在一个生产队，他骑着邮电专用的绿颜色自行车飞快地来到我家，递给我一个黄色信封。这信封比正常的信封要大许多，上面写着"湖北大悟县三里公社九大队"，中间写我的名字"王芝兰收"，右下角是印好的字，是"武汉大学"四个大字。

我接过这封快信，看到有"武汉大学"几个字，还没来得及拆开，就长长舒了口气，好像很重很重的、紧锁的双肩卸下了重担，一下子轻松了许多。各种猜想迎刃而解，思想豁然开朗。不拆信封，我也能知道信中的内容，那一定是录取上大学的通知书。打开一看，果然是的。通知书叫我办好一切手续，务必在八月底以前到校报到。我满怀着喜悦的心情，高高兴兴地拿着通知书，首先去告诉大队党支部罗书记。他笑哈哈的，第一句话祝贺我，第二句话他说这事他知道，是他亲手办的，第三句话叫我抓紧时间办完各种手续后告诉他，大队准备开欢送大会。

我的父亲赶忙从家中的大储缸中舀了六十多斤稻谷，挑着担子，边走边哼着听不懂的小调，送到三里公社粮站，我带着录取通知书，凭通知书办理粮油手续。三里派出所根据办理好的粮油手续办理户口；党组织关系从大队开到三里公社党委，三里公社党委直接转开到武汉大学。体检还要到县医院。罗由贵书记告诉我要认真准备在欢送大会上的发言讲话。

一说要讲话，真的还不知怎么说才好，我心里很复杂。联想到一年多以前在王家河这个舞台上，热烈欢迎大学生来到我们九大队，今天还是在这个土台上欢送我上大学。在同一个舞台欢迎和欢送，他们的心是踏实的，他们是考取大学的。而我是代表工农兵，是群众推荐、各级领导同意批准上大学的，我自己文化基础差，对于上大学，心里是空荡荡的，是一步登天上了大学的殿堂，还说要管大学，越想越觉得自己不知天高地厚。

发言稿写好后，又怕有高低不平的语言，我请二小队大学生小组王同学、王同学帮助修改。他们看后只是笑笑，没做任何修改，并说："不要稿子随便讲，还讲得好些。"他们俩这样一说，提醒了我的语言用词是否恰当，内容衔接是否有逻辑性等。可能还有些问题，但我又不知从何改起。

为谨慎起见，我又在二小队大学生小组请雷同学帮助修改，他没有用笔修改，问我在这个欢送大会上想表达些什么？表达清楚，别人听懂了就可以。他这句话真是画龙点睛，我明白了，不要说那些时髦的、喊口号的一些大话。

我重新理清思路，是九大队广大社员群众培养了我，教我做事做人，多次送我出去参观学习，开阔眼界，扎实做事，培养我入党，从不懂农业技术，到担任一千多人的大队队长，这一切都是社员群众指导、培养的结果。上大学后，我一定不忘劳动人民的本色，刻苦努力学习，完成好学业，回来报答社员群众。

欢送会上，我很高兴，喜气洋洋。相反，我看到有不少的社员群众暗暗在流泪，一下子我也忍不住流下眼泪。欢送会群众对我依依不舍的表情给我的触动很大，我是做了一些工作，但工作中还存在不足之处。看来群众对在队上当干部的人，并不一定要你做到尽善尽美，只要你有真诚为他们服务的心，实实在在地做点有益的事，他们是体会得到的。

42
父亲母亲为我准备行李

母亲这几天都在忙碌，给我准备东西，土改工作组分给我们家的被絮已经太陈旧，母亲就改做垫絮给我，外面用旧土布包得整齐，不难看。垫单是母亲自己纺线织的白、蓝条子土布，一直收着没用过，这次拿出来给我用。她还特地到三里公社街上买块红花洋布做被面，被里也是母亲自己织的白土布，被絮不新也不算旧，还暖和。

准备好后，父亲把垫的和盖的打成一捆，捆得很紧。换洗的衣服放在大妈送给我的小木箱里，这口木箱是大妈的陪嫁，她割爱送给我了。听父亲说过，大妈娘家不是贫下中农，差不多中华人民共和国成立时，她娘家在外面抱了两个小孩来抚养，一个男孩子、一个女孩子，就充平了不少田地和财产，划成分时划为上中农，是团结对象。这箱子大小与现在的旅行箱接近，行走时把中间两个铜款子合并，提着就可以走。箱子四个角用铜还包了角，用土漆油成板栗色。箱子古老很好看，我提着有点不好意思，觉得与时代不合拍。

还有些零散的东西，放在母亲做的布袋里。布袋可以提着走，还可以双肩背着走，但与如今学生的双肩包不同，也不如现在的好看。但当时，想到母亲以她的智慧，用土布做出两用包，心里很有点沾沾自喜。

走的那一天，父亲用竹篾编的有大小窟窿的花篮，一头放着捆得紧紧的被子，另一头放着土布包和小木箱子，用担子挑着。母亲和村里人送我到村西头石头桥，父亲一直送到三里公社杨林汽车站。

一路上父亲要我记住他说的两句话。第一句是"爹有娘有赶不上自己有，丈夫有还隔双手",教我要自尊、自爱、自强、自立,通过自己的双手创造财富。第二句是"人有三稳,到处好安身"。嘴稳,没看到、没听到的不要瞎乱说;手稳,不要占别人的小便宜,别人的东西不能要、不能拿;身稳,作风要正,做一个有教养的孩子。

父亲说有个人有相貌、有文化,就是说话冒失,不从心里想想就随便说,被打成右派。还有大悟县法庭有个人作风不好,自己受不了舆论打击,结果自己开枪把自己打死。只读了几年私塾的父亲,对子女的教育说得这么清楚透彻,叫我听懂了怎么做人。

父亲把我送上车,他往回走,没流泪,我猜他心中是高兴的。我坐上汽车,车还没开动,那一刻我心中陡想起父母的养育之恩,如此之深,在分别时感受倍增,难以用语言表达对父母的敬重和爱。

我这样一个山区的普通农民,就这样上了大学。

Chapter 3

第 三 辑

大学时期

01
接站师傅送我到武汉大学

1970年8月26日,我从大悟县到广水乘火车,每个站都停靠,哐当哐当的声音响个不停。太阳当顶时,终于到了武昌火车站,下火车好像走了很长的通道才到出站口。

从左手边看,见到宽阔的火车站广场。就在左手边不远的地方,有一张黄色小木桌子。桌子上横放一个小牌子,上面写着"武汉大学"。我没有见到桌边的人,就靠近桌子站了一小会儿。一位男士不知从什么方向来到桌子边,他自己介绍他姓熊,叫我喊他熊师傅,并问我是不是来上大学的。我从土布袋子里,把和钱放在一起的通知书拿给他看。他没有接通知书,只是用眼神瞄瞄,就帮我拿捆得很紧的被子。我就把土布包放在双肩上背着,手提着不时髦、不土不洋却好玩的小木箱子,跟着熊师傅走。不多远有一辆车,车板两边有"武汉大学"字样,可坐二十人左右,上车没见其他人。在开车位置的可能是开车师傅,我刚坐下,他就问我:"你怎么来这么晚呢?"还没等我回话,熊师傅与开车师傅对话:"是继续等,还是把她(指我)先送回学校?"开车师傅反问熊师傅:"还有几人没到?"熊师傅的手向胸前挎包里伸去,准备拿什么东西瞧瞧,感觉他也记不清楚,开车师傅立马改了主意,叫熊师傅下去,下去就是让熊师傅继续在火车站等人。

车开到武大的一座楼房前停下了,开车师傅直接把我一个人送到"抬头掉帽"的阶梯前,这阶梯笔直朝上,我们一步一步阶梯向上爬,四周一看,琉璃碧瓦,门窗是老暗红色,看起来是古老又神秘的高楼房(樱花楼)。上到三楼停下来，他对我说生物系到了。他见到一位女老师就喊："王老师，王老师，我给你送来一名学生。"王老师谢了他。王老师见到我就介绍了自己，她是刚留校的青年教师。

开车师傅离开后，我就想：他没问我到哪个院系，也没有看通知书，也没看他电话联系谁，就把我送到这里？师傅是如何做到对工作负责且准确无误的？这种精神值得我好好学习。

02
第一顿饭找到了热干面

王老师叫我在三楼铁栅子门内等会儿，那里面有张条桌，一张从未见过的连桌带椅的凳子。王老师说，她去找工人师傅。这时，我也告诉王老师，我有点事要出去会儿。顺手把被子和小木箱交给王老师。王老师嘱咐我快去快回，我回答她："好嘞！"

我手提土布包从三楼又笔直往下走，心里其实很想王老师问问我去干什么，吃过饭没有。在王老师眼里，好像我很熟悉这里，放心让我一个人出去。

我走到下面的马路靠边站着，到处看看不知哪里有吃的，又不好见人就问，在人生地不熟的地方，人一下子变小了，很胆怯。想好了还是决定问和自己差不多大的同学。过去一批又一批人，看到朝我走来的一位女生，我开口问她："同学，这附近哪儿有卖吃的？"她一说话，口音有点与我的接近，就多说了几句话，她说她是湖北黄陂来的学生，又说带我去买吃的。

她来了好几天，附近都转了转。武大邮局隔壁就有卖吃的，离这儿不远。跟着她走到邮局门口，一眼看到正面朝马路方向的墙上挂着圆形钟，钟周边是荸荠色木框子。时钟显示已两点多了，难怪我觉得很饿，一心想找吃的。用一角二分钱买了大碗武汉热干面，这是第一次吃，加之又饿，就感到武汉热干面格外好吃，面里面的芝麻酱香得回味无穷。吃完热干面的碗，我在保温桶下接了大碗温开水，喝完吃饱。不敢在这儿多待，我便和这位同学一起往回走，边走边问她姓什么，她说她姓余，我又告诉她我姓王，是湖北大悟县人。

走着走着，我们同上一个台阶，到达同一个地方。我说谢谢，意思是叫她回她要回的地方,看她就要走进三楼靠左手边,也就是靠山的这边,我一惊,连忙问她:"你住这儿吗?"她回答我,她的寝室就在进去第二门,是生物系二十四连。我说:"我还要等王老师回来,才能确定在什么地方住。"我跟她说,"记住啊!我们都是生物系。"我们相互挥挥手,再见!

03
樱花大道边的宿舍

和王老师一起回到三楼的，还有另两个人，一名是军代表徐指导员，一名是从武钢派来的工人师傅。

王老师说，他们三人商量后决定把我安排在二十三连二班，班长姓魏。记得是从东边往西边数，走过敞开的卫生间后，把我安排在第三个门的寝室里，宿舍是四人一间，上下铺，都是二班的。

这寝室靠马路边透风，把头伸出窗外看到下面是有名的樱花大道，阳光很好。另一排寝室在我住的后面，靠山边，就是刚刚余同学进去的那一边，光线差些。两排寝室中间有一方天井，供学生晒被晒衣。天井四周是相通的内走廊，可以相互走动。宿舍楼两头都是铁栅子门，女生宿舍东门长期闭锁，学生进出走西门，出去向上直通图书馆。这个寝室的通信地址写为"武汉大学生物系二十三连某某某收"就行了。二十三连，实际是微生物专业，叫"二十三连"可能是军代表的意思，想把学校办成军队式的。

这天晚上，我内心高兴得抑制不住，在床上翻来覆去，到省城武汉的第一个晚上呢，进了有近百年历史的知名大学深造学习，高兴中又有惶恐和压力，我这个小学文化怎么能跟上学习呢？我想了许多许多，真的是辗转难眠。

樱花大道上的樱花楼，如今是看樱花的知名景点。五十年前，樱花开得也很美。这樱花大道从西食堂下坡算起，到东边生物系教学楼往东湖去的拐角路为止，估计全长三百米。主干道两侧种了许多樱花树，每年三月底樱花盛开，树枝与树枝密集交织在一起，说要开放就一下子全都彻底地大绽放了，开得热烈奔放，茸茸的粉红色花朵像是春天的象征。可是樱花花期短，一遇上风吹雨打，花瓣就零落一地，决然地向人们告别，毫不停留。

　　我们入学开始，除军训、参加各种劳动外，政治学习是第一位的，老师要分别参加各个小班的学习讨论，叫作"武装头脑"，逐步提高思想认识。有一天，轮到党员郑老师参加我们班的政治学习，他说了一个关于樱花楼的故事，不知是真事还是传说。说是一位女学生住在樱花楼，樱花开的时候，总站在窗边，樱花开了就笑，樱花落了就哭。说这位女学生是资产阶级小姐思想，我们要树立正确的世界观、人生观、价值观。那时只觉得这样的人很稀奇，现在微信里的知识信息看多了，才知道那或许是情绪问题。

04
上大学的第一个月经常紧急集合

工农兵能上大学,据说是毛主席看了《从上海机床厂看培养工程技术人员的道路》的调查报告后作的指示。我进大学后,逐渐知道了我们大悟县1970年首次选拔的情况。一共选了六人,从大悟电扇厂、机械厂的工人中选拔了两名,从农村上山下乡知识青年中选拔了两名,从县政府机关中选拔行政干部一名,从农村选拔了一名农民,就是我自己。于1970年8月,首届工农兵学员到武汉大学的不同院系进行专业学习,入校前我们都没有进行文化测试。

上大学,这是许多人想都想不到的事,让我碰上了!

而且上大学的学费、书杂费、住房、水电,包括热水、清洁费,所有的都不收费,自己只用带换洗衣服和被子就行了。国家非常重视工农兵学员,不但不收费,每月还发给我们十八元五角钱,通称生活费。这十八元五角钱,与我妹妹到工厂参加工作当学徒工拿的钱是一样多。其中,十三元五角分早、中、晚发餐票到每一个学生手中,吃早饭就拿早餐票,中餐拿中餐票,晚餐拿晚餐票。如果有事外出或是星期天早上睡懒觉没用掉的早餐票,拿去交给生活委员,学校食堂按每餐的标准退钱、退粮票给我们。另外还有五元钱,是给学生的零用钱。

上学第一个月大概是这样:上午大多数时间是军代表带领我们在操场上立正、稍息、向右看齐、向前看、向左转、向右转、向前一步走、起步走、一二一等等;或是听学校组织的先进人物报告,有活学活用、学习毛主席著作积极分子的报告,有请老红军讲二万五千里长征、讲新中国成立来之不易的报告;

或是参加各种劳动，打扫学校的公共场所的清洁卫生，那时很少看见学校有环卫工人，有时还帮助厨房运菜运煤等等，这些好像是和军代表一样进驻学校的工人师傅安排学生做的。下午政治学习，学习毛主席的"五七"指示：办学方针是以学为主，兼学别样，即不但学文，还要学工、学农、学军。每个学生在学习讨论中都要积极发言、谈感想。还有以连为单位搞文艺活动，把入校以来的好人好事、所见所闻编成对口词、三句半表现出来，自编忠字舞，组织学生学唱样板戏、红灯记、智取威虎山片段等。晚上多数是以连整队集合，学生带着学校发给每个人的小板凳，到露天广场重复看电影样板戏，除此之外还有利用晚上的时间开党小组民主生活会。夜晚经常搞紧急集合，连与连相互进行检查，有时还要进行抽查，看哪个连在规定的时间和指定的地点能集合完毕，多次活动后综合起来评比，有表扬和加油之分。

我们确实很认真地对待紧急集合这种带军事性的活动训练，不管反映出来的是好还是差，成绩是真实的。后来听说我们连接连几次都搞得不够好，说有的同学背包没捆紧，还没到指定地点，背包就松散没法背了，只好乱捆起来跟着跑。后面的同学看着又急又好笑，好笑又不能随便笑，要严肃对待，不然要受批评。有的下铺同学把上铺同学的鞋子穿上，不是穿错一双，而是一样穿一只，鞋大了，走路和跑步不起脚，鞋小了也同样不好走路，只好拖着走。

这样的现象出现后，指导员开始每个寝室进行手把手地教，如何打好背包。采取寝室与寝室相互抽查、相互促进等活动。因天气不算冷，还不需要盖秋冬被子，有的同学把小垫絮打捆当背包背起来，人不累还轻松。再后来，有的同学改变方法，特别是做事慢的同学总有点弄不快，只好垫絮还是垫着，干脆把没盖的被子打成背包，放好等着，广播或哨子一响，背起早早打好的背包到指定的地点集合。

紧急集合从打背包出发到指定的地点，时间上快了许多，成绩上去了。但少数人事先把背包打好，有点弄虚作假，还是不够过硬，跟军队比差得太远了。提起"打背包"，对我来说不难，上大学前在家就会。我们九大队是大悟县人民武装部民兵训练先进大队，只要是九大队的青年民兵都会打背包。

现在回想起武汉大学，一下子就会想起珞珈山大大小小的山头，因为紧急集合，那些山头我们都在深夜爬过。

05
长途拉练的脚泡与泡脚（1970年）

到了十月份，军代表徐指导员开会说，为了响应伟大领袖毛主席的号召，我们学校也要像军队一样，进行野营拉练，时间暂定一个月。说得快，来得急，记不清是十月初的哪一天，全校师生在露天院听校领导、军代表讲关于拉练重要性的动员报告，要求尽快收拾好洗漱用品，打起背包就出发。

我把换洗衣服和必须要带的东西，放在被子里打起背包。包里放的笔、笔记本、一本很重要的书《钢铁是怎样炼成的》——它能促使我战胜困难，吃饭的搪瓷碗、铁勺，还有必须带的左右肩斜挎的水壶，女生比男生多一样洗脚盆——搪瓷小盆用网兜装着锁在背包后面。

第一天，我们二十三连领头打着鲜艳的红旗，雄赳赳、气昂昂，浩浩荡荡的队伍从武大珞珈山出发，经过街道口、大东门、长江大桥、航空路，从解放大道往江岸奔走，到了江岸停下来，学校担任后勤工作的人员，开着军绿色带篷的大卡车，给我们送来中餐馒头、咸菜，吃完后想喝水就喝自己水壶里的水，喝完了还可以在大卡车上的保温大桶下添加热水。

原地休息片刻后，起身再走就觉得我的双脚都有泡，脚不能落地，落地就痛，又不好意思脱鞋看看，感觉右踝子骨脚腕靠右边凸起来难受。弯下腰翻开袜子看看，果然比正常的要肿，还肿得厉害。右脚骨头没有任何问题，就是在家抗旱车水、踩二步跳，用力不当，扭后没有及时治疗和休息，慢慢地，像灌了气一样，落下病根。

下午坚持走到黄陂的一个村庄，当地农户对我们学生很客气，让我们先做饭。大米、菜、油盐是后勤人员送来的，以小班为单位做饭。我们同寝室年龄最小的姓赵的同学主动报名做饭，听说她母亲去世早，在家经常做饭。她煮的饭符合不同人的要求，不硬也不软，还有锅巴稀饭，很适合我们农村长大的人的口味。每餐学校按时分发，大多数每餐只发一种菜，外加辣咸菜。第一天晚餐发的圆包菜，她在包菜里放了带点辣椒味的咸菜，炒出来很好吃。

吃完晚饭，住户腾出地方，我们清扫场地，同学们都往场地上拖稻草。稻草垫在土地上，再把自己带的垫单铺在稻草上，稻草垫高的一头就是枕头。

刚刚铺好被子，赵同学开始吆喝同学们快来打热水泡脚。这是指导员安排的，晚上每个同学必须用热水泡脚。未泡脚之前，谁也不知谁的脚有泡没泡，谁也没吭声叫痛，泡了脚后才知道男同学、女同学都有打泡的。据不完全统计，听说当时百分之七十的人脚上都有泡。

后来，班长传达拉练中的第一次班长会议精神，徐指导员很谦虚地做了自我批评，说他带兵没经验，第一次、第一天让同学们一天走了九十三里路，而且全走的是城市柏油路，更伤脚，造成大多数同学脚打泡，让同学们吃苦了。会后，徐指导员到每个班、每个同学住的地方看望同学们后，提出凡是脚上有泡的同学，再用热水泡一次，泡后用自己的头发戳破泡，慢慢挤出泡里的液体，晚上好好睡一觉就会好些，还嘱咐千万不要弄掉泡上的皮，皮掉后会更痛。

赵同学赶忙上前向徐指导员说："我很不好意思用住户的柴烧热水。"徐指导员说："学校后勤与住户协商好了，晚上用热水泡脚，这是定了的事。做饭烧柴，夜晚用稻草铺垫睡觉，早上你们要把稻草捆好归还，房屋、院子、厨房打扫干净，才能离开此地。学校还是照样要给住户钱，这事你们就别担心吧！"

我们班四个女生有三个脚打泡。我的脚上大泡边上又加上小泡，泡连泡。分析原因有许多，也许是我偏胖，皮肤里水分大，鞋子不合脚，走路方式不对，加上踝子骨旁肿胀，等等。

有一天走山路，爬陡坡过后，拉练指挥部吹号让大家原地休息十五分钟。休息时，大家都把脚从鞋中腾出来，晾晾舒服下。我也同样把脚从鞋里腾出来，腿向前伸时，被班上姓郝的男同学看见了。他急忙起身过来问我："你的脚怎么肿得这个样子！不能再走了，到后勤去坐汽车。"我小声说："不要声张，没有事,我能克服。"心里暗暗地想如果坐汽车算拉练,当时我就不报名拉练了。

微生物专业即二十三连,有位姓姚的同学因身体不适,请假没有参加拉练,这样的例子是有的。别人不知道,我自己是知道自己的脚有问题。可是校领导和军代表在动员会上说,拉练是培养学生在野战条件下走、吃、住的能力及吃苦耐劳的精神。在拉练中,遇到事儿同学们都能抢着干,可以增强同学们的团结精神。拉练"拉"的是我们的身体,又是对自身素质的检验,"练"的是我们的意志,看坚不坚强。我是共产党员,不能在拉练中当逃兵,决心一天又一天跟着队伍向前走。

在拉练途中,郝同学看见我很吃力,主动从前面倒回到后面来帮我拿挎包和水壶,减轻我背上的重量,感觉轻松了许多。但是,一个共产党员应背的东西被别人帮忙背着,心里总不是滋味,我没有帮助同学减轻重量,反而同学帮我减轻重量。还有同学边走边写快板、说快板,表扬那些吃苦耐劳又肯帮助他人的同学。我深感自己太被动,努力不够。走到黄冈地区的红安、麻城,看到革命烈士纪念碑,同学们怀念烈士们在作战中英勇顽强、不怕流血牺牲的精神。学校组织同学们在烈士纪念碑面前三鞠躬。

我们班党员有三人,班长、李同学和我,班长也是党小组组长。大概拉练拉了二十天左右,班长通知我晚上各班、党小组开生活会,传达指导员的意见。目前学生中有人对拉练有厌倦的思想,表现出疲沓,要找出自己的不足。首先从自我批评开始,才能展开批评。我说一路上班长和李同学比我做得好,处处帮助同学。我的表现从我个人的角度来说,是努力克服困难、不坐后勤的车、坚持到底走回学校,是力争体现共产党员的精神。班长说:"我们都知道,都看在眼里。上级看出同学中有疲沓现象,没有指出哪个班哪个人。"李同学说:"我们班有几人要求进步,积极向党组织靠拢,他们都表现很突出。我们班带头把劲鼓起来!"班长说:"不但把自己班的劲鼓起来,还要带动其他的班。叫郝同学、周同学会写多写,写一路上的好人好事,活跃起来不会显得疲沓。"我们的生活会像拉家常一样,气氛非常融洽。一路上同学们团结互助,同舟共济。

06
参观七里坪林家大塆

过了几天，徐指导员在拉练途中，利用中间的休息时间，在场地宽敞、便于集中的地方，给二十三连的同学们开会，简单几句话，要求同学们把劲鼓起来，以饱满的精神到黄冈七里坪林家大塆参观林彪元帅的家乡。到七里坪后，同学们休整几天。同学们听后高兴地举起手来，表示赞成。

之后的第一天吃完中饭，估计走了十多里路，来到七里坪，印象中七里坪是丘陵地貌。从我们入七里坪路口往七里坪一条冲走去，到处看见全身穿军绿色衣服的军人。这条冲里有大院子、小院子好几处，院子门口还有人站岗放哨。

我们二十三连住进从西边往东走的大院。房子是坐南朝北，进门也是从北边进去，走进院子里我感觉不对劲，此房不按农村的老规矩做。农村做房一般是尽量做到坐北朝南开门，避北风，有阳光。等我住进房后，走出来站在外走廊抬头向上看，前面的青瓦房听说是林家大湾林彪元帅的故居，部队营房比故居低了许多，我才恍然大悟，他们这个院子的军队可能是保护林彪元帅的老宅子的。让拉练的学生在这里休整，看样子战士们腾出地方，费了很大劲，他们挤在一起受憋了，目的是让住进这个院子的学生的吃、住、洗都能在这里。

这天晚餐是部队帮忙做的饭，大米饭用甑蒸，土豆烧肉、炒大白菜、蛋花小葱神仙汤，个个学生都吃得非常高兴。近二十天只是泡脚，无法洗头洗澡，这天校领导、军代表、当地的驻地部队安排我们洗漱。晚饭后分班分批地洗头洗澡，记得每个人进去洗有规定时间，洗完后真正感到一身轻松、神采飘逸。这天晚上睡了个好觉。

第二天，我们精神焕发，整队朝上走，往右手拐。通往林家大湾的马路不宽，是土石沙子路，比我心里想象的马路要差，看上去没怎么修，可能是保持原样而特定的吧。虽叫林家大湾，但远处看湾子不大，走近看湾子也不大。湾子门前有口随湾子地形稍微弯着的水塘，水塘里的水看上去是浑浊的，不清澈，说明水塘里有鱼虾。湾子门前的场地也是土沙子地，高低不平，因我的脚痛，故印象深。

走到大门前，看见的大门是普通人家的大门。大门两边的墙是土坯墙，土坯砖一块一块看得清清楚楚。进到屋里面，中间有个天井院子。院子中的地，不是石条块的，而是小块石头铺的，不平坦。整个房子感觉不是坐北朝南，有点坐西北朝东南。上面正屋有四大间，土坯墙糊了墙面，看着还光亮、平坦。两边的横屋每边各有两间，东边横屋是厨房；有倒厅屋两大间。所有的房屋都是土坯墙、青灰色步瓦（小瓦，手工做的）。西边横屋有手摇纺线车、织布机，上面正屋里有两台看上去有点新的织布机。纺线车、织布机统统都是土式的，跟我母亲纺线织布的机车一模一样。出大门往东边走，上屋后面的小山坡半腰中上有栋房子，有点洋气。朝东南边是大门，进去后厅两侧可能是生活区。厅后向上上两层楼，楼上几间小屋是学生的学习间，站在二层楼上，从窗户外向下看，墙脚下面用的是石头。石头与石头中间不知是不是水泥，我问了当地人，说是洋灰，洋灰又是什么，我不懂。就用这样的东西勾缝，二层楼上面的墙用的是火烧青砖。青砖与青砖之间看上去是白色的，我想大概是石灰和沙子勾的缝儿。就是这个小楼房叫浚新学校，是林氏宗族的私塾学校，也是林彪元帅早期接受革命教育的学校。

参观了林彪元帅的家之后，安排当天下午学生自行酝酿，为第二天上午讨论、谈体会做准备，体会要写成稿子。后来突然又通知，全连在一起讨论发言，改变了习惯性以小班为单位讨论、学习的做法。这种做法一改变，对打算下午睡懒觉的同学有很大的促进，每个人在人多士气旺的情况下可不敢马虎，都在积极地忙着写体会稿子。我的文化基础差，怕在有文化的人面前讲没有文化的话，更不会说些一道又一道文绉绉的东西。谁知，怕什么来什么，不知郑老师怎么七点八点地就点到我了。

先说下郑老师。他戴副近视眼镜，为人非常和蔼，听说他是共产党员，主动和学生们一起拉练锤炼自己，一路上辅导学生，指导学生。在突出政治的那个年代，我对这位老师能严格要求自己的做法是非常敬佩的。

叫我谈体会，在人多的场合，我不会怯场，但我的稿子没有同学的写得好，可我讲得自然，不快不慢，只要能把我所看到的林彪家的旧房屋和浚新学校现存的状况一一说下，加之我是一口大悟土话，能让同学们听得懂，就算尽到自己的努力。如果把看到的上升为理论，可能反而不好了。我在浚新学校门前牌子上看到了介绍林彪家的状况，就重新回顾了下：他的父亲林明卿有六个孩子，家里状况一般。林彪1907年12月出生，八岁时开始打柴、挑水，帮助家里干活。但林明卿很有远见，决定要让孩子们读书。林彪九岁上私塾，在浚新学校学习。林彪非常聪明爱学习，爱到边吃饭边看书，在林家大塆被称作"书呆子"。在读私塾时就受林育南宣传新思想的影响，早期接受了革命教育，于1922年3月考入武昌共进中学，那时林彪十五岁，从此后离开家参加学习闹革命，跟随毛主席打天下。他多次指挥战争，打胜仗，立下赫赫战功。中华人民共和国成立后，他是新中国十大元帅之一。

那时，我们对林彪是多么敬佩和崇拜。我们在七里坪休整，共花了整整两天的时间参观、学习，请当地当时参加革命的和参加革命后退休回到家乡支持家乡建设的老红军做报告，受革命教育，知道新中国来之不易，是无数先烈用鲜血换来的。

第四天，从七里坪，一支又一支队伍朝黄冈挺进。

07
坐渡船过长江回学校

到了黄冈,我第一次上渡船、过长江。大家背着背包,在江边,一个紧跟一个上船,一排排、一行行地站在过渡船上,眼看着长江的水面一望无际,滚滚长江向东流。生长在山区的我,心里紧张,当长江水浪打浪渡船稍有点起伏时,心里就发慌,恐惧水。看阵势,个个肩上背着背包,一声不吭很严肃,真有点像电影《渡江侦察记》的场面。

到了鄂州江边,下船看到江坡上岸处有许多当地人,提着大篮子小篓子,装着各种各样大小不等的鱼虾,吆喝着下船的人买鱼。我没看到鱼市上有人管理,好像能自由地买卖,比我们老家进步。20世纪70年代,市场是计划的市场,管理严格,允许卖的东西要在指定集贸市场上,先交税,以及服务管理人员提取手续费后,才能进行买卖。那时,我发现鄂州市场管理灵活,我的老家山区越穷越管得死。

到了鄂州,我们住进雷锋招待所,出招待所就看见斜对门是鄂州法院的大门。人本来很多,但是不知其他同学住在什么地方。晚上以连为单位召开党员大会,要求党员在最后回校时起模范带头作用。现在回想起来,那是当时的政治口号,要求党员以战斗的姿态,以革命的精神回到学校。

第二天,从鄂州出发,不知走了多少里路,大概是下午三点,浩浩荡荡的队伍迈着矫健的步伐进入学校。从学校大门开始,两边排了很长的队伍,热烈欢迎拉练的全体人员凯旋。

拉练回校休整不久,为了响应毛主席"深挖洞,广积粮"的号召,我们又参加武昌火车站的进出口广场地下防空洞的挖掘工作，大概用了二十多天的时间。挖防空洞，不是我们一个院系去挖，是全校各院系轮流去挖。我们学生的主要任务是把土石上到车上，有车会把土石运走。中午学校负责后勤的师傅给我们送来热腾腾的饭菜和茶水。挖防空洞是用力较多的劳动，中午正餐好像菜中总会有肉。可能我天生胖，喜欢吃肉，上大学吃的肉比在农村家里吃的肉要多多了。学校几乎每天要么中餐要么晚餐，菜中总能打到一两块、三四块肉。特别是对经过三年困难时期、饿过肚子的人来说，有肉吃的日子就是好日子，并且还记得清楚。

　　这些锻炼，增强了体质，磨炼了意志，增长了知识，开阔了眼界，我们学到了在课堂上学不到的知识。那时不说是军训，其实就是现在大学生入校的军训。

08
"吃不饱"和"吃不了"

在学习中，各个院系的工农兵学员在学习上，首先遇到的是文化不齐的问题。

学员中有1966年高中毕业的，我们习惯叫"老高中生"。有1966年刚入校的高中生，还没怎么上课学习就遇到十年动乱的学生，叫"高中生"。初中生中也有高中生这样的情况，既有1966年毕业的初中生，也有1966年小学升初中的初中生，进了初中门，没来得及学初中的课，实际上还是小学文化程度。有的就是小学毕业连初中的门都没进的，还有老中专生毕业后已经参加正式工作的，还有中专生待分配的。二是遇到年龄差距大的问题，小的十七八岁，大的近四十岁。有的人家里上有年迈的老人，下有老婆孩子，家庭负担大，个人思想压力大，这样的学员一般有正式工作，是带薪上大学的。三是来自不同行业、知识面不同，接受能力也有快有慢。这是我们1970届第一批工农兵学员文化程度不同的几种情况。

就拿我们班来说吧，五男四女共九人（小班），两名中专毕业生参加工作后被推荐上大学，三名高中文凭，两名初中文凭，我是小学文凭。班长是共产党员，有工作、带薪金上大学，是三个孩子的爸爸，可能快四十岁了，从学习讨论的发言来看，他也有许多不懂的，还重复问问题，感觉是初中文化。

同学们文化基础有高有低。文化高的同学上课回来后很轻松，无事可干到操场上参加打篮球、羽毛球、踢足球等活动。文化基础差的同学仍然在想老师讲的课，这里不会那里不懂，特别是年纪大、家里有负担、文化低的同学显得更困难。

我们第一批工农兵学员入学确实没有进行文化测试，真是为难老师，不好上课，每位老师都得在原讲义的基础上自编适合工农兵学员的讲义。每天下午，以班为讨论小组，讨论老师编写的新讲义，人少，尽量让学员都能充分发言。老师也亲自参加讨论，老师要求每位学员都要认真做好讨论记录，老师通过看记录的情况、讨论中发言的情况，谁没有发言，发言时说对了没有，以便掌握学员现有的文化知识水平。如果讨论不认真、学习又搞不懂，是提不出问题和修改意见的。老师虽然没有上讲台讲课，但是讨论也是面对面地在上课，也是相互学习的过程。老师掌握情况后，又调整讲义的内容，修改后试讲，试讲后又修改。学员文化不齐的问题，造成上课的讲义改了又改，还是不能满足大多数同学的需求，就形成了"吃不饱"和"吃不了"的真实现象。

再后来，按照现在人的说法，老师在"与时俱进"，上课采取了各种办法。

对"吃不饱"的学生，安排当小老师，先在自己的小班里领先发言，谈认识、谈体会，要求他们积极辅导班上"吃不了"的同学；"吃不饱"的学生还可以请假到图书馆学习更深点的知识。那时组织纪律非常严格，离开班上的集体活动，去图书馆也要报告。

对"吃不了"的同学，老师也有要求，学生认真复习，做好笔记，不懂的一条一条记录下来，由助教老师来单独辅导，还可以问"吃不饱"的同学，提出"互帮互学、共同前进"的口号。考试方法采取上完一门课就考一门课，开卷考试，不准相互抄写，可以向老师问问题。我能回想起的考试，与平时上课相比，似乎只不过是换了一种问法，略加思考都能找到答案。成绩分优秀、良好、及格，但从来没有公布成绩。

给我印象最深的是，每次考试完后，微生物系李主任、易老师、郑老师都会一起来寝室，走一走了解情况，听意见，看学生的学习状况怎样。同学们一致认为李主任是当之无愧的好主任。郑老师是一名共产党员，同学们都叫他党员老师，他处处带头，还代表老师与学员一起参加拉练一个月。

09
误打误撞通过去留测试

学习中"吃不了"的学生，对学习的理解和掌握要差些。我属于"吃不了"的学生。

有一天，工人代表师傅在我们微生物专业叫了五人，两男三女，我们班就只有我。其他班有位从郧阳来的王同学，汉川来的李同学，应山县广水镇来的邵同学。邵同学年龄比我大，估计三十出头，结婚有孩子，因我说话口音跟她接近，所以印象深刻。其他同学的模样还在脑海里，就是想不起叫什么名。二十四连是生物系的另一个专业，也来了几名学生。印象深的是姓熊的男同学，他可能四十出头。为什么印象深呢？因为他很朴素，穿的衣服就像在农田干活的衣服，不一样的是衣服干净没泥土，还有一个明显特征是偏黑，他已经秃顶了，前额上光光的。

有近十名同学从樱花大道朝北走，到微生物专业教学楼，进去的第一间教室里有易老师、大王女老师（与另一位小王老师区分）和工人代表师傅。首先是座谈，问我们学习上的困难，对老师有什么建议或要求，都可以用文字写出来。我大概是这样写的："来到微生物专业，通过基础学习，从不知道什么是微生物，到对微生物的形态、结构、分类、生长、繁殖、遗传和变异有了文字上的认识，听说还有许多课要学。一句话，老师在开课时就讲了，学习微生物这门课程的目的，是为了利用、控制和改造微生物，使它为人类造福。我前面学的基础课，只要能及格我就满意了，以后会更加努力，学好这门课，为人类造福做贡献。"

写完就交，交时易老师顺便给我一张纸条，上面有两排化学元素符号，可能有二十多个，要我们认一认这些符号代表什么意思。因我以前喜欢有事无事就翻翻《新华字典》，字典后面的元素周期表也是常常看的。这纸条上有"H"，这是元素周期表上位于第一位的元素，很醒目，自然认得是"氢"的符号；硫酸铜的符号"Cu"也认识，因在农村浸泡早稻种子要用硫酸铜化成溶液，浸泡杀菌消毒；铁的"Fe"符号到处都有；"Pb"这个符号，有的铅笔笔头上有这个符号，而铅这个符号很有意思，一个"p"在上，一个"b"朝下，两个合起来"pb"代表铅。我可能认对了三分之一的化学元素符号，并且在符号下填写了中文字。

没过几天，党员郑老师看见我，直接叫我的名字："王芝兰，你们家乡小学学化学吗？"

我不知他什么意思，没法回答，只是看着他笑笑。

他又说第二句话："很多地方初中才开始学化学。"他说的最后一句话是"你的字写得不错咧！"

郑老师说了三句话，我一句也没办法回答，就只是面带笑容。郑老师向前走了两步，又扭转头，向我挥挥手就走了。

估计过了一个月，易老师开始跟给我们上生物化学课，重点讲三羧酸循环、体内物质代谢的共同途径。课间休息，我主动问："我们专业从郧阳来的王同学、汉川来的李同学、广水来的邵同学怎么没来呢？"易老师说："分了班，他们到短训班学习，这学期结束就要回去了。"我听后，恍然大悟，原来上次组织我们座谈征求意见，是在考察我们这些"吃不了"的学员，要是真的跟不上就分班学习。看来我误打误撞被留下来了。我不知道我自己是半斤还是八两，从此后要更加加倍努力地学习。

10
从实验室到校办工厂

分班,我的理解是学校一面按照上级的指示精神办事,一面根据学员的接受能力,采取了知行合一、学以致用的方法,推着文化不齐的学员共同前进。把理论和实践结合起来,用理论指导行动,由浅入深地达到熟能生巧、能认识能理解的目的。

比如说,我是学微生物的,在学这个专业之前,什么是微生物,我是不知道的。我学这个专业,首先必须知道微生物是个什么东西。从理论上说,老师在讲义上已明确地告诉我们,微生物是一切用肉眼看不见或看不清楚的微小生物,还可以展开说,它们是一些个体微小、构造简单的低等生物,它的特征可以归纳为三十个字,即"体积小、面积大、吸取多、转化快、生长旺、繁殖快、适应强、变异频、分布广、种类多"。这是一种说法。还有另一种说法,在上面的说法里,把真菌的蘑菇、灵芝等都列为微生物一类的,除了隔三岔五吃的蘑菇看得见,知道是怎么回事,其他的说不清。以上说了这么多微生物,到底是啥样子呢?说来说去,还是说不好。

我们首先去实验室。我看到好多显微镜、干燥箱、烘箱、保温箱,冰箱据说是进口的,还有消毒柜、消毒锅、做实验用的摇床、小小的培养皿、吸管、三角杯,感到实验室里面很神秘。

到了动物标本室,看见各种各样的鸟、蛇,就像活的、有生命一样,很逼真,活灵活现。看到这些,我就像红楼梦中的刘姥姥进了大观园一样,觉得处处都稀奇,越看越要学习。学习中遇到不懂的,就向老师反复提问题。

老师为了让我们弄懂，能自己找到自己提出问题的答案，就采取把我们带到校办工厂的办法，在实践中找答案来解决问题。第一步，在校办工厂试验室里，用取样针环在火焰上消毒灭菌；第二步，在已经消毒灭菌的玻璃平板上涂上无菌蒸馏水；第三步，是用无菌取样针环在已培养好细菌的培养皿中，取出少许菌；第四步，把取出的菌均匀涂在准备好的玻璃平板上；第五步，将玻璃平板轻轻放在显微镜下，观察里面的细菌，芽孢杆菌有的还在动。看到了，实践了，一目了然，这就是微生物。

我说的这些做法，是我们几十年前的事，现不知是如何操作的。到了实验室，在别人眼里，我跟同学们一样学习，可我自己觉得很费劲，压力真大。上课时不能有一点马虎，认真听做好笔记，"吃不饱"的同学只是在讲义上画条线，表明是重点就行了，可我还得问助教。到了实验室，点点滴滴我都抄写和记录下来，回到寝室看记录，这对我的学习有很大的帮助和提高。

在学习理论和实践中，老师经常告诉我们，学到的东西要不断地去揣摩，真正地理解其含义。比如，在实验中采取的是什么方法，要求注意些什么事项，然后是如何按照理论的要求，在实践的过程中应用到实际工作中去。老师根据不同学员的实际情况，不能按照书本上的内容原封不动地讲给学生听，要把学到的理论知识与生产第一线紧密结合。

老师把我们带到汉口抗菌素厂学习青霉素、土霉素、四环素的发酵生产，从培养菌种开始，发酵生产到成品，学习全套生产工艺流程。接着，我们又到武汉味精厂、武汉饴糖厂、武汉青虫菌厂，在武汉青虫菌厂学习的时间最长。

11
青虫菌的杀虫效果

我生在农村,长在农村,学习中与农村有联系的事印象就深。

在青虫菌厂,从学习青虫菌的生产到实际去运用时,我就看到了青虫菌的用途,也有些问题当时没弄明白,后来因为突然通知毕业,也没来得及向老师请教。此事一搁,就搁了几十年。现在退休后,回想那时学习的事,感觉有点好玩。我就说说青虫菌的故事,也算我没白学吧!

先从青虫菌说起。书本上第一种说法:青虫菌属好气性细菌。其杀虫作用与杀螟杆菌、苏云金杆菌比较相似,但青虫菌的伴孢晶体比杀螟杆菌要小,对不同害虫的毒性也稍有差异,杀虫速度较慢。菜青虫取食后,隔一天才能死亡。残效期七到十天,对人、畜、作物、蜜蜂无毒害,很安全。第二种说法:青虫菌属于苏云金杆菌的变种,这一类杀虫细菌对人、畜、作物、水生作物无毒性,有较好的稳定性。可与其他农药混用,但不能与杀菌剂或内吸性有机磷杀虫剂混用。该菌对一百多种昆虫,特别是鳞翅目的昆虫有不同程度的致病和毒杀作用。当害虫吃了这类杀虫细菌后,很快会停止取食,神经麻痹,虫体软化,腐烂发臭死亡。

当时的青虫菌厂在汉口古田三路尾端,在武汉氨厂附近,现在这些地方全被改造了,看不到当年的景地。那时我在青虫菌厂实习的时候,大多数时间在菌种组,工厂菌种组负责带我们学生的是张师傅。他身材不高,戴一副近视眼镜,脸上有络腮胡须,说话很幽默,自己不笑让别人哈哈大笑,但是做事不麻利,我们在外面隔着窗户,看他在无菌室操作有点"慢腾"。这个"慢腾"对我们刚学习的同学很有好处——能看得清楚仔细。"慢腾"的人，脾气很好，不生气，总是笑脸对学生。菌种组的工作，从头到尾，他都毫不保留地告诉学生怎么做——从进第一道无菌间换工作服开始，到操作完整的全套程序都告诉学生们。他对学生们好，学生们对他也亲近，见面就说张师傅好。可他要笑又不笑地说："这下好了，我从'臭老九'变成'工人师傅'。"话落音后，同学们都明白他说话的意思，原来他是大学毕业分配到青虫菌厂工作的。同学们一点也没看出他是大学生，他穿戴艰苦朴素，平时走起路来不慌不忙的。

有一天，看他从发酵车间急促地走过来，手里握着一个三角瓶，脸上自带笑，很爽的样子，知道张师傅心中有喜事。走进无菌室开始工作，同学们不敢向他问话，一直用双眼看着他操作。他从发酵罐取样过来，忙着涂片放在显微镜下，观察发酵四十八小时的青虫菌的生长情况，越看越自带微笑。我们知道应该是菌长得非常好。这时，张师傅快速取下他那近视眼镜，很淡定地叫同学们："你们都来显微镜下看看这次与前面几次发酵取样观看到的有什么不同。"同学们争先恐后忙着去看，一看，的确和以往不一样，不用计数法计数多少，从显微镜下就可以看出菌生长快、菌数多、菌体大小均匀整齐。

张师傅说："这就是你们的芦老师送来的菌种。"芦老师叫什么名字，我不记得了，只记得他爱人姓黄。同学们听后非常高兴，知道学校实验室筛选出来的菌种，能用到工厂扩大生产。那么，生产出来的产品杀虫效果又怎么样？

张师傅趁晴朗天气，把同学们带着从舵落口上堤，往东北方向走，这堤坝有点弧形，是弯着的。从舵落口上堤算起，可能有三里路，顺右手边从堤上下去，有一大块地，种的是包菜，不是卷心菜。这两种菜我认识，能区别开来。包菜外边的叶子较厚，感觉很老，不能炒着吃，外边的叶子上有白白的一层青色，像浮在上面一样。随着一层又一层地生长，叶子包裹得很紧实，层数很多，这就是包菜的特征。

这块地种的包菜不怎么样，比较懒散，大块地中间不起小沟，还有多处低凹不平，有渍水现象，四周没有菜园埂。土地比较肥沃，土块一坨一坨，没有打散就栽上包菜苗。包菜苗有大有小，生长不匀，有的外边的厚叶子长出四到六片，中间的小嫩叶开始向中间卷，证明这菜开始一层一层包卷了。

张师傅弯着腰在菜地中间来回走,来回细细观看包菜的长势和各种不同的虫。张师傅问同学们:"你们看到菜地里的虫是些什么样的虫?能不能认出来?"同学们看到每种虫,总有不同的看法,只好请张师傅确认是或不是,同学们才不争议了。

第一种菜粉蝶,书本上说幼虫时就是我们经常说的菜青虫,最初孵化时是灰黄色,后来又变成青绿色,体型圆筒筒的,中段有的较肥大。不知怎么回事,有的虫看上去中段肥大不明显,背部有不明显的淡黄色线条,体上有细小黑点、看得清又看不清的横皱纹。张师傅要我们学生记住,菜青虫属完全变态发育,分四个阶段,卵—幼虫—蛹—成虫,之所以称菜粉蝶,是因为它有飞蝶样的翅膀。它特别喜欢吃厚叶片菜,所以包菜上的菜青虫比其他的虫多。

第二种洋辣子虫,同学们在菜园边上发现这种虫,全身长满小刺,人不能碰它,一旦人碰上了它,皮肤辣,还伴随痒痛,难以忍受。

第三种是青虫。个头不大,青虫头和身子差不多粗细,但头部两边各有一个黑点,可能就是它的眼睛,看上去绿绿的,好看,皮肤较厚。

第四种我们习惯叫肉虫,体上有红、白不同颜色的小点,学名叫彩蛋,是鳞翅目蚕蛾科一类的。

第五种,这种虫同学们有争议。大多数同意叫吊丝虫,皮肤明显比青虫薄,比豆虫、青虫的个体瘦小,明显不同的是向前爬一下,后面一半向中间收起弓着,然后又是这样爬,爬得慢,是吊丝虫属鳞翅目荣蛾科的一种昆虫。

张师傅说:"这次做毒性实验的菌粉是你们芦老师送来的菌种生产的菌粉。试验毒性有两种方法:一种是撒粉,常用的剂量,每亩地按五十克菌粉计,酌情掌握加多少细土,还可以加除虫菊酯类的,能使作用增效,混合均匀施用。另一种办法是喷雾,先装水后放五十克菌粉,晃动摇均匀、喷雾,每克菌粉含一百亿活芽孢子。两种办法活芽孢数是一样的,由同学们选择用哪一种办法,选择好了要说出选择的理由。"同学们讨论后大多数同意用喷雾的办法。因为,撒粉是菌粉与土混合,就算精心撒到菜叶上,土还是会落到地上,就减弱了菌粉的作用。而喷雾可以直接喷在每株菜叶上,各种虫攻击的是菜叶,绝大多数的虫在菜叶上,吃了菜叶会中毒死亡,大大提高菌粉的毒效作用。张师傅听了同学们的意见，决定用喷雾法杀虫。十月底武汉的天气，在大太阳下最高温度有二十四、五摄氏度，我们按照要求丈量了包菜地，计算用多少菌粉喷雾。

做完试验后，张师傅带我们到菜地南边四周有围墙的一个单位。走进大院，里面有人出来迎接，这时张师傅告诉我们，微生物专业的易、芦二位老师早就和他联系过，在他们种的包菜地里做试验，中午在这里吃中饭，这个单位原是部队的，后交给武汉市管，是个通讯连。单位对我们学生很好，用瓷碗蒸大米饭，每人一份，外加一份蒸鸡蛋，还有土豆烧五花肉，同学们吃得很高兴。饭后在这院子里，有的同学打乒乓球，有的打篮球，有的在餐厅坐着看书。

下午不到四点，张师傅告诉魏班长，把学生集合起来到包菜地里看看试验的结果。他独自一人要紧不慢地往包菜地里走去。班长把所有学生召集到一起，正准备离开通讯连，想起要到办公室打声招呼。

等我们到包菜地时，看到张师傅一会儿站起来，一会儿又跪下去，一会儿戴着近视眼镜看，一会儿又把眼镜取下来这样看那样看。看到张师傅的样子，我们也不知他是什么心情。我向前走了几步，也跪下去看包菜地里害虫的变化。一看我就突然大叫起来："天啦！这虫像都死了呢！"这跟书本说的不一样。第一种说法，菜青虫取食后，隔一天才能死亡。这次喷雾前后时间全算上也不超过五个小时，虫子怎么都死了呢？我用树棍翻翻倒地的虫，个别虫还能微微动，不会又活过来吧？第二种说法，是鳞翅目的昆虫吃了喷雾毒粉的食物后，很快会神经麻痹到死亡。青虫菌对菜青虫的毒害为什么又这样快？那时我认为是个疑点，现在看来只是个疑点，一次试验不能说明试验的真实性，需要经过多次试验来证明试验的结果，需要不断学习新的知识来解决新的问题。

12
"中王老师"帮我治高血压

1971年底到1972年，学校几次号召学生无偿献血，共产党员要带头报名献血。我积极报名，到学校医院，第一项称体重，够了；第二项量血压，我的舒张压（俗称低压）为90毫米汞柱，收缩压（俗称高压）为130毫米汞柱，医生决定不要我献血。又过了几个月，准备第二次献血，又遇到同样的问题。后来工人代表师傅干脆不要我再去了。

我的血压偏高，确实是精神压力大而受影响的。微生物专业有三位女性王老师，为了好区别，学生们都叫年龄长点的为"大王老师"，年龄略小的为"中王老师"，还有一位"小王老师"，是刚留校任教的，就是我入校时见的那个王老师。"中王老师"是学习毛主席著作的积极分子，我们入校时听过她的报告，后来，我和她一块儿参加省里学习毛主席著作积极分子大会。

"中王老师"是河南人，她爱人参加过珍宝岛战役，一直在部队；"中王老师"一个人带着儿子东东。有次东东生病在街道口陆军医院住院，"中王老师"在上课，实在脱不开身，叫我帮她去医院看下东东。我见东东时，他大概只有三四岁。"中王老师"得知我的血压偏高，送给我一个带盖子的大搪瓷杯子，还有带蔸儿的芹菜，叫我把芹菜洗净后揪成小团，放在杯子里，用开水冲，泡水喝，一个月后到校医院量量血压，看有没有变化。后来她又给我带了一大包罗布麻叶子，说用同样的方法泡水喝。她叮嘱我，如果血压没有上升，稳中有降，就一直喝这两种水，外加多运动锻炼。她说我很年轻，千万不要早早用上降压药。

  我听老师的话,坚持喝此水,毕业时我的低压在70~80毫米汞柱之间,高压在110~120毫米汞柱之间。我遇到好老师,受益了,忘不了这位"中王老师"。我们师生的友情就是这样建立的。

13
大学毕业难忘乡音之缘

我们班上有位特别"吃不饱"的周同学,他是湖北荆州公安县人,中专毕业已工作后来上大学的。人个子不很高,不胖也不瘦,看上去很结实,说话幽默有趣,人很活跃又能干,钢笔字、毛笔字都写得好,还会画画。因他学习成绩好,属于"吃不饱"的学生,多的就是时间,除了到图书馆看书学习,每期出宣传栏都由他去办,他会用不同画面把先进的人和事一一表现出来。他各种球类都会玩,篮球打得尤其好,生物系以他为主力的球队经常与其他院系举行比赛,还与校篮球专业队比赛,为院系和班级增光添彩。在学习上不傲慢,主动帮助"吃不了"的同学,告诉我们每一课文字上的哪一段哪一句是要重点掌握记住的。我们按他说的做,记住的重点大都是要考试的内容。他在学习上很轻松,不费什么劲,但只要有时间学习,还是抓得很紧,会去图书馆看书学习。

他去图书馆能发现不少新鲜事,就回来告诉我们这些"吃不了"、只能在寝室看老师讲义的同学。一次,他告诉我们,学校从1966年开始,很少有外宾来学校,现如今学校有了学生,陆续有外宾来学校,不管从哪里来的外宾都会去老图书馆参观。他在图书馆亲眼看到外语系满头银发的女老师当翻译,旁边陪同的是当时李副总理的小女儿,说她外语也说得很好,声音好听,穿一套军绿色军装,没戴军帽,衣服领上也没有领章,人长得可秀气了,皮肤白嫩。虽然我不认识她,但听这个名字就记住这个人了。

外语系的学生住在樱花楼最靠西边,也就是大家熟悉的老图书馆的西下边,离老体育馆最近。有一天下午四五点钟,魏班长通知我们去帮食堂工人师傅从汽车上下散煤。这个食堂大，生物系、数学系、外语系三个系的学生都在这个食堂用餐，用煤量大，需要学生帮忙。我们也没有固定合适的工具，每次都是拿着自己的脸盆，一盆又一盆端进食堂的炉子边堆放。

那天，我们把煤下完，洗手洗盆，收拾完后去吃饭就不是正点了。我打完饭往回走，跟班上同寝室的赵同学一起走，两人不停地相互说话。我一口山区大悟话，说话音量脱离不了在农村隔着田坎喊的大声讲话的习惯。这时在我们前面的一个女孩端着饭碗边走边吃，突然好奇回头看我们，双方站住，面对面相互对着脸，大家都笑嘻嘻的。大家顺着向东走了几步，那女孩叫我们俩到她寝室里去玩，我们俩驻足站着说："好吧。"于是我们跟着她下了几步阶梯，向东走进樱花楼最西头的外语系宿舍。

走过几个门，用手一推门就开了。那时候，我们的寝室平时都没有上锁。走进寝室，也和我们寝室一样是上下铺，不同的是她有一双白底红色的拖鞋。到寝室后，可能是生活习惯的缘故，或者是不想穿她那双军用球鞋，球鞋是有点烧脚的。她脱下军用球鞋，准备换上拖鞋。刚脱下球鞋，脚上的尼龙袜子可能有气味，我们还没闻到什么，她自己可能闻到了就顺手把有气味的袜子拉扯掉，往床下面一扔，并且用自己的右手从鼻子右边往左边晃摇几下，鼻子和嘴巴向上一嘟，做出怪样来。她很快赤脚在地下走几步去穿拖鞋。看她那活泼可爱的样子，我们三人又一次笑了，还哈哈大笑起来。

寝室里的桌子都是一样的，四人一间，共有两张桌子，短边并拢，长的一边可以并排坐两人，都和对面的人共用一张桌子，设计很科学吧。她是进门的下铺，桌子就在门口，本来房间小，我和赵同学站着，不好意思坐她的床。

后来，她同寝室的一名女生进来，因我们不是一个院系，也都互不认识，怕影响那位同学休息，我们正准备出门离开时，她把她桌子边用夹子夹着没用完的餐票拿给我。她硬是要给，我就是不要。我心里想，老父亲说过，人要有好的习惯，不能随便收或主动要别人的东西。

这时，她看我不肯收的样子，就开始说她的姓名，她说听到我讲话是鄂北山区的声音，跟她爸讲话的声音很有点相似，感到好奇。她指着我和她自己，说"我们是老乡啊"。她还说，她爸经常给她讲，鄂豫皖根据地的山区人民生活很困难。她手抓着一把餐票，又往我的兜里塞，我还是不肯收。这时，她同寝室的那位女生说："收着吧，不收小林可能不高兴的。"听后，我只好收下。

我把她给的餐票交给生活委员，退了三元多钱。当时三元多钱可值钱！能做一件大事。我用这钱买了一床红白格子垫单，垫上用了，很高兴。后来，魏班长在班上开党员生活会，说班上彭同学没有垫单用，我才得知彭同学的情况。彭同学是湖北恩施来凤县土家族人，家里很困难。我没有怎么想，就把我母亲自织的土布蓝条白底子垫单送给了他。

当时，我认为我对这件事处理得不错。一是我接受了李同学的一种关心和对山区人民的爱；二是我在她的关心下，又去关心他人。

可是后来我仔细想想，心里觉得不踏实。李同学关心同学的行动带动了我，而我要是早点了解彭同学的情况，就应该不用新买的红白格子垫单，而是送给彭同学，甚至应该把餐票退的钱直接送给彭同学，让他自己购买才是正确的。不踏实的是，我自己把土布垫单换下，换上新的洋气的洋布垫单，把土布垫单送给彭同学。虽然说，这里面的详细情况，别人不知道，可是我自己知道。几十年过去了，我内心确实觉得这件事处理得不够妥当。

再后来，因我经常到汉口工厂去实践，会偶尔见到李同学，就相互笑笑打招呼。

1973年12月，学校突然通知我们要毕业，非常急，要在一两周内办完离校手续，学期三年零四个月，没有达到四年，以大专的身份毕业。那时，我很想见见李同学，告诉她，首届工农兵学员毕业了，工农兵学员虽然有文化不齐的事实，可是他们有如饥似渴的学习精神，学生中党、团员占多数，定能不负培养做出贡献。可是离开学校太匆忙，没有见到她。这段乡音乡缘的故事，我一直记在心里。

Chapter ④

第四辑
工作时期

01
参加筹建微生物工厂

1973年12月22日,我们首届工农兵学员毕业了,当时的分配原则是哪来哪去、学以致用、对口分配。当时孝感地区新筹建微生物工厂,我们一起有四名同学(二男二女)被分配到孝感科委战线,科委再把四名同学分两名到微生物站,两名到微生物工厂。我本意想回家乡治山治水,这样就再也没有回大悟老家工作,这可能是我这辈子最大的遗憾了。

在当时,"建工厂"是新之又新、从来没见过的事,我就看着微生物工厂从无到有,又从有到无。

当时微生物工厂的地点在孝感城站路的中段,就是位于孝感北边的火车站到南边的老城区去的那条马路的中段,离城中心北门口还有四里路,前后左右全是农田。工厂附近的孝感农村大队恰好也有老家大悟的"三里"两个字,叫"三里棚三里大队"。

工厂征用的就是靠马路西边三里棚三里大队的两块土地。一块大概五亩,是微生物工厂的生活用地,这块地征用后没有做围墙,与村子相通,村民把地闲着,没有在里面种什么,但是村子里的猪、鸡都跑进去闹腾。另一块大土地有近二十亩,是微生物工厂和微生物站共同的征用土地,这大块地四周用火烧红砖做了围墙,朝马路边的路口做了两个墩子,很明显是工厂开的大门。

大门的门是用边角料木板横七竖八随便乱钉的,每天早晚,门卫师傅用双手也推不动的两扇厚重的大门,需要有人帮忙一起来推、拉才能打开和关上。因是筹建期,临时将就着用。大门里面靠东北边的中间做了两间小房是门卫房,工厂请了一位退休工人师傅看守大门。在这两间小房的正南边，搭建简易的棚子，临时供来厂人员和工厂上班人员停放自行车，也是门卫师傅为大家烧开水的地方。

顺着往东的围墙前面做了一栋坐北朝南的十间平房。这平房是微生物站新建的，是微生物站的实验室和办公室。因微生物站人员编制少，不可能单独征地筹备建房，上级考虑放在微生物工厂里合建。一个是站，一个是工厂，是两个平级单位。

工厂建成后，工厂负责工厂的生产，站负责全地区各县的微生物站的行政管理和微生物的发展工作。计量所也放在微生物站，属微生物站领导管理。微生物工厂和微生物站统属孝感地区科委管，是科委的二级单位。到微生物站的同学有现成的住房，到微生物工厂的同学没有住房，住在厂里搭的工棚里。工厂负责基建的副厂长考虑我是女孩子，就向上级科委政工科汇报，建议把我安排与微生物站的那位女同学一起，共住一间房，就是说借微生物站的房子住。

工厂没有正式大开工，副厂长安排临时请来的木工师傅钉了两张木板床，一张给我，一张给到厂里的男同学。住的问题总算解决了，我们单身没成家的人，一日三餐吃饭的问题又来了。还是那位副厂长出面，与邻近的工厂电力修造厂联系，征得他们支持，同意我们在电力修造厂搭伙。从此，不论天阴下雨、刮风下雪、烈日高照，一日三餐按他们工厂的作息时间，拿着碗筷，像赶集似的，走着过马路去打饭吃。马路就是"马"路，常常有马车拖煤而过。

寒冬腊月的天气，劳动了一天需要热水洗洗，需要提前与门卫老师傅打声招呼。他早上开始生煤炉子时，一手提着炉子，一手拿着蒲扇，到墙边引着柴火，不停地扇，加大火力，以便多烧些开水供应给做工人员喝水。中午让做工人员热自带的饭菜，到了晚上特意不封炉子，给我们准备热水，方便了大家，辛苦了他自己。真诚感谢这位胡师傅的关心和照顾。

02
与生产队协商建厕所

还有一个最麻烦的问题,我们去工厂时还没来得及修男、女厕所,需要上厕所就到附近村子里的村民简易厕所里方便。为了不出羞,进去时在简易厕所门外放一根木棍横着,别人一看就知道里面有人在解手。

工厂的工作人员,如负责图纸设计的、工程建设的、从事微生物专业生产的,以及采购、行政工作等人员都在城里老工业局办公楼办公,所以工地有没有厕所不是突出问题。等我们来后,工厂陆续有这样和那样的人来厂,因找不到厕所,就在砖垛子里或犄角旮旯里方便方便。此问题已到了非解决不可的时候了。

我和另一同学一起去找管基建的副厂长,反映修建男、女厕所是当务之急的事并提出建议,生产区和生活区的厕所同时修建,以工厂的围墙为界,粪便池放在围墙外,方便三里大队村民的集体用肥,这样工厂内也卫生干净些。副厂长安排我们去联系生产队,说明将粪便池直接放到生产队里的想法。

我和同学一起找到叫"大狗"的生产队长,说明工厂的意见,"大狗"生产队长立马同意,还说得仔细。将生产区的厕所做在西北角,远离村子和村里的水塘;生活区的厕所放在我们征地的东南角,离生产队村子远点,离田地近点。"大狗"队长反转过来倒谢谢我们,说在未做之前能征求他们的意见,太好了,少发生争执。我们很高兴,这个提议得到生产队的同意,脸上都露出笑容,心里舒了一口长气。

来之前,我们以为生产队很难说话,假设他们提出条件,我们年轻又不能当场表态，那怎么办？这建议是我们提的，又安排我们来谈，所以思想上的确有压力，没想到这事这么顺利就解决了。

副厂长向厂长汇报了此事，城里办公室的同志们有点不相信，原因是厕所粪池占用了生产队的土地，生产队怎么会轻而易举同意我们的意见？在这之前，一批从外地运来的两车木料，临时堆放在路边空地上，可能没跟生产队打招呼，生产队的人看见很不舒服，故意将牛放在工厂大门拉屎撒尿，堵住工厂人员不能进出，经过反复做工作才停息。

现在去找生产队占用他们的土地做粪池，大家都觉得"不可能"。

我觉得是"可能"的，也许是因为我做过大队长，知道生产队的喜好。但是，这种"不可能"的声音提醒了我，要赶快写上协议书，肥料归生产队使用，工厂粪池用地也是生产队的，双方无争议，同意按谈好的意见执行。生产队"大狗"队长签了字；工厂这一方是我和同学一起签的字，在年月日上还盖上工厂筹建办公室的公章。不相信也得相信，就是办妥了。

03
白天清物资，晚上守物料

我们的工作是每天在工地，和一名实物保管郑师傅一起帮忙看收从不同地方运来的各种建筑材料，钢材有线钢、螺纹钢、三角钢、钢板等，水泥有普通水泥，也有新华好水泥，登记标号和到货包数。木材有云南和东北等地的，这些都是靠国家计划调拨过来的，不能马虎，样样要弄得一清二楚。还有汽车运来的火烧砖，虽然说不是国家计划调拨的物资，但很麻烦，从汽车上下到地面上是请三里大队的村民，堆码法是横五块直五块，一层为二十块砖，一垛子砖为两百块，堆好直接数垛数就行了；还要处理毛驴板车拖来的砖。我们得合理安排好场地，又是汽车，又是毛驴板车。俗话说，又是龙灯又是会呀！有时真的忙得不可开交。

堆码完后的数据与运来的数据经常不符。我们是按实际收到的数据登记、签收的。可是，工厂里有个别人向着送砖方说话，胳膊肘向外拐，说我们糊涂弄不清数字。我内心很不理解说这样话的人。

到了晚上，这个大院子里除了四个角落有高高的大照明灯，照看到各种材料外，还有郑保管、门卫胡师傅，加上微生物站的两位同学、我们微生物工厂的两位同学，在院子里的一共只有六个人。这个冬天的夜晚显得格外安静、寂寞。

让我没想到的是，新筹建的工厂经常遇到夜晚停电。停的时间长，如果经常性这样停电，今后工厂投产微生物连续发酵生产，如果中间突然断电，那就会前功尽弃，这可是大问题。

我到工厂不久，工厂搞后勤的工作人员给我发了三节电池的手电筒，发后啥话没说。当时我错误理解，认为工厂福利很好，夜晚起来上厕所还发手电筒。没过几天，副厂长告诉我和同学："你们都是共产党员，如果夜晚遇到停电，你们俩带头和那两位师傅一起值班，相互换班照夜。"我们在工厂里的四人就肩负起照夜巡查任务。两人一班负责在外围墙巡查，保护工厂财产不被丢失。

夜晚照场地，白天正常上班，那时老师傅和我们谁也没提出补休和发照夜加班费，不是不敢说，而是根本就没有从这个方面想过。大家都心存着为国家做事的想法，没有想那么多。这就是那个时代的人的精神。

04
借调到工交政治部

有一天,我拿着篾壳水瓶,在工厂门卫处用舀子在大铝锅中舀开水灌水瓶时,工厂负责基建的副厂长通知我,说地区工办借调我,明天就去上班。我憨呆呆地望着这位副厂长,等着他还要说什么。谁知他说了这句话就不说了。停了一会儿,我不知说什么,就笑笑表示回答了他,当场什么也不敢问。副厂长就走了。

我提着水瓶回到住处,发现一大串的问题。工办办公室在什么地方?谁通知我到工办的?找到了地方,跟谁报到?到工办报到了我又做什么?从我现在住的地方,到行政公署大院需走半个多小时的路,还得边走边问路,早上七点半前一定要赶到工办,那正好是上班时间,人多,好问路,也好找门。

第二天,我早早起床,同寝室的同学说起得太早了吧。我说东边已发红,太阳出来了。两个人都说不准究竟是几点钟,因为我们俩都没有手表,更没有"坐着"的闹钟。那时买手表有钱没票买不成,有票没钱也买不成。手表是大件东西,不是随便说买就能买得起的。说不准时间,我只好到门卫胡师傅那里去看钟,不到六点,还要等到食堂开饭吃了早饭才能出发。电力修造厂食堂最早六点半开门。我去得早,排第一个,一两稀饭,二两馒头,两分钱的咸辣萝卜丁。吃完饭不敢返回住处放碗筷,怕耽搁时间,只好把碗筷寄存在食堂里。现如今看那时的我,要多笨有多笨,吃个饭都瞻前顾后的,可是那时吃个饭也是非常麻烦的事。我是刚参加工作的,国家每月发给二十七斤粮票,每月吃饭的开销都在这些粮票里。每餐三两,每天需九两,每月三十天,二十七斤粮刚刚好。如果月份大有三十一天，还是二十七斤粮，就得靠自己调剂，早上节约少吃点，吃二两，年轻人早上吃二两，参加劳动到了十点多钟心里就饿得发慌。没有粮票在外面买不到吃的，在孝感用孝感县（现孝感市）粮票，在武汉得用湖北省粮票或武汉市票，到省外得用湖北省粮票兑换全国粮票使用，兑换全国粮票还要加油票。孝感县粮食局不轻易给兑换全国粮票，要有充分的理由才能办成。我们领导跟电力修造厂联系同意搭伙，是纳入固定人员进餐，就得在他们食堂吃饭，不能三天打鱼两天晒网，想去吃就去吃、不想去就不去。如果有特殊情况给领导说明理由还是可行的，这就是那时吃饭的状况。

我手提母亲给的土布包，三步当作两步走，到了行政公署大院门口，守门的就是工人师傅，没有正规的保安警察。守门师傅叫我从右手小门进去。见他说话，我便问师傅工办办公室在什么地方。师傅告诉我顺着路朝里走，走到十字路口向左五十米有栋三层大楼就是。我走到大楼门前，看到墙上并排挂了孝感地区农业办公室、孝感地区林业办公室、孝感地区计划委员会、孝感地区工办的牌子，可是工办又在哪一层楼呢？这时还早，没什么人，我在大楼门口走过去走过来。

我看见有人拿着水瓶到锅炉房打开水，从我站的大楼门口经过，我就开始问："同志，工办在几楼？"一位中年男人告诉我，进大楼从左边上二楼，左拐后左边第二个门就是。我走到了工办办公室门前，门是敞开的，里面有人正在接电话。我看到有人，但是不知怎么称呼，只好站在门中间，不敢向前迈进，用右手在门上咚咚敲了几下。那个人放下电话回头看，问我找谁？我说我是微生物厂的。还没等我说出名字，他就打断我的话，他说："你叫王芝兰？"我回答是的。他说："快、快、快进来，工办政工科的郑科长身体不太好，有哮喘病，晚点来，你就在这里等等。"他满脸笑容，说话很和气，还自我介绍说他是工业科的刘科长。他一边说，我心里一边在纳闷，不认识我这个人却知道我的名字，有点怪。

不一会儿，来了一位女同志，刘科长跟她说："老余，这位小王来了。"我顺着刘科长的话站起来，跟这位女同志打招呼。她笑笑，我也笑笑，她叫我坐下，就进里面一间屋了。我抬头向上一看，门上面有一小块横牌，写着政工科，心想：政工科神秘得很，单独一间屋，还是大办公室中的小办公室。后来陆续来了四五人，都在大办公室里工作。

大办公室两头开门，两头都可以进出，进门对着靠南面墙边有两个大窗户，一个窗户对着放两张办公桌，两个窗户放四张桌子坐四人，西边桌子上放电话机、茶缸和水瓶等，政工科门边单放一张桌子。就是说大办公室中有七张桌子、七人办公。政工科里面的小间屋子有两张桌子，是郑科长和老余办公。这就是有名的工办大办公室。

这栋办公楼从一到三楼房间的地面铺的全是木地板，上的深红油漆，猛一看非常气派，窗户有点古老，走进这栋楼首先给人有点不一样的感觉。红色地板只要一落脚，走一下就显出脚印。工办本身办公人员多，加上来办事的人员，你走过去他走过来，早上打扫得干干净净也不能保持下去。看来这种深红颜色不适应做人多的办公室的地面。

我记得很清楚的是，郑科长来办公室后，一开始他就直截了当地对我说："小王，你年龄不大，人的个子也不高哈。"说完，停下喘喘气又接着说，"听说你会做工作也能解决问题，你知道吗？工厂筹建慢，特别是基建这块，工厂与附近村子的关系搞得不够好，村子里的人经常堵工厂的大门，造成他们无法办公。"

郑科长这样说弄得我摸不着头脑，不知他是什么意思。我回答郑科长的话，说到工厂的时间不长不太了解。郑科长连声嗯了嗯就没说了。过了会儿某工厂来人向郑科长、老余汇报工厂里的工作，当时我在政工科听了两句，是扯皮闹意见的事，我觉得自己在里面听不合适，就轻轻地离开了。郑科长和老余也没叫我再进去。后来他们也没安排我做什么。

05
骑上了自行车

　　从刘科长叫我等郑科长，以及把我介绍给老余，我还以为到政工科有什么具体事要做，现在看来我是"浮"着的。自己安慰自己别想那么多，叫我来，我就天天按时上下班。

　　早上上班去排队打开水，擦桌子拖地、打扫办公室，整理办公室的报夹，传递信件，接待下面各单位来人、叫人的小事都做，包括综合科小肖孩子生病在门诊部打针叫我去招呼下我也得去，因他的工作离不开。需要用电话通知的基本上都交给我办。手摇机有时摇半天的时间才能通知到单位，通知必须做好记录，内容包括工厂名称、谁接的电话、通知的内容、几点钟接到的。对方接电话后必须要求重复一遍电话内容，看对方弄清楚没有，等等。虽说郑科长和老余没给我安排具体工作，也没叫我回工厂，我就把眼睛头上的小事办了，好好干事就行。这些事都是自己主动去做的，大家就习惯叫我去做，油印材料、推油印机、翻纸张、装订材料、下发各单位等等。工办所管辖的单位有多少个，单位的负责人是谁叫什么名字，各单位的生产和经济状况又如何等，这些都要知道初步的情况。

　　工办的同志也没有把我当作是借用的，到工办两个多月的时间，郑科长告诉老余，说我上班路程太远了，把一楼放着的一辆自行车给我用，老余把钥匙给我。我拿着钥匙到楼下试开锁，那车长时间没用，开锁费劲，七掰八掰才弄开。拍打掉上面的粉尘，推到大楼门前场地试用下，虽然车子旧但是还能用。我在下面花坛周围骑了几圈，车子还行，连气也不需要充了。

他们在楼上窗户里看到我骑车，我上楼后，郑科长和老余说："小王，你还会骑车啊。"我说我才学会的。因为工厂门卫有辆公用自行车，下班吃完晚饭后，我和同寝室的同学到门卫找胡师傅借了车，在村子里的稻场上开始学，两人互帮互学，练练就会了。老余说："我们以为你不会骑车，今天给你试试，看你怕不怕摔，怕摔学车就很困难，要是知道你会骑车早就给你用了，办公室里有好几个男同志就不会骑，你真是够先进的。"

我跟老余说，在家父亲经常说，什么事都得"闲时办着急时用，急时再办没有用"。

这事也证明父亲说的是正确的。我如果不是好奇好玩、早学骑车，这次就算给车也不会骑。骑着这辆不新也不太旧的车，从我住的工厂到工办经过三里棚。三里棚附近厂子多、熟人多，有柴油机厂、钢犁厂、孝感行政公署的宾馆，沿路碰见同学、同事、大悟老乡，都说我的运气好，单位给车骑着上下班。

他们连说带开玩笑，还拍拍我的肩膀说："这分明是干部才有的待遇嘛。"这几个月工厂变化很大，办公楼快建成，主体车间做了大半，生产微生物的发酵大罐子运到工厂，准备落位。工厂口号是"大干快上早投产"。不少城里人到工厂上班，我跟他们是反着的，我从工厂骑车到城里的工办上班，在工厂上班在城里住的技术、行政人员与我上班对撞时，相互打招呼很亲热。

06
带知青上山下乡（1974年）

1974年10月的某一天，郑科长叫老余告诉我，下午在政工科正式跟我谈话。从老余告诉我那时起，我心里就七上八下地想：几个月了，郑科长没给我安排具体工作，究竟会安排我做些什么呢？

到了下午，我走进政工科时，发现有刘科长、郑科长和另一位刘科长，三位老科长都在，坐在那里闲聊。我进来后，老余也进来了，郑科长叫老余做记录。郑科长是这样说的："小王，我们都知道你能吃苦，有一定的工作能力，组织上原准备给你压担子，帮助工厂的建设早日投产，现在有些变化。我们决定你和邮电局的小张，还有商业的李科长一起带工交、商贸战线上的知青上山下乡，地点在孝感陆家山，看你有什么想法？"

两位刘科长随郑科长说："对，听听你自己的想法。"郑科长这一席话不多，我心里的所有疑问都解开了，明白了借调工办工作是受重用了，但骑着自行车兜风，给我带来了方便，也添了麻烦，被人嫉妒了。我当着领导的面表态，服从组织安排，会努力把工作做好。

就这样，我从六年前接知青的农村大队长，变成了带知青下乡的带队干部。1974年十一国庆节过了不多久，工办的郑主任给我们开会，是这样说的："这批上山下乡知识青年到农村去，我看，就不必搞什么造声势的事，敲锣打鼓戴红花，还戴大红花到城里游一圈回来的事就不搞了。"郑科长也笑了起来："这样的形式就不搞了，这批孩子大多数是干部的子女，避免影响，还是低调为好，告诉你们，这批就有我家小三、刘副主任的二姑娘、刘科长的小三，客运站、车辆管理所、航运站、工业局、轻工局等负责人的孩子，有的还是上批就应该下去的，因有这样那样的事情，没来得及下去，这次一同下去，不造声势，不等于不让群众知道，还是要让群众知道工交和商贸战线的又一批知识青年上山下乡了。这是件大事，不能马虎，各个战线都在认真地抓，认真落实，涉及方方面面的事，孩子、家长、生产队、住、吃、劳动等等，具体你们去办，总之把这件具有历史意义的事抓好。"

我在农村时接待过两批知青，知道其中吃穿住行的麻烦。我们几个人力争做细、做好、做实。

第一步，先合计人数。工交战线上已落实要下去的有二十四人，其中，女知识青年十一人，男知识青年十三人。

第二步，我和邮电局的小张，从孝感乘火车到陆家山火车站下车，经过陆家山供销社门口，直接上到渡槽，翻过去不远就是陡山林场，林场地势很高，从林场往东北方向走，后来就是下坡路。我们向前走，看到当头的太阳想出来又不出来，尽管太阳不大，我们还是全身汗水直淌，从西往东有条不大不小的河流，走过拱桥，对面靠右手山坡有一大片、一排又一排、横直交织一起的灰瓦白墙的房屋，就是陡山人民公社。我们拿着工办政工科开的介绍信，先到陡山公社(那时的公社就是现在的乡政府)。但是那天很难找到公社分管这方面的人，原来他们都去听孝感行署专员张德润的报告去了。陡山公社就是孝感行政公署张德润专员的试点。那时的行政公署不是一级政府，而是省政府派出机构。

不一会儿，从会议室出来一名干事接待我们，他自我介绍姓朱，把我们递给他的介绍信随手又还给我们，问需要他办些什么？我说："例行公事到你们这里报到的。"他说这件事早就知道，叫我们直接去大队联系。走在路上我和小张商量，真正的担子在生产小队，不给陆家山大队增加麻烦，大队召开各小队会议布置、提要求什么的，说多了小队有压力。到了大队，书记不在家，大队长接待我们。我们说明了来意，直接跟大队长说："派一名大队干部和我们一起到生产小队联系就可以。"大队长说："我和你们一块吧。"现在回想起来可能记得不是很清楚了，印象最深的有团结生产小队，离陆家山林场不远，团结生产小队东北边是前进生产小队，其南边是陆丰生产小队，还有一个陆兴生产小队可能在团结生产小队的西边。

我们每走访一个小队，都跟生产小队队长开门见山地说明来意，大概有四五名男、女知识青年到生产队来，住的地方和做饭的地方能不能落实下来。生产队长们都是这样说，条件没有城里好，但可以落实到房屋相对宽松的农户家。生产队长说能落实的，我们俩也要队长带我们去看看地方，特别是女知青住的地方合不合适，不是要好而是要安全。——落实，我们心中有底才能放心。

这样做，避免了大队集中开会，小队长们你一言我一语地说，不注意就把困难扩大了。这样做，我们看得清楚，掌握第一手资料。有的生产队自然条件好些，以前有工作队住过的，有现成的床，生产队集体也有土灶，是他们插秧割麦两头忙时为社员加餐用的土灶。有的生产小队，我们还要协助解决一些问题，请会打土灶的师傅，灶打得好省柴易着火，还有的要添加床铺。知识青年到农村首先要解决吃喝住的问题，其他的都可以放到以后去解决。需要烧煤的，一个生产队为一个小组，一个小组大家组合后协商着自带煤炉。烧煤是必备的，生产队还要有人帮助指导知青学做饭，指导不是一天两天能完成的，让知青基本会做、能脱手才能离开。想解决的一些问题，跟生产小队队长已交谈清楚。

第三步，向工办领导汇报我们去陆家山大队了解的全部情况，综合起来，陆家山大队有四个小队和林场，有的正在积极准备，有的在我们去之前已听说有知青去，故早做准备了，等我们去看，他们已准备好了。鉴于事情基本落实，我们建议，工交战线上山下乡知识青年二十四人，陆家山大队有四个小队和林场，为五个单位，每个单位（生产小队）安排五人左右，五人为一个小组，自由组合自己熟悉的，相互能关心、帮助的，比我们硬性分配在一起要好。组合好的小组统一服从分配要去的生产小队。决定去的那一天，直接送知青到要到的生产小队，减少生产小队到指定地点接知青的事情。生产队省事，知青也省力，避免了来回搬运东西的麻烦。工办政工科郑科长和老余听了我们的汇报，说我们想得周到，办得扎实。

第四步，虽然不大张旗鼓，也要宣传工交战线知青上山下乡了。想来想去，想了这样一个办法，在地区大礼堂前面的大门两边有两个宽大的墩子，中间有可以关闭的铁门，用红纸贴出通知：工交战线上的上山下乡知识青年于十月某日上午九点在此上车，前往陆家山知青点，务必准时到达。

07
告诉知青生活常识

客运站的任站长（女）派了一辆交通客车和一辆人货小车，便于送知识青年到各个生产小队。那时交通不便，大车不能到生产小队，故准备小车。交通客车两边贴上"热烈欢送知识青年上山下乡"的红色标语，考虑交通车头不好固定扎的大红花，只好在车头前面贴了在纸上画好的大红花，表示工交战线上的知识青年上山下乡戴上大红花的喜笑颜开的高兴样子。

那个年代，比较时兴戴大红花，不戴会在人们眼里觉得事情办得不圆满，用这种方法弥补他们。

我和邮电局的小张一起完成了这批工交战线知识青年上山下乡的送出任务。但是知青下到生产队以后的事就多了。我是他们带队的，有许多事不该说也得说，不该管的也要管。

知青到农村如何学会在农村生活自理能力，首先遇到的就是住的地方。农村屋里的地面是凹凸不平的土地面，墙是土墙壁，如何把它整理得光趟一点，需要自己动脑筋想办法解决。在这中间我们着重提醒他们学习农民先进的好的东西，不要看到农村少数家庭不叠被子就自己也跟着不叠被子，要把城里的好的生活习惯带过来，互相取长补短就好。清理床铺、叠好被子，放整齐，经常打扫室内外卫生，保持干净。这批知青到农村正赶上天气日渐变冷，马上进入冬天，冷水是不会讲客气的，生人熟人一样对待，手伸下去都是刺骨的冷。不能因为冷就不洗，要舍得吃苦，该洗的东西再冷也得洗，该晒的东西要拿出去晾晒。

其次，要以积极的态度去学做饭，弄吃的。做饭看上去容易做起来麻烦，想把它做好很困难。做熟一个菜，从挑菜、择菜、洗菜、切菜、炒菜，油给多给少关系不大，盐给多了就不行，先试着少给点，尝一尝咸淡，少了可以补加，多做才练得出来。

做饭重要的是厨房里的卫生。农村把厨房叫灶屋或伙房，都是一个意思。我在老家农村亲眼看见一个人得了病，送到医院时，医生说，病人已经无尿排出，是急性肾衰竭，原因就是老鼠身上带有一种病毒，老鼠到处爬，爬到食物上，人吃了就感染了这种病毒，人很快就死了，据说这个病叫出血热。这个事在我脑子里印象特别深刻。我再三地告诉知识青年们，注意卫生是非常重要的。现在大家来到农村有许多条件不具备，怎么办？

我告诉他们，我自己老家农村安全放碗筷的土办法:在灶屋屋梁上系根结实的绳子，下放到屋中间悬空的位置，不撞人头就行。绳子中间串上斗笠帽，遮挡灰尘，帽子上加一种植物叫老鼠刺，农村到处都有这种老鼠刺，晒干后扎人可厉害，是防止老鼠从绳子往下爬的有效办法。帽子下面做个木叉子，能搁饭筲箕或其他像筛子一类的东西就行，一个木杈不够用，可以多做几个，万一有剩菜剩饭就放到饭筲箕上，平时吃饭用的碗筷、喝水的杯子也要放到饭杈里，滤水透风，防老鼠，容易做，既经济又方便，避免多种疾病。这个饭杈，是聪明的古人留给我们因陋就简、就地取材的办法。这个饭杈用在厨房里，在那个时候，我认为在卫生上起到很大的作用。可是在这里农村用得不普遍。我看见不少农家情愿把洗好的饭碗倒扣在后边灶台上，让老鼠胡作非为，爬过去爬过来，也不去做饭杈，那是没看见得出血热的事例，不知问题的严重性。不是所有的老鼠都有这种病毒，有的人一辈子没见过出血热这事，可是万一碰上了就是人命关天的大事。知识青年上山下乡到农村来，目的是学农业技术，接受农村农民的再教育，加强锻炼，可是身体健康才是一切的基础。我是知青带队，我有责任要讲这个事。

08
带知青学农

农村的农闲季节，大多数农民会打扫自己房前屋后的卫生，积家园肥上交生产队，这是有机农家肥料。我也顺着这些做法，把知青他们箍住，不能放羊了，就安排各知青小组认真参加打扫，配合住户把自己住的前后场所的鸡粪、猪粪都清扫在一起，积极参加到积肥活动中去。

后面就是带知青到林场，林场有各种树、树苗，粗略看下有柏树苗、杨树苗，也有本地松树苗、桂花树苗和银杏树苗，后面两种树苗在当时是看成"宝贝"一样的。这些树苗有的有半人高，有的有一人高，小小的松树苗密密麻麻的，还没匀开。我跟林场负责人商量，进入冬天你们给树苗施补冬肥时，就召集知识青年到林场来学习，看看林场师傅如何给树苗施肥，与他们自己想到的施肥方法有什么不同。

负责人和师傅说，什么时间来都行，不管人多人少，来了就告诉他们。施肥的方法是：第一步，在树苗蔸周围松土，视情况而定，一人高的树从蔸开始计算，至少在树的周围松土四十厘米，深度也要达到二十厘米为宜。第二步，晒土，把已松的土晒两天左右，让翻过来的土晒干。第三步，在树苗蔸二十厘米外，再向下挖二十厘米深的坑，每蔸树苗对着挖两个坑就是施农家肥的坑。每个坑装进农家肥，另外加少量复合肥，一小舀子就行了，保证冬天肥量到位。第四步，施好了肥，把土盖好，盖严实，看得出松了土的，就不要再动了。做完这些，师傅又从道理上给知识青年讲明白为什么施农家肥要离树蔸远点。"这是因为未完全腐熟的猪牛鸡粪施入后，还会继续发酵，会散发大量的热，伤树根，引起烂根、死根，甚至死树。如果你们不相信，那就脱掉一只脚上的鞋袜，赤脚踩进这堆肥中间，试试它的温度，就知道会不会放热了。农家肥完全腐熟后进行施肥为好，还有各种做油料后的饼做肥，饼肥用清水泡七到十天，掺入人粪、尿搅拌一起再沤十到十五天，就腐熟了，肥效是最好的。另外有化肥，也要跟你们说说。化肥简便，买回来就能用，不像农家肥要堆沤，但是化肥也不能直接施在根部，容易烧根，一次不能施太多。化肥烧根很快，说烧死就全都烧死了。你们还要自己种各种蔬菜，也是一样的，不要怕脏怕臭，农家肥比化肥好多了。"

　　知识青年看了现场，又听师傅讲的，深有感触，说原以为农村的事简单，有力出力就可以，没想到给树苗、蔬菜上肥还有这样的学问。我看到大多数知青很愿意学习这些农村常见的事，当场跟他们说："春节快到了，在放假之前还有一次活动，去团结生产小队。他们的田间管理搞得很好，麦苗长势很好。我们到麦地去识别麦苗与杂草。"

　　通知的那一天，知识青年陆陆续续来了十七八人，我算了一下，除了有事请假的，其他差不多都来了，没有因为快过年又是农闲悄悄回家。我感到高兴，我在这里能把他们也箍住在这里。如果我早早回城去了，他们是不是还在这里呢？我虽不是什么领导，但是带着这些知青的理事的人。看来，有些事搞不好，不是群众而是领导的原因。带头的自觉扎实地工作，群众还有什么可说的？

　　我带一群知青到麦田里寻找不是麦苗的草，然后带着各自揪出来的草，集中来讨论。这时团结生产小队村子那边一位中年男人不慌不忙地走来，肩膀上背着锄头，胸前灰黑色棉袄敞着没有扣，看样子是走着有点热。他在远处没讲话，走到我们跟前脾气来了，右手把肩膀上的锄头使劲朝地下一杵，双手握住锄头把，撑着下巴，大声吼："你们想干什么？没事儿跑到麦田地里玩？"我们立刻知道不对头，一名男知青反应很快，轻轻走到他跟前，用手指着我，好声跟他说："这是我们队长。"他的意思是有什么事跟我们队长说。他还没来得及说完，那个中年男子就呛着问我："你是队长？"我回答他："是！"他有点怀疑，又问一句："你是队长？"我就知道了，他是有点看不上我。我长得矮，年龄跟知青大不了多少。见他那个生气的样子，我就好笑，一边笑着一边跟他说："我的确是他们带队的队长，这个事我跟你们陈队长说过的。"

我这个人个子不争气，在老家我十九岁当大队的大队长，还管一千多人呢！大学毕业参加工作，现在又是知青带队的队长，总在与"长"字打交道，可是这个头就是不"长"。他见我这样说，脸上神色缓解了。我接着介绍我自己姓王，叫王芝兰。

他说他是团结生产小队的队长。我一惊，问他："上次我和另一位带队的小张（因他爱人生孩子回去了）到你们队来征求这批知青的吃住问题，见的是陈队长，没见到你呀？"他说他是财经队长，队里的事陈队长管，他很少出面。

今天有群众跟他说，一群知青在麦田里玩，要他去管一管。这么一说，我立即跟他说："今天知青的活动是让他们区分麦苗和草，我也是农村人，知道这个季节对麦苗没有什么损害，麦苗还没拔节呢，最好还要锄一道杂草才好。"

他笑笑说："说清楚了就没什么。"他拿起锄头正准备走，我急忙问："财经队长，我还不知道你贵姓呢？"他回过头来说："姓朱。"这事就这样了结了。

知青们都已经坐到麦田埂上等我。我让他们把揪起的草统统堆到一起，然后一样一样挑出来跟知青讲。细米菜，人可以吃，但在麦地就是杂草。假地菜不是地菜，地菜叶子上没有微毛。锯牙齿、筲箕藤这些可以喂猪，三年困难时期时我也吃过。还有一些长得像麦苗，但不是的，比如野燕麦、节节麦，苗期与小麦相似。还有一种杂草是禾本科的，与麦苗也像，但是叶子是一匀的窄细长，比麦苗硬。最后一种像韭菜的小草，叶子也很像，但是摸起来不是肉肉的，闻起来味道没有韭菜的香味，自然完全不同，是野生麦冬草，是农村麦田的一种野草，长得像韭菜，它也是清热降火的中药。这些草都会与小麦争阳光、争水分、争肥料，使小麦长不好，影响增产增收。所以锄草时，这些都是要锄掉的草。

09
20世纪70年代找对象的基本想法

1974年，我满二十四岁进二十五岁。俗话说，男大当婚，女大当嫁，找一个什么样的对象，组成一个什么样的家庭，得好好想想了。这是一个人一生的大事。

那时我自己想，有些事须自己提前有个明确的观点。我觉得需要从实际出发，我想要的并不是各方面条件都非常好的那种人。我出生在山区农村一个贫苦劳动人民的家庭里，父母虽然没有当着我的面说什么要求，我自己还是知道父母辛苦把我养大，有个盼头，指望我能嫁个好人家。好人家，总的不外乎"条件好"三个字，起码得有一个正式工作，再就是根正苗红，就是家庭出身好，个人表现好，是党员，能表达自己想表达的东西，能写出来是他的文化水平，能完成交办的事情是他的工作能力，身体健康，五官端正，有为人民服务的思想，说明此人心眼善良，对人好。

20世纪70年代，人们对房子、车子、金钱的基本想法与现在是不同的。那时个人的住房是国家的，个人没有房，随时搬进去也可能随时搬走，工厂、机关事业单位的住房很紧张，靠国家计划允许做房才能做，做了住房慢慢排队等分配。老同志大多数住房没厨房、没卫生间，结婚成家排队可能分半间到一间房，吃饭做饭、洗衣睡觉，做什么都在里面。不管怎样，如果有房就算是很不错的。高干、老干部、官职高的分的住房当然就宽松些。

20世纪70年代的车子，县级干部一般都坐北京吉普车，是公用的，个人不存在有车和房的问题。条件好的家庭，指工资拿得高的，成家可能会买一辆上海永久或凤凰牌的自行车，就是他们的大家当了。可工资高的干部年纪也相对大些，一般都是养两到三个孩子还有老人，家庭负担很大，买自行车的人依然比较少。有的干部是单位配的公用自行车。20世纪70年代的工资，行政机关干部中年轻的绝大多数是行政二十三级，每月工资三十六元三角；工厂的工人定了级就是二级工，每月工资三十六元五角；事业单位的工资基本上参照以上工资标准执行；大学本科毕业生转正定级后为行政二十二级，每月工资四十二元五角；部队战士提干成为军官后的工资每月五十二元。这就是我所知道的湖北孝感地区的工资状况。

　　20世纪70年代有个正式工作是很不容易的事。工厂招工靠国家下达计划，才能进行招工。行政机关的工作人员多数从学校毕业分配的。也有从下面基层一步一步调升上来的，其中大多数也是学校毕业分配到基层锻炼后，干得很不错得到重用调上来的。对工农兵学员分配工作的原则是从哪里来到哪里去。而我没有分回农村基层，连县里都没回，直接留到地区级单位。那时还有许多老大学生在农村、农场锻炼没有回城，他们说：工农兵学员比他们分配得好。我能看到的，的确也是这样。但是还是有少数学员认为待遇不公平，大学读了三年零四个月，只按大专生给三十六元三角的工资。

10
介绍的对象都觉得不合适

父母希望我找个好人家，以我自己的条件在当时是不难找的，因为我有一个正式工作，有大学文凭，是党员，在地区级单位，身体健康，五官端正。的确也是这样。从1974年开始，不少好心人积极给我介绍对象。她们没问过我的想法，不管三七二十一就拉着我悄悄跟我说。开始出于客气，我还是耐着性子听别人说，边听边笑。后来有人再说，我就没有那么客气了，直接不停地说谢谢，但是又不敢假说有对象。

我内心的想法与20世纪70年代的大众一样，大家都信任解放军，崇拜解放军，我个人也不例外，从心眼里想找解放军。解放军中的青年才是根正苗红，能吃苦耐劳，积极向上的青年，不具备这些是当不了兵、提不了干的。特别是军队干部穿着四个兜的军官服，一颗红星头上戴，鲜红的领章挂在衣领两边，很威武，很神气，很潇洒。按现在的话说，有安全感。

后来慢慢有人知道我的想法，真的有人给我介绍解放军，部队在河南、家在大悟的老乡。我感到很高兴，后来介绍人说那人是1966年之前就参军的，1943年出生，比我大七岁。听到这里我有点糊涂了，心里不知怎么老是觉得不踏实，不知怎么回介绍人的话。

我又不好去问别人的意见，害怕别人说三道四的，我只好回家问父亲的意见。把情况告诉了老父亲，父亲想了想，直截了当地说这亲不能订，那人是属羊的，你是属虎，虎太厉害克到羊了，虎羊不能成亲。我听了父亲的意见。

不久后，我一位老乡的丈夫是军分区的参谋，她住在孝感军分区，给我介绍一位刚提干的广西人，特别提到这人很能干，会摇笔杆子，人的脾气好，就是身高只有一米六六，人瘦精干。我冷静想了想，这种事不能老是回乡去问老父亲，自己的事还是得自己拿主意。想想我的身高就是我的弱点。我是学微生物的，学了遗传与变异，男女都矮的确是问题。这个问题不需讨论，也不必给介绍人说。我就委婉地回介绍人老乡的话，说不好意思、对不起，那人家太远，不太合适。

没几天，家住在孝感军分区的，还是那位老乡，真是心诚，碰见我，一把抓住我。那时没有手机，没有私人电话，有事联系全要靠走路，说是"碰见"，其实也是有意来找我的。她说，住在他们家后院休干所的老高干的小儿子在湖南长沙当兵，是连级干部，老头子的老伴看见我们一起走路讲话，看到过我。"她主动问我，和我一起走路的姑娘是不是我老乡？有没有对象？要是没有就帮忙说给她的小儿子。"她补充说，"她的小儿子不矮。"这么一说，我又笑了。老乡的心情很激动，说："这门亲基本没有可挑剔的，只要你没啥意见准能成，是他们家侧面看上你的。如果觉得他儿子在湖南远了点，他们家的意思是在孝感给小儿子找个对象，到时候他们家老头子出面从湖南调回湖北，这些都不是问题。"

我听后心里已经有了谱，但是有点犹豫，不知怎样回答老乡才好。因为上次她热心快肠帮我找对象没成，我心里总想着对不起她，害怕把我的好老乡得罪了、不理我，这次她又跟我讲，看来我是小人之心了。但是这次我怎么说出我的想法呢？

我说："谢谢你啊，你又帮我，没为上次的事生我的气，我很感激，这次你说的是很好的人家，但是我不能高攀。我家是农村的，别人家在城里又是高干，住的是单门独户的单栋楼房，有楼上楼下，门前还有小花园小鱼池，这是不多见的。我家父母都在农村，今后还打算接来住，报答父母的养育之恩。俗话说门当户对，我条件不好，我和他之间'离谱'离得太远了。"我最后说，"谢谢那家瞧得起我了，不好意思啊，再次谢谢我的好老乡啊。"

老乡不理解我为什么会不假思索就当场拒绝，站着听我说的时候，一直摇晃她的头，认为我的决定是不对的。其实，条件太好了不是我想要的。

11
碰上一个工农"兵"大学生

过了一段时间，我同寝室的同学生病感冒了，她的朋友认识地区中心医院内科的唐医生，关系很好，同学的朋友和唐医生下班来看她。我正好在寝室，她们来，我赶忙迎接给她们倒茶水。那时候没有茶，说是倒茶水，其实就是倒白开水。

唐医生一眼看到我，忙把我的同学叫出去，细声细气地讲话，一会儿笑，一会儿又低下头嘀咕。她们走后，同寝室的同学告诉我，唐医生问她，我有没有对象。同学说没有合适的。唐医生就介绍了一个人，叫同学转告我具体情况。她说她在十五军后勤部住，她丈夫是空军后勤部卫生处的干部，处里来了一个刚从部队学校毕业的年轻干部，家是农村的，四川人，想托她在孝感找对象。问我行不行。

我一听这条件，真的很符合我的想法。我家是农村的，他家也是农村的，我在地方上的工农兵大学，他在部队里上大学，其他的什么都不用说了，这就挺好。

同寝室的同学转告后，她想想就笑，一直笑到自己笑弯了腰还在笑，笑了又接着说："真是有福气，你从陆军找到空军，上了一个台阶哟。"我回同学的话说："还不知别人是怎么想的呢？"又过了好几天，也没见那位唐医生来问我同学转告的结果。我心想，可能唐医生是临时说着好玩的。

谁知道，就是那天下午唐医生从中心医院下班回后勤部的中途，正好路过微生物工厂我的住处，记得这天还下着毛毛小雨。唐医生骑着女式自行车，穿着雨衣来到工厂找我们。正好我和同寝室的同学从外面打晚饭回来。唐医生推着自行车，看样子没打算解下雨衣的意思。她用手向我们招招，我俩心知肚明，招的不是我，是叫我同寝室的同学到她身边去。同学跟唐医生说，我同意见面，我站在另一边看见唐医生用手使劲拍下她自己的大腿，估计她是觉得太好了。

接着唐医生推着车和同学朝我这边走来，走到我面前，她那脸上两小酒窝随着她一起笑，美极了。她说："就今天晚上吧，到我家来见见那个小伙子，行不行？"我说："天在下雨，改天吧。"唐医生办事步步紧凑，她说："就今天吧！"我只好笑笑。她知道我笑笑是默认的意思。她边上车边重复说："风雨无阻！晚上七点钟准时在后勤部大门，我出来接你，不接你你是进不去的哈。"

送走唐医生后，我和同学各自坐在各自的床上，腰靠着枕头边，两人不约而同地用双手抱住各自的头，你说一句我说一句，认真讨论晚上究竟该不该去见那个小伙子。我自己认为太急，顺便把我的老乡和关心我的人，给我介绍对象为什么不能成的事，全告诉了同学。这些都只是听了介绍，觉得不合适就回绝了，从来也没见过面。要与别人见面起码自己觉得没多大问题，心里没有悬念，才能去见面，这是我的原则。如果对方今晚不同意见面，我跑去该多"掉底子"呢？

同学说："唐医生说得那么肯定，不会办没有把握的事的，不去不好，还是去吧。假设那个小伙子今晚不同意见面，唐医生也应该会在后勤大门外等你，不接你进去。要是唐医生到大门来接你进去，后面就有'文章'了，起码是同意见面，看你们双方的感觉啰。"听同学这样一说，我豁然开朗，明白了好多。我从床上跳下来，伸出大拇指赞同学太聪明了，把问题分析得这么清楚。我连说："对，对，就照你说的办。"

12
第一次见面（1974年）

1974年9月28日晚，不知具体几点，我几次到门卫室去看钟，到六点三十分时，我换了件喜欢的上衣，骑着工办老余给我的那辆不新也不很旧的自行车，来到十五军后勤部大门口。大门里面是一条笔直的大路，我一面骑近，一面眼睛一直盯着那条门里的大路看，看唐医生出现没有。

同学说若唐医生在里面等我，就是要接我进去，所以我压根没有看大门外。我刚一下车，就听见有人叫我："小王小王，我在这里。"我扭头向后看，是唐医生在大门外面。当时我的心扑通一下，心想同学分析对了，那个小伙子今晚不同意见面，所以唐医生才会在大门外面等我，这样就不必进去了。

唐医生见我第一句话说："你来晚了一刻多钟，我只好站在大门外向南看，看你究竟会不会来。"

该死的门卫室的钟！慢了差点误了事，我心中想。

唐医生又说，隐隐看骑自行车的影子像是我，才等了会儿，再晚点不来就准备回去的。唐医生向站岗哨兵讲了几句话，让我们进去了。边走，唐医生边问了我一个新问题，问我姊妹几个。我说姊妹五个，我是倒数第二，下面还有一个妹妹，在湖北安陆粮机厂当工人。

唐医生家住后勤部大门左手南边第四栋平房第二家，房子比地方上宽多了，两大间平房，一间大房中间做个隔墙，变成两间小房，每间小房大约十三四平方米，这样两间大房就隔成了四间房。外面的公用走廊很宽敞，家属们隔起做不固定的厨房。炒菜蒸饭都在外面的临时厨房做，吃饭在孩子们住的前面半间中，来人接待也在这半间屋里，有桌椅便于接待客人、聊天喝茶。

唐医生是上海人，把家布置得合理、干净整齐，墙壁上角落里都装点得好看，给人耳目一新的感觉。看着真让人羡慕，上海人在家庭清理和穿戴上比我们这里超前好多。唐医生带我把她家看完后，坐下来叫我喝茶。

她家的茶，是真的好茶。我看桌子上用花玻璃杯泡了两杯绿茶。除了我的，那另外一杯估计是给那个小伙子准备的。我伸手端杯，感觉杯子外边还很热，有点烫手，知道这杯茶水不是唐医生泡的，可能是她的丈夫泡的。

正准备喝茶水时，有人在外面讲话，听到准备进屋拉纱门的声音，很快进来两个男人，身高都在一米七左右。年长的在前面，戴副近视眼镜，看着我笑。我很快站起来也只是笑笑，不知怎么称呼。后面跟着的可能就是那个小伙子，见我们啥也没说，用自己的右手拉头上军帽的帽檐，来回梭动。这时唐医生开始向我介绍："这位是咱家的老潘。"边说边拉提老潘胸前衣服的下角，想拉整齐。她又说，"这位是老潘处里的小罗，叫罗宣和，这姑娘是地区微生物厂的，现借调到地区工办工作，在工办带知青，叫王芝兰。"

唐医生非常聪明，能理解人，能看出我对这件事的想法，不会马上公开在外面露面的，她早就想好了下步的安排，顺手在台桌上三五牌座钟边拿副新扑克牌，叫我们打牌。老潘说："我们四个人正好打升级。"我说我不会打升级，从来没打过。唐医生说她也不会打升级。"这样嘛，那就边打边学。"这时老潘说："那也行，我们家一对，你们年轻人一对。"四人两组叉开对着坐，四门牌每门牌二十五分，老K为十分，十为十分，五为五分，管总的是大小王和"2"，拿到出牌权的人先出牌，一直把牌出完为止，得四十至五十五分坐庄，得六十分以上升一级，不足四十分则庄家升一级继续坐庄。这就是20世纪70年代年轻人的娱乐活动之一。

起先第一局我们年轻人得六十分升了一级，不知是不是唐医生他们先让给我们一局。后来连续打了好几圈，我们输得多，赢得少。我确实不会玩，就只知道大的管小的，根本不知道其他技巧。刚刚取到好点的牌，有了当家的大小王，还得看双方相互配合是否默契、有出牌技巧才能升级。出着、出着，对面的小伙子出了"2"，管了他的上手老潘的牌，唐医生的牌不好就没有管，轮到我出牌。傻乎乎的我一下就出了"小王"，把他的"2"管住了。我一出牌，他们三人不约而同都笑起来，说我真的是不会玩牌。大家亮出牌，原来小伙子最大的牌是"2"，要是我不管他，他剩下的牌就是一个大顺子，一把就走掉了，就赢了。

估计是我不会打，大家打得没意思，就哈哈笑笑不打了。从打牌的时候看，小伙子知道我不会，也没有讨厌我，好像有点喜欢我傻乎乎的样子。我看他脸色白中透红，双眼皮，一对大大的眼睛闪闪发光，透出机灵劲，的确长得俊俏。

这一看，我从内心很喜欢他。那时我不会这样说的，也不会表达好听和时髦的语言。只是从心里想喜不喜欢，我觉得只要看中和喜欢对方，即使对方有点小缺点，也不会太纠结。

我主动提出要走了。唐医生说："小罗，你送送吧。"我推着自行车，他走路，我以为他把我送出后勤部大门口就会转回去的。谁知他慢走慢送，慢慢给我讲打牌升级的技巧，哪些牌该管哪些牌不应该管，不知不觉快到我住的地方。我告诉他，我快到了，叫他回去吧。他看我叫他回去，就也不敢朝前走。我看他的那个样子，是想把我送到屋，顺便就知道我住的地方。我站住停了会儿，告诉他，从后面围墙看里面屋子的窗户，从东边往西数第五个窗户就是我的宿舍。

13
近在咫尺，却似远如天边

在20世纪70年代，一个星期规定只能星期天休息，星期六晚上七点至九点为政治学习时间，有未干完的工作就继续干，干完了的学习时事政治，集中读党报，如人民日报、湖北报、孝感报头版头条新闻和社论，学习还要讨论领会重点和要点。有时星期天上午自觉去单位晃晃，虽然没规定要去，但是你不去别人去，谁也不敢落后。那时就是那样一种形势，估计部队也是一样。

我与那小伙子第一次见面后，已有两个多星期没有联系。小伙子是与我联系不上，还是有别的情况？白天我不在住处，也不在微生物厂上班，而是在工办，但待在办公室的时间少，大多数时间去了陆家山大队林场，和上山下乡的知识青年在一起，休息时间才回来。即便回了孝感，想联系也很困难。

比如打电话，要请部队总机转地方总机，再接通微生物厂门卫，还得由门卫胡师傅喊人，时间一长，还没喊到人，部队总机就挂了。而我打电话也不容易，手摇电话机通了，要请地方总机转十五军总机，再转后勤部分机到卫生处，再找那小伙子接电话。20世纪70年代的通讯状况就是这样的。

再说，我们刚见第一次面，还在隐蔽时期，没有公开，也不能大胆打电话找人传话叫人，就只能默默等待。

又过了几天，我同学递给我一封信，说是门卫胡师傅给她的。信封下面没有写地址，只写了"内详"两个字。我不在家，同学收到信后详看信封，发现邮票邮戳是河南开封发出来的，就提醒我这个疑点。我也感到奇怪，立即拆开看。原来是那个小伙子写的，说他来不及告诉我，也不好找我，他随卫生处副处长去河南开封下部队，还不清楚什么时间能回孝感，一回孝感就到微生物厂去找我。这下我提着的心才放下。我仔细看信封邮戳上的时间，从寄出到我收到信，用去九天多的时间。我觉得，虽然在孝感我与他只相隔四里多路的距离，但是就像离着千山万水一样。

他做的就和他说的一样。他从河南开封回到孝感的当天晚上，骑着老乡司务长的自行车，大起胆子，鼓足勇气，来到微生物工厂宿舍找我。可惜，那天我还在知青点没回来。他推着自行车站在宿舍前，同寝室的同学告诉他我没回，他失望了，转身准备推车走，想想站住了。

同学说，他推着自行车又转来了，就跟我同学说想留言给我。同学给他纸和笔。他写了便信，然后从自己军衣下摆口袋里掏出五颜六色的一个叠好的东西，和便信一起塞进我的枕头下，然后自感轻松，胸向前伸展，又拍拍自己的衣服，向我同学告别就走了。

我从知青点回来后，我同学把上述情况一一告诉了我。

我从枕头下摸出小伙子放的东西，先打开便信，看到第一句，我就忍不住扑哧笑出来。真的笑死人的，他说我见信如见人。这话也没错，想表达自己的心情又不敢说。那个年代对爱情是束缚着的，不能随便说，说了就意味着这个人不够高尚。所以，他用这句话代表心情，使人看着像小说里写的20世纪三四十年代那样，不识字的老太太请教私塾的老先生代笔写的信样。

就为这句话，我和同学两人笑了好一阵子，真是把眼泪都笑出来了。第二句话就是说他在开封时想着我，给我买了条四周带须的四方围巾。我打开那五颜六色的东西，是条四方大格子围巾，有大红、深黄和绿色。打个比方可能会说清楚点，大家都看过李双双的电影吧，跟李双双肩背锄头时颈脖子上围的、有须的四方围巾一样。我们俩又开怀大笑。笑了过后，我跟同学说，这就是农村人的耿直朴素，离不开乡土气息的味道，一眼看去心里都明白，不玩心眼。这就是找农村人的好处。

14
小伙子做荷包蛋面条

我们之间这样阴差阳错好多次,后来我们见面时,小伙子说为了不发生类似的情况,他提前约好时间告诉我。要么他到我这里,要么接我到他那里去,我们一起吃饭,一块学打扑克牌。但是两个人见见面总是怕别人说,怕影响不好。

小伙子可能仔细想了想,几千年的传统留下来的就是男追女,才符合情理,不被社会上说长道短。后来他就大胆些,到了星期天上午,只要我们双方都在孝感而且不赶任务,他就骑着他老乡的自行车到我住处来,等我收拾好后,大白天的他也不怕影响不影响的,用自行车把我带到后勤部他的住处,他们是两个军人干部住一大间房。房屋中间有隔墙,里面一间有十四五平方米,是他们俩的卧室,外面一间也有十多平方米,不算小,是他们自己用来偶尔做饭、吃饭,和战友一起聊天、喝茶、洗衣等活动的地方。

我还清楚记得他们备有煤油炉子。我看到小伙子是这样做的,把煤油炉点着,上面放一个小铝锅,加上水,水烧开后把面条直接下进去,在面条间空隙较大的地方打两个荷包蛋,不要搅动,让它和面条一起煮,煮好后再翻动翻动,稍煮一会儿就放点食盐,最后滴芝麻香油,什么姜葱蒜、小白菜都没有放,我也觉得味道挺好,我们吃得很香。自己做可以多吃蛋和面条,这样就是自己改善生活。20世纪70年代能吃到蛋,已经是很好的。那时我们地方是结婚成家了、不在集体食堂吃饭的人,才能把蛋、油、粮、肉、烧的煤、豆腐等的票发给个人。没成家的啥也不发,只是自己拿钱把一个月的定量全买回来,另外还要买菜票。凭饭票、菜票到食堂买饭菜，没吃完的饭菜票可以到单位司务长那里退，才能换得出来粮票。有了粮票，个人可以自由到粮店买点面条，那时不是随便能买到面条的，也不是随便能吃碗面条。

小伙子是空军，空军的生活比较好，每月除正常发工资外，还给他们干部发十八元生活补助费，可以自己在干部食堂买饭菜票，然后一日三餐想吃多少自己灵活掌握，还可以用饭票兑换面条等食物，比地方上优越多了。所以我们才能吃到自己做的鸡蛋面条。

在生活上他对我非常照顾，这样来来去去就随便了许多，也有聊到许多话题。

比如说他老家四川的风俗习惯。他说他们那里大多数人喜欢吃辣麻味。我问有没有人不吃呢？他说很少人不吃这个味道，还说除了辣麻味外还吃酸味，农村大多数人家是自己腌泡酸菜。穿戴没有那么讲究，到了冬季多数上年纪的老人喜欢在头上缠条长毛巾。我又说这个习惯有点像黄土高坡的山西人。他说没研究。住的房子说得特别有意思：土房子有柱子与檩子连接，每个排山墙由五柱四挂的卯榫结构形成框架，用竹篾编成一个结实的篾笪子固定在框框内，是墙壁中间的骨架，两面用泥巴糊一层，再在外面糊一层白石灰浆就形成了具有四川特色的方格白墙。我听后感到很有趣，问："这样的房子能经得起风吹雨打吗？"他说，他们那儿雨水大，也没有看见倒塌，都很好哇。

我也同样跟他说说我们山区里的生活习惯。我们突出的是，亲戚平时可以长时间不来往，但过年必须相互串门，拿东西拜年。拿什么东西要看辈分，拿肉、面、糖，糖还分红糖和白糖，面是油面半斤为一档，用红纸缠好等。过年不走的亲戚就是决定不来往了。提倡走亲戚，你来我往相互走动，说是亲戚不走、血脉不活。

15
他被煤油灯罩烫焦了手指

　　有时候后勤部会放电影，我们也会约着一起去看。我们的恋爱关系不知不觉就公之于众了。

　　有一次星期天他有公事，大概到了下午四五点才到我这里来，告诉我后勤部露天放电影，片名叫《英雄儿女》，是跑片，司令部先放，后勤部和飞行六团一起放，最后到一九零医院放映。这是我特别喜欢的一部片子。我一看时间不早了，就主动留他在我这里吃晚饭。他也同意了。

　　我打饭回来后，工厂又停电了，加上寝室后面是高高的围墙，正好遮挡了窗户外面的微弱光线，我只好把玻璃罩子灯用上，罩子灯点的是煤油。那时买煤油也是要计划，买煤油碰到油桶上面的油为好油，碰到供销社油桶下面的油就是油脚子，沉淀物多，是油渣子。我运气不好买油时碰到油脚子，加上我平日不大注意这些事，当时并不知道买的是油脚子。罩子灯烧了一会儿，灯引子上就起了像花一样的东西，叫花头子，影响光线，点一会儿就得把灯上的玻璃罩子拿下来，用剪子把灯花头子剪掉，灯才会亮堂。

　　我们吃完饭，还没来得及去洗碗时，小伙子说，把灯弄一弄吧。我说行。我赶忙去找剪刀。这把剪刀是同寝室同学的，剪刀很小，不是现在的不锈钢也不是生铁的，反正是白色的，用后还可以把后面手握的把柄折叠起来。同学看小伙子来了，她去打晚饭后就没回寝室来，是有意回避我们的。同学不在，我又不好随便翻她的抽屉，又要急着用，我犹豫一下还是把她的抽屉拉开，慌忙中小剪刀还没拿出来。

就在这个瞬间，小伙子用他的右手去拿灯罩子。他去拿的时候，我正忙着找剪刀，没注意他是怎么拿的。等他把那特烫的玻璃罩子稳稳地放在桌子上的时候，他一声都没吭，就是不停地甩自己的右手，我才知道他拿的是玻璃罩子的上端，不知多少温度，反正是灯罩子最烫的地方。他把自己的手烫了。

我当时本想马上一把抓住他的手，看看烫成什么样了。可是又犹豫把手缩回来，不敢。我们之间还没有拉过手，真的有点不好意思，有思想顾虑。当时心里想着可行动上又做不出来，就是这样畏畏缩缩的。他能看出我犹豫的动作。我只好叫他把手伸出来看看，可他似乎不愿意伸手出来亮给我看，估计他自己觉得很不好意思。他说没有事，我连说几遍他才把手伸出来。

我看见他右手大拇指、食指、中指三个指头中间的肉皮被玻璃罩子烫成淡黄白色了，好像烧焦了一样。我想，手指应该是非常烧痛的，可是又没有起泡，也没有破皮，怎么处理呢？

我打了一盆冷水，叫他把手放到冷水中浸一下，缓解烧痛。我又到门卫找胡师傅要了点酱油，以前听别人说烫伤后涂酱油不会起泡。三个指头在酱油中泡过后，我叫他涂上红霉素消炎眼膏，我屋里也只有这个。

我们工厂经常停电，夜晚停电照明就用煤油罩子灯。罩子灯是20世纪70年代最先进的煤油灯，家家户户都到供销社购买这种灯。部队是保电单位，停电少，听说部队还有发电设备，可能他没有用过这个东西。再说在农村的时候，即便用煤油灯也没有罩子的。小伙子很可能没有见过这种"先进"的玻璃罩子煤油灯。

他还坚持骑自行车带我去后勤部看电影。我说他手痛，自行车我来推，就走路去吧。走了一半路，他说怕晚了，还是骑车带我。只好随他的意思。

到了看电影的地方，有两点我没有想到的。一是他去接我来看电影前就跟战友安排好了，把我们俩的凳子带到看电影的地方，他估计我们会到得比较晚，预计对了。二是他们军人不与家属一块，战士整队入场坐一块，机关干部军人坐一块，家属孩子坐另一块。

我在家属区这一块，前后左右都没有认识的人，可是不少人用这样和那样的方法和我打招呼，来看我。成了关注的焦点，我怪不好意思的。我没想到部队军人不准和家属坐在一起看电影。

　　放映开始后，前面的战士和干部们看得认真，鸦雀无声，后面的家属和孩子串来串去，一会儿要吃，一会儿又要喝，太小的孩子还不断地哭，哄也哄不好，难怪不能安排一块坐。说实话，我也没有好好地看，心里老是在想小伙子手烫了的事。本来心里对小伙子很有好感，这件事发生后我对他有了新的认识。说他太老实不确切，说他死心眼、太笨更不符合他，毕竟长着一双机灵有神的大眼睛。遇事肯动脑筋，他上过大学又待在大机关工作。只能说他低估了玻璃罩子灯的厉害程度。也许他当时只顾与我讲话，麻痹大意了。这可能是主要原因。

　　反转来看，他不愧是军人，有种军人坚毅刚强、不屈服的精神。灯罩子把他手皮烫焦了，他还平稳地把罩子放在桌子上立好。假设是我，很可能手伸过去感到烫就随手将灯罩子扔掉摔得粉碎了，而他宁肯把自己的手皮烫焦也不扔掉。我越分析越被他的精神感动，觉得是值得信任和依靠的人。从思想上对小伙子再没有什么地方不放心了，自己感到蛮满意。

16
他要去见我父母

我发现自己原来经常和老乡、同学、同事一起玩，有说有笑，不知从什么时候起自然而然地与他们联系少了，一起玩一起聊天的机会也少了。慢慢地我把思想转移到小伙子这边，不知不觉黏上了他，跟他在一起觉得有不少的事还没聊完，有许多事要讲给他听。

正在我们相互都有好感时，部队首长又派小伙子到空军医训队深造两年，我们见面的机会少了。他深钻他的学习，我忙我的工作。不知小伙子出于什么样的考虑，1975年"五一"劳动节放假，他从学校回到孝感部队，特地来看我。他跟我说，想趁放假回来的机会去看我的父母亲。当着他的面，我没及时回答他是行还是不行。我双眼望望他，看样子小伙子心里想了不少的问题。

隔天，他又告诉我他已经跟部队首长报告了去我家看父母亲，说得快来得急。他买了鸡蛋、面条、糖，还给老人买了两块做衣服的布等，一下子送到我的住处。小伙子还叫我清理装好，就像随时准备出发的样子。我心里暗想，真是男子汉雷厉风行。弄得我不知说什么才好。

他是不是看我没明白地说出来，就以为我默认了啊。可我的内心觉得他这样做在将我的军，逼我同意。我只好解释给他听，没回答就是没想好。"'五一'国际劳动节在城市里很重视，在农村呢？我们都出生在农村，在农村长大，这时候正是农村大家的农忙季节，不是走人家和看女婿的时候，弄不好周围的人还说我们变了，不懂事。再说你第一次去，我的父母不告诉亲戚显得不热闹，怠慢了你；可是告诉吧，别人忙得很，生产队是集体出工、集体在一起做活路，队长们批不批假？弄得内外还会说我的父母亲不会安排事。"

小伙子笑嘻嘻地说："你说得有道理。"可是他又跟我说，"听到和看到的，城里有农村也有，许多人把'五一'看成好日子，成双成对结婚的日子。我去看看老人，老人也看看我嘛，说个意见行不行，让老人放心，我也好安下心来，不需要按那么多旧规矩，还是移风易俗好，占用不了多少的时间，速去速回，只要我们自己没意见满意就行了。"

小伙子说得也有道理，把老人的意见看得很重要，我认为是一种孝心。把事情处理圆满，我们自己心底踏实是对的。我妥协了。

五月份的天气天长夜短。我们约好乘坐孝感到大悟的第一趟班车，发车时间五点四十分。头一天，我买好预售票，到时快速上车，上午九点就到了大悟，再转到三里的车，上午十一点多到我的老家。父母看到我们，感到很突然。的确是太仓促了。农村不通电话，只能写信，可是信没到人先到了。

我把事情的来龙去脉给父母亲讲清楚，他们才理解了。父母边听我说，边望望小伙子。父母亲看见小伙子是上绿下蓝的军服，问："你是不是陆军？"小伙子回答："是空军，空降兵在高空跳伞的兵。"父亲说那是很危险的。小伙子笑笑，没明确回答，也不好深说下去。他把我叫到旁边，小声说："高空跳伞的事不能给父母亲说多了，他们不了解，反增加担忧，不能把事情弄复杂了。"

看到父母亲满脸的笑，我悄悄问母亲："觉得这人怎样？"母亲说："只要今后他对你好，没啥说的。"我们一到家见到父母亲就哇啦哇啦地讲话，母亲以为我们会住几天，就没急着准备饭菜。

我说我们吃完中午饭就走，要赶大悟到孝感的最后一趟班车，这一下把母亲慌忙得不知做什么饭才好。煮新鲜干饭和炒菜已经来不及了。母亲只好弄点农村习惯准备的应急菜，如自己腌制的韭菜，有红辣椒丁和大蒜瓣，从带盖的玻璃瓶中掏出来切一切，上面滴洒香麻油为第一碗菜，这个菜有红、绿、白三色，放在餐桌上好看。铁锅着油，把晒制的萝卜丝和蒜、姜一起倒进去一炸，翻炒起锅为第二碗菜。煮自己腌的咸鸭蛋为第三碗菜，给小伙子尝的第四碗菜是自制的臭豆腐。母亲打三个荷包蛋，下了农村手工做的油面一碗。吃完后，再吃点炒剩饭，咽①上述四种菜。农村人早上起床开始煮中饭，锅巴加米汤煮锅巴粥，早上吃。干饭，习惯上多数是留到中午炒剩饭。中午另外加面粉洒水搅成小子，和小白菜一起煮，叫面粉子糊糊，就咽腌咸菜。平时集体出工为节省时间就这样做的。小伙子说我母亲做的鸡蛋面条味道好极了。

---

①指吃菜的意思，方言表达。

17
思念

说着说着，我们就要走了。我们从大悟赶回孝感后，太阳已到西边快要落山了。小伙子要我到他住处吃晚饭。我说这么晚误了晚餐点，别人早就吃完了。小伙子要笑不笑地说："万一不行我们再吃一餐面条吧。"我说就到北门米酒馆吃点吧，因为我的住处啥也没有。谁知一看包包，我没带粮票。

小伙子说："还是到我那里。"走出北门口坐八分钱的公汽到孝感火车站，就是后勤部小伙子的住处。他忙拿餐票往干部食堂去找他的战友，一会儿他端回一个大瓷钵，上面盖着一个碗，右手还抓了几个大蒜坨。我把盖着的碗翻开一看，炒的鸡蛋油盐饭，除了鸡蛋还有豆腐丁丁加小葱。小伙子说，头一天就把餐票给战友了，托他在食堂请师傅按两个人的标准炒的饭。

小伙子说，聊天中知道我小时候特喜欢吃母亲炒的鸡蛋油盐饭，所以特意提前准备了。我很小的时候，还没有农村土灶高，搬个板凳在灶口，站在上面看母亲炒油盐饭。先放油，把搅好的蛋液倒在热油中，略翻炒几下，见鸡蛋稍有黄色就盛出来放碗中，趁锅中还有油，随后把一碗干饭倒在锅里，来回翻炒堆在锅边，把平时吃的炒好的酸腌菜倒入锅中间，热透了也堆到锅边，锅底再放一坨猪油，等猪油融化后，把炒好的鸡蛋、酸腌菜、大米饭混到一起，炒到大米饭在锅中"跳一跳"的，就是好了，再撒点小葱，可以起锅盛到碗里了，一碗香喷喷的鸡蛋油盐饭就做好了。小时候艰苦，偶尔炒一次油盐饭，炒一次只有一碗。

小伙子听完我说炒油盐饭的过程，他也觉得这样炒出来的油盐饭好吃，他说今后有机会叫我亲自炒一次。我马上说，这是一步一步回想的，没有操作过，真干起来可能手忙脚乱，做不好。我们吃完了，也说完了，小伙子送我回我的住处。

第二天下午下班回来，寝室同学告诉我，她下班进门，在门角边见到我的一封信。我"啊"了一声，心里嘀咕，打开信一看，小伙子上学走了，说没告诉我是不让我送他，免得双方心里难受，特留信道歉，暑假我们再见。

看信后我差一点流泪，因同学在此，我强忍住了。他这样做更加促使我思念他、黏他。

小伙子上学了，学习任务不必多说是很重的，我尽量不先写信去打扰他，等他闲时给我写信，我再回信。大概两个星期后收到小伙子的一封来信，一个月里有他两封来信，我写两封回信。虽说我们没有经常见面，但是相互之间的情况都是了解的。我回信时会说些有趣的人和事，讲故事给他听。在放假前夕，小伙子的一封信里说，因忙于复习迎接考试，有件事想跟我说，信写得再长也不能把他的想法对我说清楚，等放假回来见面再说。

18
结婚了接来老父亲

七月二十多号,小伙子的学校放暑假了,回到孝感就到我的住处。除了高兴地谈他的学习、考试外,还告诉我他的老父亲从山东胜利油田姐姐家回四川老家过年,路过湖北,想到他这里看看。小伙子说他想利用暑假的时间把婚事办了,这样有个家,老父亲来也就有个地方吃饭。他跟我说我们年龄加一起超过五十岁了,各自都超过了结婚年龄要求。这样的话,老父亲来可以看看儿媳妇,一定让老父亲实现这个愿望,父亲年龄已高,姊妹七个,他是幺儿,不能错过这次机会,出来一次是很不容易的事。

我们双方同意结婚,各自向自己单位写报告,部队对女方要进行政审,政审通过后部队才能出证明。小伙子拿着部队开出的证明,带着大前门香烟和喜糖,约我到单位开证明,然后一起到自己所在的朋兴公社办理结婚登记手续,领取了结婚证。我们走出朋兴公社之后,小伙子第一次主动拉我的手,前看看后看看,像得了尚方宝剑样,大着胆子猛地吻了我的左脸蛋。

随后小伙子向部队卫生处报告我们结婚的事,处长很重视,亲自为我们选定结婚日,定在1975年"八一"建军节,卫生处向后勤部管理科反映了此事,管理科给了一间大房为结婚新房。床、条桌、吃饭的四方桌、四把有靠背的椅子,都是后勤管理科给配好的。

卫生处的战友们和四川老乡们一起把新房布置得干净整齐,房间四个角到中间拉了彩带,门窗上还贴了"囍"字,弄得很漂亮。小伙子坐着北京吉普车来接我。他说了句有趣的话:"从前女孩子出嫁坐四抬花轿,今天我来接你是四个轮子的小车，小车比花轿跑得快吧！"卫生处的处长为我们的证婚人，小伙子的战友为我们主持婚礼。

我们高高兴兴地结了婚，成了家。家，是一个温馨的、值得我们有缘人在一起相互依靠的地方。这个家，房子和家具是部队的。我能感觉到爱人是喜欢我、爱我的。他说，我们住的地方离我上班的地方有点远，要给我买辆女式自行车。买辆自行车很有必要，我说买女式的不合适，还是买辆男式的，外出时可以带上我，共同使用方便。就这样买了一辆上海永久牌男式自行车，这是我们家最贵的一样东西。

1975年"十一"国庆节过后，我婆家的姐姐从山东胜利油田送老父亲到我这里来。我开始承担做家的任务。他们来，首先是吃、住的问题。部队条件好些，有招待所，我爱人向卫生处报告了此事。卫生处出面跟后勤招待所联系解决了住宿，不收费用。生活问题在部队方便多了，后勤部办了一个酱园厂，工人是军人家属，组织生产各种酱制品加工，品种很多，黄豆酱、蚕豆酱、辣椒酱，还晒制酱油和辣萝卜丁。发黄豆芽和绿豆芽，做水豆腐、豆腐千张、豆腐干子等。这些不需用地方发的豆腐票，直接用钱换部队的豆腐票，拿着这个豆腐票买各种豆腐。可是我就是不敢买水豆腐，因为害怕把水豆腐端在掌心，用菜刀切成一块一块放到锅中。用刀切下这个动作，我做不了，害怕，只好买千张和干子一类。如果单独到地方去排队买肉，就还得要肉票，在部队则可以到食堂买有肉的菜，回家下面条。食堂还可以买馒头、大米饭，也可以买做好的饭菜，回家立即就可以吃，很方便。在家做饭，也只是在煤油炉上给老父亲煎鸡蛋、煮荷包蛋、煮面条、热热菜、炒点油盐饭等等。

爱人是四川人，好几个四川战友是飞行六团的。沾他们的光，我们还能喝到新鲜牛奶。想吃更好的饭菜，就有点为难，因为我还不会做饭。时间过得真快，转眼间1976年的春节即将来临，我爱人放寒假，利用假期，我们一起送老父亲回四川老家。这是我结婚后第一次回老家，丑媳妇要去见婆婆大人啰！

19
招工

　　1975年10月份，工办政工科郑科长通知政工科老余把我从陆家山知青点上撤回来。他们与我谈话时说，微生物工厂的领导和老工人们，在日夜抢时间，抓质量，大干快上，进展很快，工厂马上就要开始试产，现在缺的就是工人，招工计划指标七十人已经下达，孝感县城关镇五十名计划先招进来，解决试产中的用工问题，另外二十名已下达到花园，等正式投产再招，经商量决定调你回工厂，做政工方面的工作，首先负责招工这项任务。

　　个人服从组织安排，我又从工办回到微生物工厂。回到工厂后，我很快向李厂长、尹副厂长报到，听听厂长们对我的工作安排意见。厂长们说的与工办政工科郑科长说的是一致的，安排我一个人招工。看来他们对我的工作是信任又放心。我感到特别欣喜，开始了我的招工任务。

　　第一批招工名额五十名，招工范围在孝感县城关镇，地直各单位的子女都属城关镇，包括紧挨着城关镇的卧龙公社在内。招工对象是上山下乡和因各种原因已办理留城手续的知识青年。我拿着微生物工厂的介绍信，到孝感县知青办公室找到胡主任，把经过详说一遍。胡主任说这件事他早知道。招工计划指标下达后，做了摸底测试，把目测的人员名单以及知青个人基本情况材料交给我。我看后就明白胡主任对人员的安排很细心，地直各单位的子女占总人数超过三分之一，城关镇街上占三分之一，卧龙公社占不足三分之一。胡主任着重指名道姓地说，有四名知青年龄稍大点，头几年有的单位如柴油机厂、钢犁厂、电子仪器厂等单位来招工，我们推荐了，但认为他们年龄大，把填好的表又退回给知青办，对大龄青年的打击比较大，知青办公室的同志们做了不少的思想工作，希望我要为这些上山下乡的知青们想想。

我一看招工人员推荐表，年龄比我还大点（有1949年出生的），他们上山下乡好多年，1970年国家解冻开始招工，那时他们可能没有下达招工计划指标，后来有了计划招工指标，招工单位又说他们年龄大，退回去了。现在招工机会来了，不能说他们年龄大就拒绝，他们不能再等待了，这样下去对他们不公平。

我心里暗暗地想，十六七岁的知青还能等，还有机会。年龄偏大的四人分别是卧龙公社两名、城关镇街一名、地区邮电局一名，他们没有原则上的问题。我心想还是要向厂长们汇报，争取厂长们的同意，把他们带走。

带着知青办胡主任初步推荐的名单，我回到工厂如实地一一向厂长们汇报情况。在汇报年龄大的知青时，说了我自己的看法，认为他们经过长期锻炼，比较沉稳，在招工的工人中能处处起带头作用，有吃苦耐劳的精神。微生物工厂处于外界人们还不太了解的境况，一般人会认为是科学技术上的东西，这也对，但是大家不知道在生产中是要连续发酵，连续作业三班倒的。这中间就需要年龄大点的，起着带班作用。

厂长们说，他们的表现好与不好，知青办主任应该知道。我向厂长们转述知青办胡主任的话，说是表现不够好的知青，是不会推荐的。厂长说，单纯年龄大点，这问题不大。听了厂长们的意见，我才到知青办胡主任那里递了招工表。知青个人填表后，由知青办公室先签意见，签了意见后，由我拿回招工表给厂长过目，然后组织大家到已联系好的一九零部队医院体检，根据体检及个人全部的基本情况，同意的盖上单位印章，上报地区劳动人事部门批准，不同意的退回知青办。

在这段招工过程中，我认识到公平和正义是何等重要。公平正义是古往今来人们衡量理想社会的标准之一，是人类社会共同的追求和目标，是人民群众的强烈愿望。领导安排我招工，我就得把这项工作搞好。

20
试产常常失败

试产的工人招进来了，大家都在为试产和正式投产、早出产品加劲工作。从上级工办、科委到工厂，都在广泛宣传工厂要试产。同样，在工厂职工中也宣传工厂要试产了。把微生物生产成农药，工厂职工中谁也没见过，不知是什么样的。不管工厂准备好了还是正在准备之中，好像就得要试产。这样能行吗？没听说有人出来说暂时不能试产。

我看到的情况是这样的：从工厂大门进入工厂内到发酵主车间，这段路高低不平，几乎是土路，遇到天阴下雨，职工脚上泥巴带得到处是，特别是二楼发酵车间，职工脚上的泥土刮在上楼梯的踏步上；工厂没有给职工配备生产用的工作服，发酵车间没有更衣室，职工随便穿自己的衣服敞进敞出。这样的环境对发酵车间的生产有直接、不利的影响。对招进来的职工没来得及进行微生物基本知识的学习和生产过程的培训。三班倒的职工没有职工集体宿舍，上深夜班的职工深更半夜、刮风下雨、有车骑的或没有车走路的非得来接班，下班的还得回城到家休息。原料仓库和成品仓库里面的墙壁还是粗糙的，没有装修光面墙，不便于打扫清洁卫生。原料仓库全是各种粉类粮食的东西，仓库在一楼，地面上没有配备货架以防止潮湿霉变。仓库外面四周排水沟不够通畅，生产队堵住不许往外流，需要进一步做工作。锅炉房放在进工厂的大门靠右手边，东北角储放煤，锅炉安放坐东朝西，工人们操作添加煤，从东北角用车运煤过来；煤烧完的煤渣，工厂当时没具体安排放在什么地方；出炉的煤渣，工人们就往西边扔。西边恰是进工厂大门中间朝北走的路，是微生物站工作的同志的必经之路，这样一来弄得他们无路可走，刮起东北风时，黑黑的煤灰吹得到处都是，看样子没有安排做些适当的处理。在这种情况下工厂急着开始试产。

第一次试产没有成功，分析原因可能种子罐、发酵罐及中间的管道都是新的。罐是不锈钢的，但管道不是的，虽说在试产前多次洗刷了，但可能铁离子超标，对菌种生长不利。还有工人在技术上的操作不是很熟练，在控温上全靠人工操作，放冷水降温和蒸汽升温，稍有不注意，发生温度时高时低的情况，温度掌控不匀影响菌的生长。试产没成功，在另一方面倒也起着现场练兵的作用。职工经过亲自操作后就有亲身体会，对下次试产有促进和提高的作用。

工厂在组织学习总结时，李厂长因年龄和身体不好的原因，没有继续担任厂长。大家都在等待和观望，中间隔了好几个月，上级组织从其他工厂调来一名厂长。工厂里的安装，总的说来基本完工，还有些配套设备要补充，工厂里的整个环境卫生需要加强整顿清理，规范化管理要建立，要关心工人们的生活吃、住，福利要跟上，后续工作抓紧落实。工厂两名微生物专业硕士技术人员，听厂长的指示，厂长叫生产就开始生产，前面经过几次试产失败总结教训后，新来的厂长上任后就抓紧时间生产。第一次生产成功了，全厂职工们都非常高兴，新来的厂长更是高兴得难以形容。厂长用大红纸写上喜报，向工办报喜。新来的厂长以为成功了就是永远成功，就广泛宣传生产成功的事，却不知道微生物生产是千变万化的。后来生产又不行了，一罐一罐发酵不正常，倒入下水道，浪费了原材料。这原材料就是微生物的培养基，全是粮食。看着倒掉心痛，厂长叫停产整顿。

21
内鬼没抓到，厂长病得勤

科委派来督促工作组进驻工厂，分析情况找原因。俗话说，不懂的乱发言，不知从哪里说出来的，说里面有"内鬼"，弄得大家相互猜疑，相互扯皮不团结。新来的厂长生病住院，后因身体不好，不适应在此厂继续工作而调走。

接着从地区计委提了一名干部来当厂长，来之后，没有急着要生产，从调查入手，工厂的职工人人都单独谈话，了解情况、听意见，连食堂炊事员都谈话征求意见。大概谈完准备拿出新建议时，他也病倒住医院了，后来就没来工厂了。

过了很长一段时间，组织上连调正副两位厂长来，副厂长特别能吃苦，日夜守在工厂，深受工人们的好评。生产还是时好时坏，不稳定，但还是坚持生产。生产出来的成品堆放在成品库房。听说省科委拨给孝感筹建微生物厂的经费已全部用完，孝感工商银行又不肯给贷款，厂里多次找工行领导谈，要求贷款，工行领导说，看不到工厂的前景，怎么给你们工厂贷款呢？没有经费购原材料，只好停产检修。后来银行勉强同意发工人的工资。工人上半天来工厂，下半天来晃晃就走了，查考勤都是记出勤。工厂的状况就这样。

我的工作大多数时间用在开会上，上传下达，地区礼堂听各种报告会就派我做代表。工办传达上级抓革命、促生产指示派我去。科委有什么事也是派我去。

22
孩子摔哑了

1978年秋,汉川新沟修水闸,地区各厂矿抽人去协助。工厂已停产,科委知道我们有的是劳力,要求我们每天抽二十人去参加劳动,时间为一个星期。由我带队去,非去不可,上面分配的任务"一个萝卜一个坑",地区集体组织去劳动,有专车接送,早去晚归。

那时我女儿不到两周岁,是年迈的七十多岁的婆婆妈①在带。劳动后的第三天夜晚回来,婆婆妈告诉我,这天差点把孩子弄没了。我听后吓了一大跳,急忙问情况。婆婆妈说,她双手护着床头架子,她坐在床边,孩子就在她胸前的双手中间,谁知孩子又笑又蹦地从床头架上翻过去,倒掉在水泥地板上,掉下去后婆婆妈马上去抱孩子,发现孩子哑了,不哭也不发声音,吓得婆婆妈大哭。在紧急情况下,她拿起缝衣针,用针刺法刺孩子的手指头,先刺的食指,让食指出血,刺一下向外挤一挤,再刺中指,同样向外挤一挤出血。中指出血后,孩子哇地哭出声来。婆婆妈心疼孩子,心里很不好受,把孩子紧紧抱在怀里,边哭边自己诉说她自己的不是,边说边荡悠孩子,孩子就睡着了。

等我回来后,孩子在地上玩,一切正常,婆婆妈要是不说,我就无从知道还发生了这样的事。那时医疗条件差,也没有CT检查,重视不够,没做任何检查,对孩子只是心里难过,放心不下。

那时每天参加劳动的二十个人都轮流调整,只有带队的才知道整体情况和

---

①指婆婆,方言表达。

每天分工的情况。我有点后悔没向厂长说明我家的情况：爱人在部队不能照看家里的事，七十多岁的婆婆妈年纪大，从四川来到湖北孝感人生地不熟，带孩子的确有困难，应该要求调换一下带队的人。后来，我想换谁呢，人人都有这样或那样的困难，站的岗位又不同，我站的就是这个岗位，同样在工厂，我又没参加三班倒值夜班，思来想去，决心不能向困难低头，个人的事再大也是小事，要求别人做到的，首先自己要做到，打铁还须自身硬，才能理直气壮地说话。

四十多年过去了，现如今女儿头顶旋涡处的头骨轻度凹陷，这是不是那时从床头架子上倒栽冲掉下撞出来的后遗症？幸运的是当时婆婆妈采取针刺放血的办法，让孩子醒过来。女儿从小学习没有让我操心，各种升学都很顺利，有时她开玩笑说，也许是摔聪明了。这放血有没有科学性，不知道，但是婆婆妈这样做让孩子醒过来是事实。

23
婆婆妈生病了

　　1979年春的一天，婆婆妈突然生病，她说她下腹胀得痛，解不出小便，很难受。我急忙送她到地区中心医院泌尿科看病，医生说要住院治疗。首先插导尿管，把尿引出来减轻胀痛，同时吊消炎针。医学上把这种病叫尿潴留，膀胱神经麻痹造成的。

　　婆婆妈住院时，正好碰上我爱人他们部队的三四名医生到孝感中心医院学习，这样我的压力减轻了一些。白天，爱人和他们几位医生相互照看一下婆婆妈，晚上回家看孩子。我每天晚上来医院陪婆婆妈，负责清洗，白天回单位上班。白天在工厂附近的村子里请了王婆婆帮我带孩子，讲好每月给十二元钱，我们的事安排得紧紧的，的确很忙也很累，希望婆婆妈很快能好起来。四五天过去了，医生试探性地把尿管拔掉，看看婆婆妈自己能不能尿出来，发现还是没有尿尿的反应，胀得难受时又插上导尿管，医生重新更换消炎药。又过了四五天，医生认为可能好了，停药没有输液了，改为口服药。医生说尿管也不能用太长时间，还是要拿掉，可拿掉后还是不能尿出来。第三次插上导尿管，时间不长就发现导尿管中的尿是红色的，向主治医生反映这一情况，医生只好又进行输液。那时医院检查条件差，医生只能根据病人的病情做出分析。

　　十多天过去了，治疗不见好转，反而出血，医生跟我爱人说，老人家在治疗中出血是不好的，七十多岁的老人恐怕是癌症，还是回家去吧。医生这样一说，我们只好出院回家，婆婆妈带着尿管回到家里。我和爱人对婆婆妈的病作全面分析，能吃能喝又能睡，来到湖北，人长好了许多，虽说七十多岁，脸上有红似白，皮肤细嫩，不管怎么看都不像是癌症病人。出血是不是插导尿管次数多而引起的呢？得这个病有没有可能是之前孙女从床架上倒栽冲掉下来，把她自己吓得过于紧张，大脑神经受到严重刺激而造成的呢？放弃治疗，我们都不甘心。于是，我爱人翻阅了大量有关这个病和治疗这个病的办法，已输了近半月的消炎液，现在口服医院开的叫呋喃坦啶的药，此药是当时对泌尿系统感染治疗的有效药。如何促使婆婆妈的神经能敏感起来？我爱人在部队买了麝香颗粒三钱，回家捣碎埋在婆婆妈肚脐正中央，每次埋五天，上面用胶布贴住且固定好。

我爱人是四川人，在竹林里长大，从小就会劈篾编席子，就想了个办法，用一根稍粗点的青水竹，一头完整，另一头劈成许多小条，把扎针灸的银针夹在小条与小条中间，并固定好，大概有二十多根针，做成梅花形的多针头的银针。用碘酒将针消个毒，在婆婆妈肚脐周围的皮肤同样用碘酒消毒，每天三次，每次一刻钟，用自制的梅花银针在肚脐周围转着刺扎，刺扎时，婆婆妈自己要有反应，感觉有点疼痛为刺扎深度合适。有疼痛，她自己会感到肚皮有收缩，促使恢复敏感，达到治疗的目的。婆婆妈一边用这种办法治疗，一边继续服医院开的口服药。

考虑年龄大的原因，安排山东的姐姐和妹妹来湖北，和我爱人一起送婆婆妈回四川老家，做两手准备。好像我爱人才从四川回湖北没多时，老家哥哥来信说婆婆妈完全好了。我们非常高兴，认为采取这种办法治疗尿潴留病是有效的。当然啰，在医院十多天的治疗也起了很大的作用。

从1979年回四川，婆婆妈一直好好的，直到1995年11月27日婆婆妈因心脏衰竭去世，享年八十九岁。通过这件事，我真正认识到，一个好医生需要能把病人当亲人对待，全面分析病人的病况，制定正确的治疗方案是十分重要的。

24
丈母娘夸女婿

我的婆婆妈因生病回四川老家了，娘家的妈来帮我带孩子。1979年的夏天，特别热。农村房子宽，空间高，一层房上面盖的小陶土步瓦，透气好，散热快，到夜晚人静下来睡觉就不会感到燥热。这城里房子不像农村房子，房子窄小，楼层空间低，显得更热。

我妈在这里开始不太适应，到了晚上手拿摇蒲扇，解解凉。不多久，后背上长满了痱子，她开始自己抓挠痱子。痱子这个东西越抓越痒，越痒越抓，背后和手膀子两边一块一块地抓出血，虽说不是什么大毛病，但密密麻麻的小红点，痒起来折磨我妈，难受也是一个人暗暗地扛着。

后来，我发现晚上洗澡时，她要我们把洗澡水烧得很热。这么热的水，怎么用呢？我妈说烫洗要舒服些。我觉得妈用的热水奇特，就把长痱子的事告诉了我爱人。

一天，他拿起一把小方木凳子，放在家中，叫妈坐上，掀起妈后背的衣服，看背上的痱子。他一看就说："皮肤这么粗糙，这不完全是现长出来的新痱子，是痱子已经伴随了皮肤病。"我妈说："以前就长，孩子养多了，在月子里没有好好休息，还没满月就到地里摘豇豆、捡棉花，堆起来的事要做，劳动人总是劳动，真叫脸朝黄土背朝天，是太阳晒出来的病。"

我爱人听后，就说从今起再不能用很热的水烫洗，这对皮肤没有好处，目前用艾蒿、薄荷梗叶、樟树枝叶三样一起煎熬，煮沸四十分钟后取出渣子，药水留着备用，每天用正常温度的热水洗澡，洗完后用一块干净毛巾，放在已煎好的备用药水中泡一泡，稍扭下不滴水就行，贴敷在后背长痱子的地方。每个地方都贴敷，此水止痒消毒。第二步，用消毒棉签涂上已购回的脚气水，待药水干后，换上干净衣服。用这种方法治了一段时间，我妈说痒好多了。我爱人只要有时间回家，就要看看我妈背后的痱子好得怎么样。还有第三步，如果发现皮肤有点干燥，及时涂上少量红霉素软膏消炎、滋润皮肤，防止干燥发痒。在我爱人耐心和精心的治疗下，经过一段时间，我妈习惯性到天热就长痱子的皮肤病治好了，后来的几十年没有复发。

那时，妈当着我的面，总是夸女婿不嫌弃她，擦背涂药，治好了她的病。我妈2013年阴历腊月初一去世，享年九十七岁。

现如今回忆那时他对我妈好的情景，我该说什么好呢？那就是看人看得准。现在年轻人搞对象，多数人出于对自己父母的尊重和爱，首先就向对方提条件，要求对方对自己父母亲好。但是这一观点有问题。某婚恋节目的主持人就说，谈对象首先不能把这当成谈对象的条件。只有你们俩好，自然而然地会对你的父母亲好。反过来说，两个人本身就不好，怎么又要求对方对你的父母亲好呢？我觉得这个道理说得太透彻又清楚了，感触很深。同样，爱人对我妈好，我能理解到这也是爱人对我的好。看起来这么平常的小事，首先需要人的付出，才能使一家人和和睦睦、有说有笑，过上幸福的好日子。

25
微生物厂解散了

新上任的正副两位厂长，一来就遇到工厂资金紧缺的问题，厂长们想尽一切办法筹集资金，希望恢复生产。工人们在停产后经过学习，整顿劳动纪律，每个人站在不同的岗位上克服自己的困难，默默为国家做贡献，一心希望工厂生产走向正轨，能红火起来。

厂长们想尽办法筹集资金，有了资金动员职工鼓足干劲开始生产。生产一阵子过去了，问题又来了。因为厂长们走东家到西家，好不容易弄来钱买回的原材料又耗尽了，又要想办法去筹钱，而生产的成品从未见到效益，消耗人力物力。这种情况下，工人队伍不稳定，说七说八的都有，有办法的人纷纷要求调离工厂。加上国家恢复高考，走了几名骨干，去上大学了。

多年没涨工资，1978年底至1979年初，国家下发2%的指标增长一级工资。做法是面对面、背靠背地讨论、提意见，群众与群众、群众与领导弄得脸红脖子粗地争吵。到了1979年九、十月份，有人开始传出消息，说工厂要下马解散。虽然只是小道消息，但一般人也能看出工厂已经没有生命力。

我认为工厂从开始建厂到试产，中间就存在一些问题。一是工厂领导配备不合理，没有懂微生物的专业技术人员，于是对专业技术人员重视不够。二是领导班子分工不明确，看不出来谁管技术、谁管生产、谁管销售，只要说生产，就都围着忙生产，要是没原材料，就都东奔西跑找银行。三是工厂领导没弄清微生物工厂是什么性质，是自负盈亏单独核算的企业工厂，还是依靠上级拨款生产、搞科研的工厂。四是调换厂长太频繁，几年中换四次厂长，造成厂长来工厂过渡，遇到棘手的事就住院调走，根本没弄清工厂究竟存在哪些问题，更谈不上立项、论证、投产。

就这样生产、停产，再生产、停产的微生物工厂再也维持不下去了，大约1979年底，上级领导正式宣布微生物工厂解散，组建成地区针织厂和地区棉纺厂。原微生物工厂人员没调走的，服从轻工业局分配。

我见证了微生物厂在孝感地区从无到有，又从有到无，从筹建工厂到生产出成品，后来产品无销路、无资金，造成工厂倒闭，又从有到无的全过程。这里不能不说当时的有关领导有一定的责任。若是科研性质，工厂先试产还是后试产，许多事情好说多了；若是自负盈亏性质，从开始组织生产起，就应该把前期该解决的问题解决了才能谈试产，应该有时间界限，配备好领导力量，专业技术人员应该参加工厂的领导，哪怕当副厂长也行，两手抓，一部分人抓生产，一部分领导带人抓销售。销售，首先要大力宣传，让人们知道用微生物制品杀虫比化学药剂杀虫要安全，对牲畜、人身有利，以促进人们对微生物的认识，达到自觉使用微生物制品杀虫的目的。其次技术力量不够，不管是试产还是正式生产，成功的次数比失败的少，生产出成功产品也只是存入库房，感觉没人关心这产品如何处理。从技术上讲，既然没有进行毒性实验，就无法说杀虫效果如何，没有安排人员进行销售，造成资金紧缺，不能正常运转。看来，有书本上的理论知识不等于有实际操作技术，应有计划有组织地学习和培训，达到理论与实践相结合，改变能行不能行都勉强撑着的做法。

26
调到盐业公司

1980年初，微生物工厂倒闭了，所有的人员不担心下岗没工作的问题，会重新安排单位和新的岗位。人员安排：一是原地不动，就地留在地区针织厂，针织厂就是原微生物工厂的厂址；二是稍有变动，安排到地区棉纺厂，就在马路对面；三是原微生物厂技术人员有几个人与云南大学、华中农业大学联系，调回大学任教；四是行政工作人员，有办法的人调到地直各单位，如工商银行、农业银行、城区建委等单位。

我是跟着移交单位走，就是留在针织厂。针织厂隶属地区轻工业局，基本条件是具备的，因为我参加工作后转正定级，不是工人级，也不是技术级，而是行政级，到轻工业局可以直接调用。如果是工人去轻工业局就很麻烦，有关部门不批。因为这个问题，有好几个同事想到轻工业局却去不了。轻工业局有四名副局长，其中负责这方面的副局长安排我和其他几名到轻工业局就业的事，我被分到一轻科。

可是当时的我鼠目寸光，认为机关大、人员多、太复杂，不是适合我去的地方，就主动跟这位副局长说，想到单位小、人员少的地方去。正好国家机构改革，盐业刚从地区副食品公司分出来，移交到地区轻工业局，因盐产品归一轻科管，就这样我到了盐业公司。

去的时候，公司才七个人，公司处在筹建阶段，说是盐业与副食品公司分家，既没有分到房和仓库，也没有分得财物，只是从副食品公司分出六人到轻工业局，轻工业局安排一名经理，成立湖北省盐业公司孝感分公司。后来全区七个县陆续成立了盐业支公司，省公司要求人、财、物"一条边"的管理方式，各支公司要努力完成自己的购、销、存任务和市场管理工作。

孝感分公司人员的办公费、工资到省盐业公司报，成为报账制单位。孝感分公司自己没有经营业务，属管理性质，所在地属原孝感县经营管辖的范围。孝感分公司主要职责是负责汉川、应城、云梦、安陆、大悟、应山、黄陂、孝感八个县人民生活必需品的用盐和工业用盐的计划管理，搞好购、销、存，做到均衡调运，保证合理库存，检查、督促全区八个县盐业支公司完成省盐业公司下达的三万六千吨到四万吨的购、销年度任务，管理好经营市场，不能让盐贩子贩卖私盐，冲击市场，影响正常销售任务，不能让私盐以次充好影响人民身体健康，确保地甲病区的人民群众能吃到加碘食用盐，还要汇总八个县支公司的各种报表，包括按时上缴利润到省盐业总公司。

我在盐业公司的主要任务是分公司的统计工作，业务上的购、销、存计划调运。总的来说，食盐分为两种，粗盐为海盐，精细盐为井矿盐。全国产盐的地方很多，选择方便运输、运费较低的盐为购盐单位。20世纪80年代初，粗盐选择芦盐要多些，精细盐是我们云梦和应城的井矿精细盐。每月支公司报购进计划，孝感分公司汇总后，将需要的品种计划上报到省盐业总公司，统一执行指令性调运计划。这样市场比较平稳地过了三五年，盐业公司职工的工资、福利、住房不断在改善和提高，不少人羡慕盐业公司是个好单位。我过了几年自己满意的日子。

到了1985年，六届人大三次会议《政府工做报告》明确指出，为了推进我国的社会主义现代化建设事业，必须按照"坚定不移，慎重初战，务求必胜"的方针，不失时机地、有步骤地继续进行经济体制改革，坚持对内搞活经济，增加企业的活力，特别是国有大中型企业的活力，提高整个社会的经济效益，同时，继续坚持对外开放政策，在独立自主、自力更生的基础上，充分依靠、发挥我国现有物质力量和技术力量，积极利用外资，引进先进技术和先进管理方法。

在这一精神的指导下，全国盐业运销企业市场有了让老盐业的职工想都没想到的问题。这问题立马就出现在每个职工的眼前。全国产盐企业在改革、开放、搞活经济、大力发展生产力的推动下，产盐企业增产增收来得非常之快，出现产大于销的现象。孝感地区也不例外，显得特别突出，在应城有省盐矿，有应城县（现应城市）盐厂、孝感地区盐厂，在云梦有原部队1114盐厂，云梦县不甘落后又新建起了云梦县盐厂，孝感地区共有五家盐厂，给孝感地区各支公司运销企业调运，提供了方便，节约了运费。但是同时，运销企业的市场不断受到影响，销售任务直线下滑。

27
没去海南，开始做盐政稽查（1985年）

在这种情况下，轻工业局跟我谈话。行署领导在大礼堂做报告，各单位要积极挑选年轻干部到海南去工作学习，说我的条件都达到了：党员、干部，大学文化程度，三十五岁，有一定的工作能力。

那时，我视野狭窄，认为自己是女同志，上有老下有小，老人三病两痛，孩子上学读书会受影响，耽误孩子的学习是一生的事。我走了，这个好好的家怎么办？实事求是地说，在这个年龄段，我没有二十岁的时候敢说、敢干、敢闯。自己没给自己留余地，也没回家与丈夫商量，更没找借口说考虑一下，就当场回答领导，说自己不能去，母亲年纪大、身体不好，需要人照顾。

我没有去海南。就在1985年，省盐业总公司搞机构改革，明确要求，孝感县盐业支公司与孝感分公司合并，成为实体经营公司。就是说，孝感分公司内部发生的所有经费不再到省总公司报账，由现有合并的孝感分公司自己承担。机构在变，人员也在变。省盐业总公司与地方轻工业局协商，从外单位调来一名大学生任分公司经理，又从盐业内部提我为分公司第一副经理，全面负责孝感分公司的业务工作。

这个时候的业务工作，就没有以往好干啰。虽然说盐是关系国计民生的重要商品，既是人民生活的必需品，又是重要的工业生产资料和高税商品，加碘盐还是防治地甲病的主要措施，所以国家在盐的分配调拨上是执行统一计划。在开采上，把盐列入开发地质资源的一类产品，执行统一规划；在加强盐业管理上，实行统一管理；在经营价格上，执行全国统一定价的政策；在生产和销售上，统一执行指令计划。国家对盐采取统一管理的目的就是"管住、管好"，不能让盐业市场上有波动、影响社会政治安定的大问题，防止出乱子，说明了国家对盐的管理是非常重视的。

可是受"放开商品"这一政策的影响，盐专卖变成不那么"专"了。国营、集体和个体，不同程度地贩运私盐，以次品、劣质盐做酱油、加工腌制咸菜，造成变质长霉，冲击市场；非碘盐、劣质盐流入地甲病区，影响几十年地甲病防治成果的巩固；部分地方地甲病开始回升，危害人民群众身体健康；偷税漏税严重；进货渠道混乱；降价出售，违反物价政策。盐，不是放开的商品，这些问题的出现，我们在盐业工作的同志们找到历史依据。从国家自汉代起就执行盐铁专卖政策，在汉代的《盐铁论》中就有一句话："敢私铸铁器煮盐者，钛左趾，没入其器物。"就是说，若敢自己私自煮盐，要把你的左脚趾剁掉。铁器在当时自然是军工物资，那么盐与军工物资一样要严格管理。

于是，我们就结合本地出现的实际问题，向上级报告市场上存在的问题。在1990年，国家自新中国成立以来第一次颁发盐业管理方面的、具有法律效力的法规《盐业管理条例》和省政府下发的七十三号文件《关于加强盐业管理的通知》，即，对食盐实行国家专营制度。但是市场上难管理的问题依旧存在，根子仍然在盐厂里。国家制定的法规，政府有文。盐业开始行使执法权力，成立了孝感盐务管理局，一部分人负责盐政稽查。盐业是一套班子两块牌子，盐业公司一部分负责经营。从经营销售的数据上，看问题的所在，如某供销社或供销点的当地，多少人口，同期与同期对比，在盐业进了多少吨盐。进盐的数据如果下降，就分析有私盐出现。白天，盐政稽查去清理、整顿市场，发现私盐就按《盐业管理条例》执行，没收、罚款。没收私盐能做到，但是罚款很艰难。晚上，在交通必经路口和民警一起稽查，发现载重车运盐，如果没有许可证，予以收缴。有了条例之后，盐业的工作重点放到稽查私盐上。职工不分白天、夜晚、城里、集镇，稽查私盐。分公司要求各支公司要守住自己的经营阵地，通过稽查从源头解决，私盐贩子卖私盐的问题只有这样处理，运销企业方有活路，才能保证人民群众吃到合格的加碘食用盐。

毫不动摇地坚持稽查，事实证明，只要认真对市场一县一镇一个店铺地进行稽查，销售直线下滑的情况就可以得到遏制。经统计分析，除了云梦、应城离盐厂近，直接受到影响外，其他支公司在食用盐这块下滑不多，下滑的原因主要是工业用盐。

　　在清理整顿市场时，根据群众反映，代销店经营散盐水分大，夏季遇到天阴下雨水分更大，不清洁、不卫生。散放时间长，加碘容易挥发，真正进到用户家里没有达到加碘要求。盐业公司将五十公斤的大包袋装，改为分装五百克的小袋装的盐，方便卫生又保碘。市场上还配有低钠盐。群众习惯性腌菜用粗粒盐，所以配备芦盐，芦盐是我国海盐产量最大的盐场的盐。数量在一吨以上的，盐业公司直接送盐到点，改变服务态度，尽量满足顾客的需求。

　　边稽查边经营。除黄陂盐业支公司在1986年划到武汉市管外，其他七个支公司从副食品公司分家时，有的支公司只分得一张桌子、一个算盘。在盐业公司成立开始经营后，仓库、营业室、办公室，租的租，借的借，经过大家共同的努力，在省公司的统筹安排下，分期分批解决了一个一个支公司的基本建设，储备库、分装车间、经营仓库、营业室、办公室、职工的住房，发展到2000年时，基本都完成了。

　　过去，分公司和各支公司的办公室狭小，仓库陈旧，住房紧缺，凌乱不堪，不像一个单位。如今就大不相同了，有规范的办公大楼，大门前悬挂着特别醒目的两块牌子，一块是某某盐务管理局，一块是某某盐业分（支）公司。有优美整洁的盐业小院，有宽敞坚固验收达标的仓库，有明亮舒适的住房，有运输车、稽查车、公用车等，真是今非昔比了。

Chapter 5

第五辑
退休时期

01
一眨眼就退休了，带孙女孙子

2005年8月，我满五十五岁，一眨眼就退休了，退休之前没有想退休之后的事，该退就退了。当然，我平静的心源于女儿学业工作都顺利。女儿从小学起，就是上的重点学校，中考到孝感高中，高考又考上重点大学。1994年湖北省高考过六百分的只有三千人左右，她是其中一人，这弥补了我文化不高上大学的遗憾。女儿大学毕业留校工作，我感到很高兴，加上房屋改革时，在盐业管理局分得一套宽敞的跃式房子，是福利分房，个人出钱不多。我觉得自己没有后顾之忧，退休退得很干脆。

不久，女婿女儿把我们两老从孝感接到武汉，和他们一起住。帮他们收拾家务、做饭、带孩子，这对他们的工作是一种支持。我母亲那时也帮我带孩子，支持了我的工作。母亲能做到的事，我也应该做到。一代帮一代，延续下去。

我们带大孙女时，总让人感到高兴。

孙女八个月左右，我们俩老把她用推车推到学校的明湖玩，我们在树下坐下，她不会说不会走，但看到我们坐下，那眼神和动作透着"她不想坐推车，要起来立着，看看周围是什么样子"的劲头。我抱她起来，围着明湖走一圈。明湖中间有条路，有位老爹爹在路上锻炼自己，拄着拐棍，弯着腰，低着头，半天一步，一步一步很艰难地向前移动，移动时全身抖动。我抱着孙女越过这位身体不便的爹爹。可孙女在我怀里使劲扭动向后看那位爹爹。我发现孙女才八个月，但透着机灵，在她小小的心里，能观察到这位爹爹走路跟别人不一样。

孙女长大点，大概两岁左右，能说会跑，当然说话只是会说简单的句子，靠我们揣摩她想说的意思。有次带她去大门广场玩回来,她不愿坐推车,想自己走。学校发展很快,马路不断扩宽和修整,马路两边梧桐树的根也在拼命生长,不多时,刚修整的路就被树根挤得鼓起来,使路不平。孙女的小手拉着我的老手,奔着前行,看见这样鼓包的路,她就停下来,用她的小脚不停地在上面踩,想把鼓起的踩下去,然后看着后面推着推车的姥爷。她嘴里没说,但边望着姥爷边跺脚,意思是告诉姥爷,走路要注意哟。看到孙女这样做,我看着老头子,老头子看着我,什么也没说,我们不约而同地都笑了。

退休后到女儿家带孙辈,带了一个还带第二个。老二个是个孙子,比孙女小整整五岁。因我们带大孙女上幼儿园上小学,孙子在爷爷奶奶家待的时间多些。他到了上幼儿园的年龄就到学校我们住的地方常住了。

幼儿园下午四点半放学,接他回家,我看管他,姥爷开始着手准备全家人的晚饭。姥爷削莴苣皮,我在旁边唠家常话。我说起现在反季节的菜味道差,像莴苣,菜市场里一年四季都有卖的,让现在的年轻人弄不清什么季节种什么菜。20世纪60年代我当伢时,莴苣丝清炒,放几根大蒜苗在里面,那香味好闻也好吃。我家头年腊月就栽莴苣苗,栽好了就在苗上方放树枝,树枝上再铺少量稻草,防止下大雪冻死苗。第二年二月左右,春暖花开时,就可以吃上莴苣了。莴苣在地里生长时间长,吸收营养丰富,加上莴苣就是春季里的菜,当然好吃味道香。说到第二种菜是苋菜,我父母说,六月苋菜一包涎,七月苋菜肉一般。经过大太阳晒过的苋菜好吃。农村人把苋菜与食盐一起说,说苋菜是提脚劲的菜。小时候只听到这种说法,不知是什么原因。上大学后才知道苋菜里含有丰富的钾和铁离子,食盐是氯化钠,有钠离子。每次老头子体检,医生说他钾偏低、腿发酸时,连吃几次带红色花叶子的苋菜就会好些。

孙子上小学一年级时,孙女上小学六年级。一天中午,姥爷炒了红色花叶子苋菜,这个菜老头子炒得很好吃。锅中放清油的同时定要放点猪油,油中放点干红辣椒加大蒜,油炸一下,下苋菜快翻快炒,不要炒得太熟就须起锅。我和孙子一进门,看见桌子上有已炒好的苋菜,孙子拿起筷子夹着放嘴里。等到孙女回家吃饭时,孙子站起来夹了苋菜往他姐姐饭碗里放,对他姐说,这苋菜是补钾的。

我听后愣住了，就问他："你怎么知道的？"孙子回答："是你们说的呀。"我说这个是一两年前的事，那时他还小，现在他还能记得。教育学家说得真好，父母是孩子的第一老师。我们虽说是他的姥姥姥爷，也要说好话、做好事，给孩子做个好榜样，这很重要。看到孙子高兴，我们老两口又一次笑了。

在带孙女和孙子上，我有着与不愿意带孙辈的婆婆们不同的想法。一天不带没见还可以，两天三天没见孙儿们，就觉得心里空荡荡的，好像没有事可做一样。家中的气氛，首先还是人多热闹、活跃为好。人少了，特别是人老了，感到寂寞。我认为带孙儿真是一种很有乐趣的事。见到孙儿就心情愉悦，甘心情愿为他们洗洗晒晒、买菜做饭、打扫清洁卫生，整天忙忙碌碌，直到把孙儿送进学校，往家走时，才觉得自己又完成了一项事业一样。

02
赡养母亲

我退休后需要照顾、赡养我的母亲。

父亲因中风于1980年去世,享年67岁,走得太早了。那时我们五姊妹,除大姐没有工作外,下面四姊妹在不同时间里,有了正式工作,吃上了国家商品粮。我们是地地道道农民的后代,是党和国家给了我们工作,我们有种使不完的劲要努力为国家多做贡献。再加上我们都处在养孩子阶段,所以对父亲生病后的生活、生病时的治疗,给父亲清洗、送饭等事情,我从内心觉得没有尽到做女儿的责任。在孝道上我做得不够好,对不起我的老父亲。

父亲走后,母亲的生活都由我们五姊妹共同承担和照顾。起先的方法是,母亲到哪家住都行,由母亲自己定,想在哪个子女家住多久,一两年还是三五年,或是十天八天的,都由母亲自己说了算。母亲到子女家从不闲着,帮忙带孩子、买菜做饭、洗衣、打扫清洁卫生,样样都干。对孙子们不管是内孙还是外孙一样地对待,孙子们想吃什么也是不厌其烦地做。孙子们对她也很尊敬。

这种方式过了几年后,从这家到另外一家去,母亲提出要子女亲自来接她,她才去。来接她,才能说明是真心接她去住。我们按照母亲的意思办,个个都亲自接。随着生活水平的提高,老人的眼光也随着有了变化。有时我们母女俩拉家常,母亲有些后悔,说在土地改革的时候,父亲不要她出去参加妇女工作,不要她出去的原因说是养了一群孩子,并且她不识字。母亲说,那时不识字参加工作的人多着呢,土地改革时,只要成分不高、个人愿意、老实工作、听党的话,参加工作不难,要是父亲不拦着,她现在也有退休金。我把母亲说的话,告诉了哥哥。哥哥召集我们五姊妹在一起议一议，看母亲说这些是什么意思。我们都认为，母亲目前不仅仅需要有人管她的吃、喝、穿、住，还需要手中有固定的钱。

从2001年1月起，我们小姊妹三人每人每月给母亲两百元，由她自己掌握。母亲有了钱，哪家接她去住，母亲用子女给她的钱，给孙子们买东西，回老家走亲访友也总要买些东西给别人。看到母亲的笑容，感觉子女这样做，她心里舒服多了。后来我们姊妹家里各有各的变化，需要带孙子。姊妹凑到一起商量调整方案，每家照顾母亲三个月，家中有事忙不过来的，可以相互协商着办。既照顾好母亲，又能处理好各自家里的事，大家都高兴。

过了一段时间，可能是母亲在女儿家住着住着想到了一些问题，提出她百年归世时，不能死在女儿家。老王家的老房子，她出来后长期空着没人住，卖掉了。母亲说她有儿子，要到儿子家去住，但是儿子家在河北省石家庄，太远，一口气上不来又不能回老家。哥哥和嫂子知道母亲有这种想法，想办法在孝感太阳城买了一套一百二十平方米的房子。巧的是，哥嫂买的这房子，是我年轻时在微生物工厂住过的宿舍旧址上新建的小区房，也是母亲从老家出来第一次在城里住过的地方。这房子离我和幺妹的家近，给大家都带来方便。

母亲觉得儿子儿媳为她在城里买了套房子，自己在城里有房子，就哪个女儿家也不去了，要在这套房子里养老。我们做子女的又调整方案，母亲不动，那就我们做子女的轮流到这套房子里服侍她，给她看病买药、买菜做饭、洗衣打扫卫生。每个人的时间还是三个月。小姊妹三人每月还是照样定期给母亲钱。

直到2013年冬月末，母亲开始生病，不想吃东西，只知道自己不舒服，说不出具体哪里不好。幺妹要带母亲去医院看看，母亲自己说年龄大不肯去。幺妹没办法，只好叫自己的女儿女婿开车送姥姥去医院。但母亲坚决不去，怕死在医院不能回自己的老家。过了两天，母亲叫幺妹把"装老"的衣服赶快买回来，给她洗一洗穿上。幺妹不敢买寿衣，赶紧通知我们都回孝感。

我们从武汉，哥哥嫂子从石家庄，同一天赶回孝感。进了家，母亲躺着和我们对话，说她这次病与平时不一样，明天就要到这里去，她用手指地下。说完话，我和幺妹扶着母亲小便，上床时是她自己跷起一只脚上去的。我和哥哥问幺妹："几天没吃东西？"幺妹说连今天就是第四天，每餐只喝点米汤，喝杯牛奶，喝点骨头汤，今天倒是喝了大半碗鱼汤。哥哥说既然没吃饭，我们去诊所叫医生来看看，打营养针。我们连走了两个诊所，向医生一一说明情况，医生一听是九十多岁的老人，都不肯来，怕背责任。

等我们回去后，过了一会儿的时间，母亲见我们都来了，就撒手人寰，于阴历2012年腊月初一（阳历2014年1月1日）下午两点四十分去世，享年九十七岁。我们分析母亲去世时没怎么消瘦，应该不是肿瘤癌症，她大脑思路清晰，也不是脑子的病，应该是心力衰竭而走的。

按照母亲遗嘱，要把她的"根上叶上"都叫来。"根上"是指我们这代，"叶上"是指内孙外孙、重孙子，共五十多人，还有亲戚朋友，大家热热闹闹地安葬了母亲。安葬之后，哥哥嫂子按母亲生前的意思，我们每月给她没用完的钱，作为母亲最后送给我们儿女的发财钱。父亲走后三十多年里，我们没有让母亲一人单住，让她不孤单、不寂寞、不愁生活上的一切，总有子女和她在一起。百善孝为先，孝是人道第一步，孝是子女的本分。真的讲孝，就不能拖延时间，子女不能把有时给点钱、有时买件衣服、有时过去看看，就称为自己尽孝了，更重要的是能陪护和服侍老人。我们对老人做了一些，还做得不够。

在照养母亲的过程中，我体会到：当人老了，让老人对后人基本满意，不让老人伤心，让老人晚年高兴、心情舒畅也是孝。人世间，什么事不能等？唯独尽孝不能等。人世间什么病无药可治？唯独尽孝没有后悔药。

母亲走后，我们五姐妹走得更近更勤些，也是因为各自家里的孙儿孙女都长大了，我们也都成了"老人家"。我们时常凑到一起回大悟到三里罗家畈山上去看父亲母亲。你一句我一句，回忆当年的父亲母亲。

回想起老父亲，读了几年私塾，能用毛笔写点日常用的字，也会用算盘和心算来处理日常所用的生活账。他一生不论在家还是在生产队，总是吃苦耐劳，不急不躁，性格温和，宽以待人。我家有个远房亲戚，20世纪60年代末这位亲戚住望山公社王家塝，听说王家塝是我们王家墩的老屋，逢年过节会走动走动。背着他，大家叫他"刚端碗"。为什么叫这个名呢？听说他每年过年来拜年时总是来得晚，每次都是我们家正端碗吃饭时他就突然到了，就送他个名字"刚端碗"。有一天，不是逢年过节他来家里，说话慢吞吞，原来是来向我父亲借钱。我看见父亲与他交谈好久，究竟是什么为难的事，我那时小没听明白，但是看见父亲把攒了很久的一元多钱从衣服怀里摸出来，给了他。那时，我们生活也很苦呀。不知怎么地，我看见父亲把钱给他，我看在眼里想在心里，对我教育很大——父亲是个好人。可惜这个好人晚年没享到福就早早走了，我们五姊妹想着说着，心里就难受极了。只能再说声对不起老父亲了。

母亲虽然不识字，但是性格开朗，见先进的东西就学。我家小孙子是2009年出生的，他才几岁的时候，母亲还与这个小小重孙子抢iPad玩切水果。我这小孙子现在十一岁了，还记得老太太教他玩翻花绳。她年龄大，辈分高，但是很随和，一生宽以待人，热情好客。不管谁叫她去玩她都去，不管路途远还是近，亲戚们有喜事，她都去送礼赶热闹。吃东西，不管吃得动还是吃不动，都会尝尝。穿戴上，不管她能穿还是不能穿，只要好看就想套在身上试试。20世纪80年代年轻人穿打底裤、雪地靴，她也想穿穿。我和妹妹都觉得她年龄大，与打底裤、雪地靴不相配，没有买。但是二姐为了满足她，就买了一双雪地靴送她，她真正穿上雪地靴，我们也没觉得不相配，反倒挺好看。毛衣，她要套头的，说是套头的比前胸开口的毛衣穿得整齐好看。偶尔回村里，有人打"惊张"说："七婶，你么样还冇死？"她也不怨人家不会说话，只笑着说："还冇死。"她思想灵敏，发现自己身体有变化就及时调整。年龄大了夜晚小便多，她没有叫喊，也不向儿女多说什么，自己调整晚上早睡早起，清晨起床喝白开水，吃完早饭后，自己泡杯绿茶，上午喝完，下午尽量少喝水。夏天汗水流失多，除上午喝绿茶水外，她自制三味汤，拿白糖、香红醋、胡椒粉酌情各放一些，用开水冲泡服下，有时给点枸杞。我们尝尝，酸酸甜甜的味道也好喝。她八十岁以后，隔天要喝骨头肉汤，非常喜欢糯米汤圆、糍粑、巧克力和奶糖等食品。

俗话说，七十老人不留宿，八十老人不留餐。等2000年之后，姊妹们都有条件出去旅游一下了，母亲已经八十多岁，腿脚尚健，但年龄太大，大家都下不了决心带她出门。2007年，母亲年过九十，耳朵有些背，但还心怀梦想，想去北京看看，瞻仰毛主席。我女儿想来想去，决定圆姥姥这个愿望，支持我带着年过九十的高龄老母亲去北京。母亲靠自己走路，逛了前门、天安门广场，仰望了人民英雄纪念碑，进了毛主席纪念堂，上了天安门城楼，转了故宫和颐和园，看了新时代北京的夜景。瞻仰毛主席纪念堂时，她精神十足。那天，天阴阴的，下着小雨，队排得很长很长。我和老伴都觉得她年龄太大，怕她站不了，就跟她说改日再来。她说："哪还有改日呢？"不肯离开，坚持排队。谁知道，这时从最后面来了一位警察，安排我们走绿色通道。她知道优先让我们进去，是因为她年纪大，特别安排的，就很高兴。在瞻仰毛主席遗容时，她边走边对毛主席说："您领导的人民翻身得解放，好人多。"这是她真实的话，表达了她高兴的心情。

母亲心灵手巧，她缝衣服做饭，样样都行。年轻时，纺线织布是村子里数一数二的。那时会纺线的人还有几个，但是会牵线串机织布的人就很少，会牵条子和格子花布的人就更少。母亲做饭炒菜好吃，那在村里也是出了名的。三年困难时期，国家有困难，她急中生智，想尽各种办法求生存，养活我们全家，拼命把我们五姊妹养大成家。虽然她做的只是一些平凡小事，但在我们心里是一位有智慧的母亲。

03
与姊妹一起旅游

退休后,我们两老旅游去了一些地方,如北京天安门广场、毛主席纪念堂、故宫、天坛、恭王府、颐和园、昆明湖,广东的广州市、陈氏祠堂、越秀公园、番禺长隆、深圳世界之窗、大梅沙海滨公园,上海的世博园、东方明珠、外滩、海洋馆,浙江的杭州西湖、雷峰塔,江苏的南京市、中山风景区、夫子庙秦淮风景区、侵华日军南京大屠杀遇难同胞纪念馆,苏州拙政园、虎丘山,山东的济南市、曲阜孔府孔庙孔林、泰安市泰山、台儿庄古城、抱犊崮、黄河口、东营淄博、山西的太原市、皇城相府、平遥、乔家大院、黄河壶口瀑布、晋祠、水塔老陈醋厂、五台山、应县木塔、悬空寺、云冈石窟、雁门关,湖南的长沙市、岳麓山、岳麓书院、橘子洲头、韶山毛主席故居、纪念广场、张家界、天门山、凤凰古城,江西的九江市庐山,河南的郑州市、开封市、云台山、少林寺、龙门石窟、洛阳牡丹植物园、白马寺、鸡公山、灵山,陕西的西安市、大雁塔、咸阳市,四川的成都市、都江堰、二郎庙、青城山、杜甫草堂、南充市、彭州市、广安邓小平故居,重庆市区、天下第一龙缸,河北的石家庄市、赵州桥、邯郸市,贵州的贵阳市、黄果树瀑布、瑶族风情、镇远古镇、遵义会址、荔波的大小七孔景区。当然,还有湖北省内各地,比如武汉的三镇、黄鹤楼、长江大桥、东湖磨山、省博物馆、归元寺、宝通寺、中山公园、解放公园,宜昌的三峡大坝、三峡人家、葛洲坝、三游洞,恩施的土司城、女儿城、大峡谷、清江画廊、利川腾龙洞、龙船水乡,黄陂的木兰山、木兰牧场,荆州古城,十堰的武当山,襄阳古隆中,随州的炎帝故里、曾侯乙墓,咸宁的赤壁三国古战场、温泉、陆水湖、九宫山、黄石铜矿旧址、黄州东坡赤壁、孝感董永故里、天紫湖、金卉花园等等。

我数萝卜下锅似的数了这么多，一一地数，是我和老头子一起一一回忆旅游的一个享受的过程。转回头来看，去过的地方都是很平常的，可是想到像我们这个岁数的人，还有许多许多人没有旅游玩过这些地方，心里已经很满足，我是知足地玩，心情舒畅。

2018年暑假，我们姊妹约了四家人——哥哥嫂子，妹妹妹夫和小孙子，大姐，以及我和老伴，一行老老少少八个人到恩施利川避暑游玩。定居在不同地方的几家人一起到同一个地方，住下来。大热天里，利川也是凉爽的。想出去玩，就一起约辆车看风景。游恩施大峡谷时，上山乘缆车，下山时，我们这些七老八十的，全是一步一步自己走下来的。妹妹的小孙子只五岁，跟着我们乖乖地，我们跟他开玩笑，送他一个头衔——这次旅行团的"副团长"，因为他姥爷是"团长"。小娃娃走路，蹦蹦跳跳地，但是看见姥爷有点恐高，他主动拉着他姥爷的手，牵着老人家走。

我和妹妹就扶着年近八十的大姐，边走边照相，边看峡谷的风景，比如神奇的一炷香。大峡谷险峻，我们年纪大了，一路走来都很艰难，但是有天真活泼的小孙子，有壮观的风景，有姊妹相互照顾，你给我水喝，我给你零食吃，就坚持下来了，走出了大峡谷。用这种组团的方式，我们姊妹去过北京、广州、山西、上海等地方。旅游看到了祖国的大好河山和名胜古迹，了解了当地的一些风土人情，品尝了地方特色美食，增长了不少的知识。我们两老把双方的老人送走了，如今孙女孙子都长大了，我们俩也七十多岁，也老了。有机会还会出去旅游玩玩，除此之外，在家看看书和电视，在阳台上种菜种花，居家养老。

姥姥二三事

　　姥姥到九十七岁了还思维清晰，能纳鞋垫绣花，能自己开火做饭，还与我家二宝抢 iPad 玩水果忍者。姥姥对孙儿辈都很好，四十年前乡镇土路大多不平，容易摔跤，小孩子摔破了裤子，姥姥会用小动物布片缝在破洞上，看上去像新衣服一样。姥姥最是会做好吃的，我深得其福。平常菜也做得有滋有味，放假就是美食季。姥姥一会儿变出香甜玉米，一会儿端来清香毛豆。记得我高三晚自习回家，桌上总放着热腾腾的鲫鱼汤，鱼肉甜甜的，一点也不觉得刺多。

　　姥姥最爱卫生，八九十岁时，天天都要焓①水擦澡，说人老了要洗干净才觉得舒服。即便她驼得很厉害，从前面看也总是腰板直直的，衣服整整齐齐的。姥姥超级爱藏香皂，若是卫生间缺香皂了，到她柜子里随便摸哪个角落，一定能摸出一两块包装得好好的香皂。她用香皂的清香味熏衣柜。

　　姥姥常有调皮的时候。比如盛饭的时候说"美（每）人一碗，丑人没有"；比如安静纳鞋垫时碰到老鼠出来，说"鼠目当真是寸光，居然看不到我坐在门边"。八十六岁时，姥姥与雕塑合影的瞬间，突然把右手放到雕塑的手提电脑上，好像自己也在敲字，很可爱，很潮。

　　姥姥生活在大山沟沟里，总有些神奇的土法子治病。比如，我小时候

---

　　①方言表达，此处读 hàn，意思是在农村土灶的两口大锅之间，挖一小口，放陶罐，注水，依托两锅下的柴火的余热，从旁边把陶罐里的水加热，用于洗漱。

若是头上磕着，青了，紫了，姥姥总是到灶台抠一坨猪油，轻轻揉在创面上，睡一晚，次日就不疼了。文章里有张照片是雪松下的姥姥，可能是1991年冬天照的。因为那年是我记忆中孝感第一次下冻雪，一夜之间全城所有路都结了一层均匀的一寸余厚的冰，好像天公在游戏。赶着上班上学的人，依旧在早上六点尚未褪去的夜色中赶路。路上不停有摔倒的人或自行车。大家看着前人摔倒，嘻笑中自己也摔倒了，然后嘻嘻笑着拍拍摔疼的屁股站起来，继续赶路。不管多冷，姥姥都是早早起床生煤炉子。那年姥姥大约七十五岁，自此之后，她的模样没有明显的变化，直到九十岁才显得衰了一些，可能在她的人生里，那些最困难、最操心的时段已经过去，个人与大时代一起，生活好起来、营养好起来人就不太易变老。家里有双珍藏的鞋垫，大概是姥姥九十五六岁时纳的，针脚细密齐整，有花有叶还有藤。我试过，缝衣针要穿过这米汤刷过的几层布，指尖很是要把力气。她年纪大时也坚持步行，九十岁去北京逛颐和园，也是自己一路走下来的。

　　姥姥不曾一日闲过去。

罗敏